清馨民国风

清馨民国风

致文艺青年

梁启超 胡适等著

王丽华 编

首都经济贸易大学出版社
Capital University of Economics and Business Press

图书在版编目(CIP)数据

致文艺青年/梁启超,胡适等著;王丽华编. —北京:首都经济贸易大学出版社,2016.9
(清馨民国风)
ISBN 978-7-5638-2527-1

Ⅰ.①致… Ⅱ.①梁… ②胡… ③王… Ⅲ.①散文集—中国—现代 Ⅳ.①I266

中国版本图书馆 CIP 数据核字(2016)第 163607 号

致文艺青年
梁启超 胡适 等著 王丽华 编
Zhi Wenyi Qingnian

责任编辑	周 欣
封面设计	张弥迪
出版发行	首都经济贸易大学出版社
地　　址	北京市朝阳区红庙(邮编 100026)
电　　话	(010)65976483　65065761　65071505(传真)
网　　址	http://www.sjmcb.com
E-mail	publish@cueb.edu.cn
经　　销	全国新华书店
照　　排	首都经济贸易大学出版社激光照排服务部
印　　刷	北京市泰锐印刷有限责任公司
开　　本	880 毫米×1230 毫米　1/32
字　　数	243 千字
印　　张	9.5
版　　次	2016 年 9 月第 1 版　2016 年 9 月第 1 次印刷
书　　号	ISBN 978-7-5638-2527-1/I·49
定　　价	28.00 元

图书印装若有质量问题,本社负责调换
版权所有　侵权必究

前 言

　　这本书中的几十篇文字，都曾刊载于民国时期的出版物。其中一些篇目，近二三十年中曾经从繁体字变为简体字，或多或少为今人所知；但更多的篇目，似乎一直以繁体字竖排的形式，掩隐在岁月的尘埃中，直到我们发现或找到它们，再把它们转换为简体字，以现在这套"清馨民国风"丛书为载体，呈献给当今的读者。

　　收入这套"清馨民国风"丛书的数百篇民国时期的文字，堪称历史影像，也可以说是情景回放。它们栩栩如生、有血有肉，是近200位民国学人的集中亮相，也是他们经历、思考与感悟的原味展示——围绕读书与修养、成长与见闻、做人与做事、生活与情趣，娓娓道来。透过这些文字，我们既可以领略众多民国学人迥然不同的个性风采，更可以感知那个时代教育、思想与文化生态的原貌。

　　策划、编选这样一套以民国原始素材为主体内容的丛书，耗费了我们大量的时间、精力和心血。而今本套丛书即将分批陆续付梓，我们欣喜地发现，她已经有型、有范儿、有味道了。

需要特别说明的是,根据著作权法的规定,本书收选的作品,有一部分仍处于版权保护期。由于原作品出版年代久远,且难以查找作者及其亲属的相关信息和联系方式,我们未能事先一一征得权利人同意。敬请这些作者亲属见书后及时与我社联系,以便我社寄奉稿酬、寄赠样书。

目 录

1	什么是文学	
	——答钱玄同 / 胡适	
5	人的文学 / 周作人	
16	文学的趣味 / 朱光潜	
24	文学欣赏引论 / 胡云翼	
37	现代中国文学之浪漫的趋势 / 梁实秋	
61	《现代中国小说选》序 / 赵景深	
68	论现代中国的小品散文 / 朱自清	
75	最近的中国诗歌 / 孙俍工	
108	徐志摩论	
	——他的思想与艺术 / 穆木天	
140	周作人论 / 许杰	
165	《半农杂文》自序 / 刘半农	
173	五六年来创作生活的回顾 / 郁达夫	
180	写作的生活 / 巴金	

192	我的创作生活之历程	/ 施蛰存
202	我对于文学的理解与经验	/ 刘思慕
210	我投到文学圈里的初衷	/ 白薇
223	我和散文	/ 何其芳
233	我怎样与文学发生关系	/ 叶紫
241	我的转变	/ 孙俍工
258	追求艺术的苦闷	/ 刘大杰
264	使我对文学发生兴趣的第一部书	/ 赵家璧
267	我的写作与水的关系	/ 沈从文
272	奔迸的表情法	/ 梁启超
280	论新感觉	/ 夏丏尊
287	新文学运动以来的十部著作	/ 陈西滢

胡　适（1891—1962），原名嗣穈，学名洪骍，字希疆；后改名胡适，字适之，笔名天风、藏晖等。安徽绩溪人。因提倡文学革命而成为新文化运动的领袖之一。历任北京大学教授、北京大学文学院院长、中华民国驻美利坚合众国特命全权大使、北京大学校长等职。胡适兴趣广泛，著述丰富，在文学、哲学、史学、考据学、教育学、伦理学、红学等诸多领域都有深入的研究，被誉为现代思想文化界最稳健、最优秀、最高瞻远瞩的哲人智者。

什么是文学

——答钱玄同

胡　适

我尝说："语言文字都是人类达意表情的工具；达意达得好，表情表得妙，便是文学。"

但是怎样才是"好"与"妙"呢？这就很难说了。我曾用最浅近的话说明如下："文学有三个要件：第一要明白清楚；第二要有力能动人；第三要美。"

因为文学不过是最能尽职的语言文字，因为文学的基本作用（职务）还是"达意表情"，故第一个条件是要把情或意，明白清楚地表出达出，使人懂得，使人容易懂得，使人绝不会误解。请看下例：

蘽坞芝房，一点中池，生来易惊。笑金钗卜就，先能断决；犀珠镇后，才得和平。楼响登难，房空怯最，三斗除非借酒倾。芳名早，唤狗儿吹笛，伴取歌声。

沈忧何事牵情？悄不觉人前太息轻。怕残灯枕外，帘旌蝙拂；幽期夜半，窗户鸡鸣。愁髓频寒，回肠易碎，长是心头苦暗并。天边月，纵团圞如镜，难照分明。

这首《沁园春》是从《曝书亭集》卷二十八、页八抄出来的。你是一位大学的国文教授，你可看得懂他"咏"的是什么东西吗？若是你还看不懂，那么，他就通不过这第一场"明白"（"懂得性"）的试验。他是一种玩意儿，连"语言文字"的基本作用都够不上，哪配称为"文学"！

懂得还不够。还要人不能不懂得；懂得了，还要人不能不相信，不能不感动。我要他高兴，他不能不高兴；我要他哭，他不能不哭；我要他崇拜我，他不能不崇拜我；我要他爱我，他不能不爱我。这是"有力"。这个，我可以叫他作"逼人性"。

我又举一个例：

血府当归生地桃，
红花甘草壳赤芍，
柴胡芎桔牛膝等，
血化下行不作劳。

这是"血府逐瘀汤"的歌诀。这一类的文字，只有"记账"的价值，绝不能"动人"，绝没有"逼人"的力量，故也不能算文学。大多数的中国"旧文学"，如碑版文字，如平铺直叙的史传，都属于这一类。

> 我读齐镈文，书阙乏左证。独取圣祂字，古谊藉以正。亲殇称考妣，从女疑非敬。《说文》有祂字，乃训祀司命。此文两皇祂，配祖义相应。幸得三代物，可与浍长诤。……
> 　　　　　　　　　　　　（李慈铭《齐子中姜镈歌》）

这一篇你（大学的国文教授）看了一定大略明白，但它绝不能感动你，绝不能使你有情感上的感动。

第三是"美"。我说，孤立的美，是没有的。美就是"懂得性"（明白）与"逼人性"（有力）二者加起来自然发生的结果。例如"五月榴花照眼明"一句，何以"美"呢？美在用的是"明"字。我们读这个"明"字不能不发生一树鲜明逼人的榴花的印象。这里面含有两个分子：（1）明白清楚；（2）明白之至，有逼人而来的"力"。

再看《老残游记》的一段：

> 那南面山上，一条白光，映着月色，分外好看，一层一层的山岭，却分辨不清；又有几片白云在里面，所以分不出是云是山。及至定睛看去，方才看出哪是云哪是山来。虽然云是白的，山也是白的，云有亮光，山也有亮光；只

因为月在云上，云在月下，所以云的亮光从背后透过来。那山却不然的：山的亮光由月光照到山上，被那山上的雪反射过来，所以光是两样了。然只稍近的地方如此。那山望东去，越望越远，天也是白的，山也是白的，云也是白的，就分辨不出来。

这一段无论是何等顽固古文家都不能不承认是"美"。美在何处呢？也只是两个分子：第一是明白清楚；第二是明白清楚之至，故有逼人而来的影像。除了这两个分子之外，还有什么孤立的"美"吗？没有了。

你看我这个界说怎样？我不承认什么"纯文"与"杂文"。无论什么文（纯文与杂文，韵文与非韵文）都可分作"文学的"与"非文学的"两项。

(《胡适文存》)

周作人（1885—1967），原名櫆寿，字星杓，现代著名散文家、文学理论家、评论家、诗人、翻译家、思想家，中国民俗学开拓人，新文化运动代表人物之一。1901年入南京江南水师学堂。1906年东渡日本留学，1911年回国。1917年任北京大学文科教授，后兼日文系主任。1919年与陈独秀等任《新青年》编委。1920年秋任《新潮》月刊编辑部主任。1924年与鲁迅等创办《语丝》周刊。周作人一生著译颇丰，均已辑集出版。

人的文学

周作人

我们现在应该提倡的新文学，简单地说一句，是"人的文学"。应该排斥的，便是反对的非人的文学。

新旧这名称，本来很不妥当，其实"太阳底下，何尝有新的东西？"思想道理，只有是非，并无新旧。要说是新，也单是新发现的新，不是新发明的新。新大陆是在十五世纪中，被哥仑布[①]发现，但这地面是古来早已存在。电是在十八世纪中，被弗兰克林[②]发现，但这物事也是古来早已存在。无非以前的人，不能知道，遇见哥仑布与弗兰克林才把它看出罢了。真理的发现，也是如此。真理永远存在，并无时间的限制，只因我们自

---

① 今译哥伦布。——编者注。
② 今译富兰克林。——编者注。

己愚昧，闻道太迟，离发现的时候尚近，所以称它新。其实它原是极古的东西，正如新大陆同电一般，早在这宇宙之内；倘若将它当作新鲜果子、时式衣裳一样看待，那便大错了。譬如现在说"人的文学"，这一句话，岂不也像时髦？却不知世上生了人，便同时生了人道；无奈世人无知，偏不肯体人类的意志，走这正路，却迷入兽道鬼道里去，彷徨了多年，才得出来。正如人在白昼时候，闭着眼乱闯，末后睁开眼睛，才晓得世上有这样好的阳光，其实太阳照临，早已如此，已有了无量数年了。

欧洲关于这"人"的真理的发现，第一次是在十五世纪，于是出了宗教改革与文艺复兴两个结果。第二次成了法国大革命，第三次大约便是欧战以后将来的未知事件了。女人与小儿的发现，却迟至十九世纪，才有萌芽。古来女人的位置，不过是男子的器具与奴隶。中古时代，教会里还曾讨论女子有无灵魂，算不算得一个人呢！小儿也只是父母的所有品，又不认他是一个未长成的人，却当他作具体而微的成人，因此又不知演了多少家庭的与教育的悲剧。自从弗罗培尔①与戈特文夫人②以后，才有光明出现。到了现在，造成儿童学与女子问题这两个大研究，可望长出极好的结果来。中国讲到这类问题，却须从头做起，人的问题从来未经解决，女人、小儿更不必说了。如今第一步先从人说起，生了四千余年，现在却还讲人的意义，

① 今译福禄培尔。——编者注。
② 今译戈德温夫人。——编者注。

从新要发现"人",去"辟人荒",也是可笑的事。但老了再学,总比不学该胜一筹吧。我们希望从文学上起首,提倡一点人道主义思想,便是这个意思。

我们要说人的文学,须得先将这个"人"字略加说明。我们所说的人,不是世间所谓"天地之性最贵",或"圆颅方趾"的人,乃是说,"从动物进化的人类"。其中有两个要点:(1)"从动物"进化的;(2)从动物"进化"的。

我们承认人是一种生物。他的生活现象,与别的动物并无不同。所以我们相信人的一切生活本能都是美的、善的,应得完全满足。凡有违反人性,不自然的习惯制度,都应排斥改正。

但我们又承认人是一个从动物进化的生物。他的内面生活,比他动物更为复杂高深,而且逐渐向上,有能改造生活的力量。所以我们相信人类以动物的生活为生存的基础,而其内面生活,却渐与动物相远,终能达到高上和平的境地。凡兽性的余留,与古代礼法可以阻碍人性向上的发展者,也都应排斥改正。

这两个要点,换一句话说,便是人的灵肉二重的生活。古人的思想,以为人性有灵肉二元,同时并存,永相冲突。肉的一面,是兽性的遗传。灵的一面,是神性的发端。人生的目的,便偏重在发展这神性。其手段,便在灭了体质以救灵魂。所以古来宗教,大都厉行禁欲主义,有种种苦行,抵制人类的本能;一方面却别有不顾灵魂的快乐派,只愿"死便埋我"。其实两者都是趋于极端,不能说是人的正当生活。到了近世,才有人看出这灵肉本是一物的两面,并非对抗的二元。兽性与神性,合

起来便只是人性。英国十八世纪诗人勃莱克①在《天国与地狱的结婚》一篇中,说得最好:

(一)人并无与灵魂分离的身体。因这所谓身体者,原只是五官所能见的一部分的灵魂。

(二)力是唯一的生命,是从身体发生的。理就是力的外面的界。

(三)力是永久的悦乐。

他这话虽略含神秘的气味,但很能说出灵肉一致的要义。我们所信的人类正当生活,便是这灵肉一致的生活。所谓从动物进化的人,也便是指这灵肉一致的人,无非用别一说法罢了。

这样"人"的理想生活,应该怎样呢?首先便是改良人类的关系。彼此都是人类,却又各是人类的一个;所以须营一种利己而又利他,利他即是利己的生活。第一,关于物质的生活,应该各尽人力所及,取人事所需。换一句话,便是各人以心力的劳作,换得适当的衣食住与医药,能保持健康的生存。第二,关于道德的生活,应该以爱、智、信、勇四事为基本道德,革除一切人道以下或人力以上的因袭的礼法,使人人能享自由真实的幸福生活。这种"人的"理想生活实行起来,实于世上的人无一不利。富贵的人虽然觉得不免失了他的所谓尊严,但他

---

① 今译伯莱克。——编者注。

们因此得从非人的生活里救出，成为完全的人，岂不是绝大的幸福吗？这真可说是二十世纪的新福音了。只可惜知道的人还少，不能立地实行。所以我们要在文学上略略提倡，也稍尽我们爱人类的意思。

但现在还须说明，我所说的人道主义，并非世间所谓"悲天悯人"或"博施济众"的慈善主义，乃是一种个人主义的人间本位主义。这理由是：第一，人在人类中，正如森林中的一株树木。森林盛了，各树也都茂盛。但要森林盛，却仍非靠各树各自茂盛不可。第二，个人爱人类，就只为人类中有了我，与我相关的缘故。墨子说兼爱的理由，因为"己亦在人中"，便是最透澈的话。上文所谓利己而又利他，利他即是利己，正是这个意思。所以我说的人道主义，是从个人做起。要讲人道，爱人类，便须先使自己有人的资格，占得人的位置。耶稣说，"爱邻如己"。如不先知自爱，怎能"如己"地爱别人呢？至于无我的爱，纯粹的利他，我以为是不可能的。人为了所爱的人，或所信的主义，能够有献身的行为。若是割肉饲鹰，投身给饿虎吃，那是超人间的道德，不是人所能为的了。

用这人道主义为本，对于人生诸问题，加以记录研究的文字，便谓之人的文学。其中又可以分作两项：（1）是正面的，写这理想生活，或人间上达的可能性；（2）是侧面的，写人的平常生活，或非人的生活，都很可以供研究之用。这类著作，分量最多，也最重要。因为我们可以因此明白人生实在的情状，与理想生活比较出差异与改善的方法。这一类中写非人的生活的文学,世间每每误会,与非人的文学相溷,其实却大有分别。譬如……俄国库普林的小说《坑》①,是写娼妓生活的人的文学,中国的《九尾龟》却是非人的文学;这区别就只在著作的态度不同:一个严肃,一个游戏。一个希望人的生活,所以对于非人的生活,怀着悲哀或愤怒;一个安于非人的生活,所以对于非人的生活,感着满足,又多带着玩弄与挑拨的形迹。简明说一句,人的文学与非人的文学的区别,便在著作的态度。是以人的生活为是呢?非人的生活为是呢?这一点上。材料方法,别无关系。即如提倡女人殉葬——殉节——的文章,表面上岂不说是"维持风教",但强迫人自杀正是非人的道德,所以也是非人的文学。中国文学中,人的文学本来极少。从儒教、道教出来的文章,几乎都不合格。现在我们单从纯文学上举例,如:

(一)色情狂的淫书类;

(二)迷信的鬼神书类(《封神传》《西游记》等);

(三)神仙书类(《绿野仙踪》等);

(四)妖怪书类(《聊斋志异》《子不语》等);

(五)奴隶书类(甲种主题是皇帝、状元、宰相,乙种主题是神圣的父与夫);

(六)强盗书类(《水浒》《七侠五义》《施公案》等);

(七)才子佳人书类(《三笑姻缘》等);

---

① 又译《火坑》。——编者注。

(八）下等谐谑书类（《笑林广记》等）；

（九）黑幕类；

（十）以上各种思想和合结晶的旧戏。

这几类全是妨碍人性的生长，破坏人类的平和的东西，统应该排斥。这宗著作，在民族心理研究上，原都极有价值。在文艺批评上，也有几种可以容许。但在主义上，一切都该排斥。倘若懂得道理，识力已定的人，自然不妨去看。如能研究批评，便于世间更为有益，我们也极欢迎。

人的文学，当以人的道德为本，这道德问题方面很广，一时不能细说。现在只就文学关系上，略举几项。比如两性的爱，我们对于这事，有两个主张：（1）是男女两本位的平等；（2）是恋爱的结婚。世间著作，有发挥这意思的，便是绝好的人的文学。如挪威易卜生的戏剧《娜拉》《海女》，俄国托尔斯泰的小说 Anna Karenina，英国哈代的小说《蝶丝》（Tess）[1] 等就是。恋爱起源，据芬兰学者威斯忒玛克[2]说，由于"人的对于与我快乐者的爱好"；却又如奥国 Lucan 说，因多年心的进化，渐变了高上的感情。所以真实的爱与两性的生活，也须有灵肉二重的一致。但因为现世社会境势所迫，以致偏于一面的，不免极多。这便须根据人道主义的思想，加以记录研究；却又不可将这样生活，当作幸福或神圣，赞美提倡。中国的色情狂的淫书，不

---

[1] 今译《苔丝》。——编者注。
[2] 今译韦斯特马克。——编者注。

必说了。旧基督教的禁欲主义的思想，我也不能承认他为是。又如俄国杜思退益夫斯基①是伟大的人道主义的作家，但他在一部小说中，说一男人爱一女子，后来女子爱了别人，他却竭力斡旋，使他们能够配合。杜思退益夫斯基自己，虽然言行竟是一致，但我们总不能承认这种种行为是在人情以内、人力以内，所以不愿提倡。又如印度诗人泰戈尔做的小说，时时颂扬东方思想。有一篇记一寡妇的生活，描写她的"心的撒提"（Suitee，寡妇与夫尸同焚化），又一篇说一男人弃了他的妻子，在英国别娶，他的妻子还典卖了金珠宝玉，永远地接济他。一个人如有身心的自由，以自由别择，与人结了爱，遇着生死的别离，发生自己牺牲的行为，这原是可以称道的事。但须全然出于自由意志，与被专制的因袭礼法逼成的动作不能并为一谈。印度人身的撒提，世间都知道是一种非人道的习俗，近来已被英国禁止。至于人心的撒提，便只是一种变相。一是死刑，一是终身监禁。照中国说，一是殉节，一是守节。原来"撒提"这字，据说在梵文，便正是节妇的意思。印度女子被"撒提"了几千年，便养成了这一种畸形的贞顺之德。讲东方化的以为是国粹，其实只是不自然的制度、习惯的恶果。譬如中国人磕头惯了，见了人便无端地要请安拱手作揖，大有非跪不可之意，这能说是他的谦和美德吗？我们见了这种畸形的所谓道德，正如见了塞在坛子里养大的、身子像萝卜形状的人，只感着恐怖、嫌恶、

---

① 今译陀思妥耶夫斯基。——编者注。

悲哀、愤怒种种感情，绝不该将它提倡，拿它赏赞。

其次如亲子的爱。古人说，父母子女的爱情，是"本于天性"，这话说得最好。因它本来是天性的爱，所以用不着那些人为的束缚，妨害它的生长。假如有人说，父母生子，全由私欲，世间或要说它不道。今将它改作由于天性，便极适当。照生物现象看来，父母生子，正是自然的意志。有了性的生活，自然有生命的延续与哺乳的努力，这是动物无不如此。到了人类，对于恋爱的融合、自我的延长更有意识，所以亲子的关系尤为深厚。近时识者所说儿童的权利与父母的义务，便即据这天然的道理推演而出，并非时新的东西。至于世间无知的父母，将子女当作所有品，牛马一般养育，以为养大以后，可以随便吃他骑他，那便是退化的谬误思想。英国教育家 Gorst 称他们为"猿类之不肖子"，正不为过。日本津田左右吉著《文学上国民思想的研究》卷一说："不以亲子的爱情为本的孝行观念，又与祖先为子孙而生存的生物学的普遍事实，人为将来而努力的人间社会的实际状态，俱相违反，却认作子孙为祖先而生存，如此道德中，显然含有不自然的分子。"祖先为子孙而生存，所以父母理应爱重子女，子女也就应该爱敬父母。这是自然的事实，也便是天性。文学上说这亲子的爱的，希腊诃美洛思①的史诗《伊利亚特》与优利披第斯②的悲剧 Troiades 中，说Hektor夫妇与儿子的死别两节，在古文学中，最为

---

① 今译荷马。——编者注。
② 今译欧里庇得斯。——编者注。

美妙。近来易卜生的《群鬼》，德国苏德曼的戏剧《故乡》，俄国屠格涅甫①的小说《父与子》等，都很可以供我们的研究。至于郭巨埋儿、丁兰刻木那一类残忍迷信的行为，当然不应再行赞扬提倡。割股一事，尚是魔术与食人风俗的遗留，自然算不得道德。不必再叫它溷入文学里，更不消说了。

　　照上文所说，我们应该提倡与排斥的文学，大致可以明白了。但关于古今中外这一件事上，还须追加一句说明，才可免了误会。我们对于主义相反的文学，并非如胡致堂或乾隆做史论，单依自己的成见，将古今人物排头骂倒。我们立论，应抱定"时代"这一个观念，又将批评与主张分作两事。批评古人的著作，便认定他们的时代，给他们一个正直的评价、相应的位置。至于宣传我们的主张，也认定我们的时代，不能与相反的意见通融让步，唯有排斥的一条方法。譬如原始时代，本来只有原始思想，行魔术食人肉原是分所当然。所以关于这宗风俗的歌谣故事，我们还要拿来研究，增点见识。但如近代社会中，竟还有想实行魔术食人的人，那便只得将他捉住，送进精神病院去了。其次，对于中外这个问题，我们也只须抱定时代这一个观念，不必再划出什么别的界限。地理上、历史上，原有种种不同，但世界交通便了，空气流通也快了，人类可望逐渐接近，同一时代的人便可相并存在。单位是个我，总数是个人。不必自以为与众不同，道德第一，划出许多畛域。因为人

---

① 今译屠格涅夫。——编者注。

总与人类相关，彼此一样，所以张三、李四受苦，与彼得、约翰受苦，要说与我无关，便一样无关，说与我相关，也一样相关。仔细说，便只为我与张三、李四或彼得、约翰虽姓名不同，籍贯不同，但同是人类之一，同具感觉性情。他以为苦的，在我也必以为苦。这苦会降在他的身上，也未必不能降在我的身上。因为人类的运命是同一的，所以我要顾虑我的运命，便同时须顾虑人类共同的运命。所以我们只能说时代，不能分中外。我们偶有创作，自然偏于见闻较确的中国一方面，其余大多数都还须绍介译述外国的著作，扩大读者的精神，眼里看见了世界的人类，养成人的道德，实现人的生活。

(《艺术与生活》)

朱光潜（1897—1986），字孟实。安徽桐城人。现代著名美学家、文艺理论家、教育家和翻译家。先在香港大学学习，后留学英国、法国和德国，获文学硕士、博士学位。1933年回国后，先后在北京大学、四川大学、武汉大学任教。朱光潜是继王国维之后的一代美学宗师，对中西文化都有很高的造诣，所著《悲剧心理学》《文艺心理学》等具有开创性意义。

文学的趣味

朱光潜

　　文学作品在艺术价值上有高低的分别，鉴别出这高低而特有所好，特有所恶，这就是普通所谓趣味；辨别一种作品的趣味就是评判，玩索一种作品的趣味就是欣赏，把自己在人生自然或艺术中所领略得的趣味表现出就是创造。趣味对于文学的重要于此可知。文学的修养可以说就是趣味的修养。趣味是一个比喻，由口舌感觉引申出来的。它是一件极寻常的事，却也是一件极难的事。虽说"天下之口有同嗜"，而实际上"人莫不饮食也，鲜能知味"。它的难处在没有固定的客观的标准，而同时又不能完全凭主观的抉择。说完全没有客观的标准吧？文章的美丑犹如食品的甜酸，究竟容许公是公非的存在；说完全可以凭客观的标准吧？一般人对于文艺作品的欣赏有许多个别的差异，正如有人嗜甜，有人嗜辣。在文学方面下过一番功夫的人都明白文学上趣味的分别是极微妙的,差之毫厘往往谬以千里。极深厚的修养常在毫厘之差上见出,极艰苦的磨练也常在毫厘之差上做功夫。

举一两个实例来说。南唐中主的《浣溪沙》是许多读者所熟读的:

菡萏香销翠叶残,西风愁起绿波间。还与韶光共憔悴,不堪看。

细雨梦回鸡塞远,小楼吹彻玉笙寒。多少泪珠何限恨,倚阑干。

冯正中、王荆公诸人都极赏"细雨梦回"二句,王静安在《人间词话》里却说:"菡萏香销二句大有众芳芜秽美人迟暮之感,乃古今独赏其细雨梦回二句,故知解人正不易得。"《人间词话》又提到秦少游的《踏莎行》,这首词最后两句是"郴江幸自绕郴山,为谁流下潇湘去",最为苏东坡所叹赏;王静安也不以为然:"少游词境最为凄婉,至'可堪孤馆闭春寒,杜鹃声里斜阳暮',则变而为凄厉矣。东坡赏其后二语,犹为皮相。"

这种优秀的评判正足见趣味的高低。我们玩味文学作品时,随时要评判优劣,表示好恶,就随时要显趣味的高低。冯正中、王荆公、苏东坡诸人对于文学不能说算不得"解人",他们所指出的好句也确实是好,可是细玩王静安所指出的另外几句,他们的见解确不无可议之处,至少是"郴江绕郴山"二句实在不如"孤馆闭春寒"二句。几句中间的差别微妙到不易分辨的程度，所以容易被人忽略过去。可是它所关却极深广，赏识"郴江绕郴山"的是一种胸襟，赏识"孤馆闭春寒"的另是一种胸襟；同时，在这一两首词中所用的鉴别的眼光，可以应用来鉴别一切文艺作品，显出同样的抉择，同样的好恶；所以，对于一章一句的欣赏，大可见出一个人的一般文学趣味。好比善饮酒者有敏感鉴别一杯酒，就有敏感鉴别一切的酒。趣味其实就是这样的敏感。离开这一点敏感，文艺就无由欣赏，好丑妍媸就变成平等无别。

不仅欣赏，在创作方面，我们也需要纯正的趣味。每个作者必须是自己的严正的批评者，他在命意布局遣词造句上都须辨析锱铢，审慎抉择，不肯有一丝一毫含糊敷衍。他的风格就是他的人格，而造成他的特殊风格的就是他的特殊趣味。一个作家的趣味在他的修改锻炼的功夫上最容易见出。西方名家的稿本多存在博物馆，其中修改的痕迹最足发人深省。中国名家修改的痕迹多随稿本淹没，但在笔记杂著中也偶可见一斑，姑举一例。黄山谷的《冲雪宿新寨》一首七律的五六两句原为"俗学近知回首晚，病身全觉折腰难"。这两句本甚好，所以王荆公在都中听到，就击节赞叹，说"黄某非风尘俗吏"。但是黄山谷自己仍不满意，最后改为"小吏有时须束带，故人颇问不休官"。这两句仍是用陶渊明见督邮的典故，却比原文来得委婉又含蓄。弃彼取此，亦全凭趣味。如果在趣味上不深究，黄山谷既写成原来两句，就大可苟且偷安。

以上谈欣赏和创作，摘句说明，只是为其轻而易举，其实一切文艺上的好恶都可作如是观。你可以特别爱好某一家、某一体、某一时代、某一派别，把其余都看成左道狐禅。文艺上的好恶往往和道德上的好恶同样地强烈深固，一个人可以在趣味异同上区别敌友，党其所同，伐其所异。文学史上许多派别，许多笔墨官司，都是这样起来的。

在这里我们会起疑问：文艺有好坏，爱憎起于好坏，好的就应得一致爱好，坏的就应得一致憎恶，何以文艺的趣味有那么大的分歧呢？你拥护六朝，他崇拜唐宋，你赞赏苏辛，他推尊温李，纷纭扰攘，莫衷一是。作品的优越不尽可为凭，莎士比亚、勃莱克、华兹华司①一般开风气的诗人在当时都不很为人重视。读者的深厚造诣也不尽可为凭，托尔斯泰攻击莎士比亚和歌德，约翰生看不起密尔敦②，佛朗司③讥诮荷马和浮吉尔。这种趣味的分歧是极有趣的事实。粗略地分析，造成这事实的有下列几个因素。

第一是资禀性情。文艺趣味的偏向在大体上先天已被决定。最显著的是民族根性。拉丁民族最喜欢明晰，条顿民族最喜欢力量，希伯来民族最喜欢严肃，他们所产生的文艺就各具一种风格，恰好表现他们的国民性。就个人论，据近代心理学的研究，许多类型的差异都可以影响文艺的趣味。比如在想象方面，

---

① 今译华兹华斯。——编者注
② 今译弥尔顿，即约翰·弥尔顿。——编者注
③ 今译弗朗斯。——编者注

"造型类"人物要求一切像图画那样一目了然,"涣散类"人物喜欢一切像音乐那样迷离隐约;在性情方面,"硬心类"人物偏袒阳刚,"软心类"人物特好阴柔;在天然倾向方面,"外倾"者喜欢戏剧式的动作,"内倾"者喜欢独语体诗式的默想。这只是就几个荦荦大端来说,每个人在资禀性情方面还有他的特殊个性,这和他的文艺的趣味也密切相关。

其次是身世经历。谢安有一次问子弟:"《毛诗》何句最佳?"谢玄回答:"昔我往矣,杨柳依依;今我来思,雨雪霏霏。"谢安表示异议,说:"'讦谟定命,远猷辰告'句有雅人深致。"(见《世说新语》)这两人的趣味不同,却恰合两人不同的身份。谢安自己是当朝一品,所以特别能欣赏那形容老成谋国的两句;谢玄是翩翩佳公子,所以那流连风景、感物兴怀的句子很合他的口胃。本来文学欣赏,贵能设身处地去体会。如果作品所写的与自己所经历的相近,我们自然更容易了解,更容易起同情。杜工部的诗在这抗战期中读起来,特别亲切有味,也就是这个道理。

第三是传统习尚。法国学者泰纳著《英国文学史》,指出"民族""时代""周围"为文学的三大决定因素,文艺的趣味也可以说大半受这三种势力形成。各民族、各时代都有它的传统,每个人的"周围"(法文 Milieu 略似英文 Circle,意谓"圈子",即常接近的人物,比如说,属于一个派别就是站在那个圈子里)都有它的习尚。在西方,古典派与浪漫派,理想派与写实派;在中国,六朝文与唐宋古文,选体诗、唐诗和宋诗,五代词、北宋词和南宋词,桐城派古文和阳湖派古文,彼此中间都树有很森严的壁垒。投身到某一派旗帜之下的人,就觉得只有那一派是正统,阿其所好,以至目空其余一切。我个人与文艺界朋友的接触,深深地感觉到传统习尚所产生的一些不愉快的经验。我对新文学属望很殷,费尽千言万语也不能说服国学耆宿们,让他们相信新文学也自有一番道理。我也很爱读旧诗文,向新文学作家称道旧诗文的好处,也被他们嗤为顽腐。此外新旧文学家中又各派别之下有派别,京派海派,左派右派,彼此相持不下。我冷眼看得很清楚,每派人都站在一个"圈子"里,那圈子就是他们的"天下"。

一个人在创作和欣赏时所表现的趣味,大半由上述三个因素决定。资禀性情、身世经历和传统习尚,都是很自然地套在一个人身上的,不轻易能摆脱,而且它们的影响有好有坏,也不必完全摆脱。我们应该做的功夫是根据固有的资禀性情而加以磨砺陶冶,扩充身世经历而加以细心的体验,接收多方的传统习尚而求截长取短,融会贯通。这三层功夫就是普通所谓学问修养。纯恃天赋的趣味不足为凭,纯恃环境影响造成的趣味也不足为凭,纯正的可凭的趣味必定是学问修养的结果。

孔子有言:"知之者不如好之者,好之者不如乐之者。"仿佛以为知、好、乐是三层事,一层深一层;其实在文艺方面,第一难关是知,能知就能好,能好就能乐。知、好、乐三种心理活动融为一体,就是欣赏,而欣赏所凭的就是趣味。许多人在文艺趣味上有欠缺,大半由于在知上有欠缺。

有些人根本不知，当然不会盛感到趣味，看到任何好的作品都如蠢牛听琴，不起作用。这是精神上的残废。犯这种毛病的人失去大部分生命的意味。

有些人知得不正确，于是趣味低劣，缺乏鉴别力，只以需要刺激或麻醉，取恶劣作品疗饥过瘾，以为这就是欣赏文学。这是精神上的中毒，可以使整个的精神受腐化。

有些人知得不周全，趣味就难免窄狭，像上文所说的，被囿于某一派别的传统习尚，不能自拔。这是精神上的短视，"坐井观天，诬天藐小"。

要诊治这三种流行的毛病，唯一的方剂是扩大眼界，加深知解。一切价值都由比较得来，生长在平原，你说一个小山坡最高，你可以受原谅，但是你错误。"登东山而小鲁，登泰山而小天下"，那"天下"也只是孔子所能见到的天下。要把山估计得准确，你必须把世界名山都游历过，测量过。研究文学也是如此，你玩索的作品愈多，种类愈复杂，风格愈分歧，你的比较资料愈丰富，透视愈正确，你的鉴别力（这就是趣味）也就愈可靠。

人类心理都有几分惰性，常以先入为主；想获得一种新趣味，往往须战胜一种很顽强的抵抗力。许多旧文学家不能欣赏新文学作品，就因为这个道理。就我个人的经验来说，起初习文言文，后来改习语体文，颇费过一番冲突与挣扎。在才置信语体文时，对文言文颇有些反感，后来多经摸索，觉得文言文仍有它的不可磨灭的价值。专就学文言文说，我起初学桐城派古文，跟着古文家们骂六朝文的绮靡，后来稍致力于六朝人的著作，才觉得六朝文也有为唐宋文所不可及处。在诗方面，我从唐诗入手，觉宋诗索然无味，后来读宋人作品较多，才发现宋诗也特有一种风味。我学外国文学的经验也大致相同，往往从笃嗜甲派不了解乙派，到了解乙派而对甲派重新估定价值。我因而想到培养文学趣味好比开疆辟土，须逐渐把本来非我所有的征服为我所有。英国诗人华兹华司说道："一个诗人不仅要创造作品，还要创造能欣赏那种作品的趣味。"我想不仅作者如此，读者也须时常创造他的趣味。生生不息的趣味才是活的趣味，像死水一般静止的趣味必定陈腐。活的趣味时时刻刻在发现新境界，死的趣味老是囿在一个窄狭的圈子里。这道理可以适用于个人的文学修养，也可以适用于全民族的文学演进史。

（《谈文学》）

胡云翼（1906—1965），原名胡耀华。现代中国文学史研究的奠基者，词学家。1925年在武昌师范大学就读，其间，在郁达夫和胡适的帮助下，与同学组织艺林社，创办《艺林旬刊》，开始文学创作。1927年大学毕业，先后在岳云中学、南华中学、无锡中学、镇江师范、暨南大学等校任教，并曾任中华书局和商务印书馆编辑。抗战胜利后任嘉兴县县长。著有《宋词研究》《宋诗研究》《唐诗研究》《中国词史大纲》《新著中国文学史》《唐代的战争文学》，编有《词选》《诗学小丛书》等。

文学欣赏引论
胡云翼

一

由文学的分类，可以分文学为诗歌、戏剧、小说数种。由研究文学讲，则文学可以分为文学批评、文学创作与文学欣赏三种。大概一个研究文学者，他的愿望，不是希求做一个文学创作者，便是想成就一个文学批评家。他们以为如其能够创作，可以自由发挥作者的天才，可以任意描写作者的苦闷和情调，也许能得同情的回响，无上的安慰，这是创作文学的最高意义。而那些文学批评家的希求者，则又以为如其能够批评，常常站在创作家的面前，指导作家，批评作家。一方面批评家自有他的独具见解，发挥文学上最高意义，在文坛上如意指挥；一方面他又可以提挈新旧作家，攻击虚伪作品，任意玩弄作家于掌上。这两种成就——创作与批评——都是很有意义的。只有文学欣赏者，仅仅的文学欣赏者，哪一个研究文学的人愿意去干呢？他们蔑笑："仅仅地欣赏文学，那是少爷们小姐们享闲福的故事。"

固然，我们研究文学，最好于创作或批评方面能有成就；然而文艺的天才不是人人皆具的，创作的技巧不是人人皆精工的——文学创作实在不是一件容易的工作。而要求成就一个文学批评家，也必须有敏锐的理解力和分析力，以及深湛的研究和渊博的涉览，绝不是"马到功成"的。而且在比例上，文坛里面只要比较少数的创作家和批评家，而需要大多数的文学欣赏者。那些多数的读者，因为天才缺乏的缘故，不能达到创作的圆满境界；或许因为职业关系，不能专门研究文学，只能限于欣赏文学。那么，文学欣赏的问题是如何重大，岂容蔑视？现在文坛上所谓文学创作之讨论，文学批评之研究，早已引动了一般的视听。而文学欣赏的问题竟是寂寂无闻！这自然是一般人忽视文学欣赏的缘故。实在这是不容忽视的，如其我们仔细考察一下，文学批评、创作与欣赏简直分不开来：

（一）创作与欣赏。一个创作家能够抛弃了文学欣赏去创作吗？如其一个作者愿意成就一个伟大的创作者，他绝不能完全依恃他的天才，而须赖艺术的修养。所谓艺术的修养，换言之，就是文学欣赏。文学欣赏，绝不是求文学的模仿。文学欣赏，只是帮助创作家，使他的思想更伟大些，使他的情思更活泼些，使他的艺术更灵巧些——总之，使作家文学化。如：

王荆公少以意气自许，故诗语惟其所向，不复更为涵蓄。……平冶险秽，并无力润泽焦枯，是有才之类，皆直道其胸中事。后为"群牧判官"从宋次道，尽假唐人诗集，博观而约取。晚年，始尽深婉不迫之趣。　　　　（《石林诗话》）

　　这便是文学欣赏在创作上的效能。我决不相信一个作家撇开文学欣赏——撇开平时的文学修养——而能成功他的创作。我还觉得创作不但应该注意古代及同时代的文学作品的欣赏，并且还要能够欣赏自己的作物，因为自我的欣赏最能够促进自己对于艺术上的兴趣和努力。

　　（二）批评与欣赏。文学批评与文学欣赏的关系尤切。试问一个批评家可以不了解作者的作品而批评作家吗？所谓文学批评家者，不过表示他有超越的文学欣赏力，站在文坛前面，诱导读者对于微妙的、不易了解的文学欣赏而已。虽然批评家谈到他最高的职务时，固不仅斤斤于一二篇作品的争论，而指导作家发挥文学的精神，但是，这不过是批评家宣布他从那些好作品里面分析综合得来的结论而已。即如做一个文学者的评传，固然应该注意文学家的思想、人生观、身世及其环境各方面，但始终不能离掉了文学欣赏；不然，便不是文学批评了。总之，文学批评是完全建筑于文学欣赏的基础上面。有人这样说："文学批评就是文学欣赏。"这也足以表明文学批评之不能离掉文学欣赏呢！

　　这样，文学欣赏是创作与批评的基础。而创作者，创作前应该欣赏其他作家的作品,翻过来又是欣赏自己的创作;欣赏与创作是互为因果了。批评就是欣赏,批评与欣赏混一了。那么,创作、批评、欣赏三者根本上便分不开来,相互关联着。我们着重创作,我们注意批评,同时,我们也不应该忽略了欣赏——那是创作与批评的基础。

二

在上一节讲了一大段,无非是说明文学欣赏之重要,和讲求文学欣赏之必要。现在乃谈到文学欣赏的根本问题:我们如何欣赏文学。

文学欣赏是不是有可能的标准呢?诚然,文学欣赏是主观的,是直觉的,没有丝毫的客观性。同是一篇小说,甲读了可以击节三叹,乙读了毫无兴趣;同是一篇戏剧,甲读了可以十分感动,乙读了或漠然视之。可见文学作品的欣赏并不是"一定的刺激,必生一定的反应",绝无何等必然性。但是,我们要问,文学欣赏何以没有必然性呢?这是基于读者的欣赏力有等级,有差异——那么,虽然一样的刺激,而透过不同的欣赏力,自然发生异样的影响——欣赏力何以有差异?这有六个原因:(1)性情;(2)经验;(3)年龄;(4)身世;(5)环境;(6)文学见地。这都是形成文学欣赏不同的原由。申说如次:

第一,若是一个胸襟开阔,志气发扬,要"乘长风破万里浪",要"饮马长城窟"的赳赳男儿,他绝不会喜欢喁喁情话的儿女文学;反之,一个温柔的女性,她听了铜将军、铁绰板,唱大江东去,也一定是讨厌。——这是因性情不同,而欣赏文学的标准不同。

第二,假如你没曾看见过海的话,你读了描写海洋的作品,虽然也能引起欣赏,那是作者文学的魔力,究竟不能了解真切。如同瞎子听人家描写太阳,听是听得津津有味,终于不会知道太阳是什么。而一个从战场上跑回来的人,或是饱尝战争滋味者,他读着非战文学,一定一字一泪。——这因是经验不同,而欣赏文学的能力不同。

第三,假如是一个年轻的读者,他还不过十二三岁,多半最喜欢战争文学。如《三国演义》之类。而十九二十岁的青年,却最爱看《红楼梦》、爱看《金瓶梅》的爱情小说。——这是因年龄不同,而欣赏文学的标准不同。

第四,一个劳动阶级的读者,他如何能欣赏贵族文学?一个生活丰富的人,如何会感受身世飘零者的作品的痛苦?——这是因阶级、身世不同,而欣赏文学的能力不同。

第五,是去国的人,只要看了"她怅望着祖国的天野"一个题目,便会感到飘旅的痛苦;住在北地沙漠的人,给他唱"烟花三月下扬州"必毫无感觉,而读"风吹草低见牛羊"却是活景如画。——这是因读者所处环境不同,而欣赏文学的标准不同。

第六,坚持古典文艺的人,他绝不能欣赏白话自由的创作;而主张文学必须修辞必骈雅的人,他看着"诗三百篇"、汉魏乐府、歌谣,都不值价了。——这是因文学见地不同,而欣赏文学的眼光也不同。

由此看来,文学欣赏哪里有一定的标准,除非读者的性情一样,经验完备,而身世、年龄、环境也大致不差,并且有相似的文学见地;那么,文学欣赏的标准永远是不能一致的。因此,我们在这里并不妄想规定一个文学标准的欣赏,或是文学欣赏的标准,我们只老老实实地指出几条方法,那或许能够有帮助于文学的欣赏。

(一)朗诵方法。为什么需要朗诵?这并不是记着来背诵的朗诵,只是以促进文学的欣赏。因为是文学体裁的文字,无论有韵文无韵文,都伴有音节的,有声调的,有挫顿抑扬的。换言之,文学是含有音乐性的。朗诵,一方既可以感受音乐的美,一方又由音乐的美可以促进对于文学的欣赏。尤其是诗歌,中国的诗歌与音乐生极密接的关系。如"诗三百篇"可歌("诗三百五篇,孔子皆弦歌之。"《史记》),汉魏乐府可歌(汉武创新乐府,令李延年为协律都尉),唐诗绝句可歌(如《路平调》《阳关三叠》之类),宋词、元曲均可歌。虽然现在歌法已亡,但声调和音节还是保存着,朗诵起来很顺适。若不有朗诵,虽也未尝得不到欣赏,但至少已经去掉文学作品声韵部分的美,而容易联带文学内容的部分也随便疏略了。所以朗诵在文学欣赏上,至少有两种帮助:(1)感受音乐的美;(2)由音乐的直觉作用,促进对于作品内容的了解。

(二)时间支配。文学欣赏时间极有关系。林黛玉的《葬花词》是一篇极缠绵动人的作品,我们若是正当暮春三月,桃花方落，去读它，一定会感发无穷怅慨。张若虚的《春江花月夜》，我们若是在一春风沉醉的晚上去读它，也能和作者起同情的共鸣。反之，若是时际不相值，当着霜风炳烈、寒风怒号的冬季，在那时候，我们读《春江花月夜》，读《葬花词》，自然不是适宜；而觉得吟吟"晚来天欲雪"、"独钓寒江雪"和《雪赋》，较为有意义有深趣了。同样，《秋风辞》，不是秋风里最好的读物吗？在迷离的晚上吟"人约黄昏后"，真恍如其境。如在文学欣赏上，作品的性质，应该与时间构成适当的关系；但亦无法拘定，因为有些作品是没有时间的属性的，如"故国三千里，深宫二十年"之类。又有些占有时间的延续性的，如读"杨柳岸，晓风残月"，固好在早晨，但它的前半节是"对长亭晚，暮雨初歇"之句，难道前半节晚上读、后半节等到早晨再念吗？更有延续到几个月的，如"七月流火"之类，这也不能规定读的时间。总之，我们在可能的范围内，应该设法使所读的作品与时间构成一个适当的关系，虽然不必过拘。

（三）心境作用。心境状态与文学欣赏更有深密的关系，正当愁绪纭纷、苦闷怅惘的时候，自然会欣赏《呐喊》《莺萝集》一类的作品。依在恋人怀里去读《战城南》《孤儿行》一点也不会起兴味。若是低徊怀想、伤感无限之际，去读甜蜜的艳情小说，只觉得肉麻；而一对爱人挽着臂儿读《西厢记》，便逸趣横飞；方良辰美景，心境怡悦，执着泰戈尔的《新月集》，冰心的《春水》《超人》读读是如何高兴！而心绪恶劣，心理暴躁之际，却是屈原的骚，太白的诗，李易安的词，也将失其美妙与兴趣。由此可见，心理状态与文学欣赏形成一定的必然关系。大概心理变化剧烈时，欣赏文学多有所偏；而心理平和时，更适宜于文学欣赏。

（四）艺术生活。若是一个科学家，当他读了"归云拥树失山村"，便会逼引他的惊疑；而一个医生读了老杜的"剑外忽传收蓟北，初闻涕泪满衣裳。却看妻子愁何在，漫卷诗书喜欲狂！"这岂不是一个神经病者？有人读了《红楼梦》说，那还不是家常米饭，日常生活，有什么趣味？这自然是没有文学兴味的人说的话。我以为文学作品，只是文学者和具有文学的深趣的人，才能够得到最高的欣赏。那些理知的、机械的人，简直难能去叩文学欣赏的王宫之门。如其文学欣赏，我们认为是精神慰安上的必需品，那么，你应该抛弃你的理知判断，让情绪来占据你的心；你要解除你机械的人生，让思想流入浪漫之小河。最好一句话，你应该度你的艺术生活。于是，你才能和文学作品摩荡，才能够得到完全的文学欣赏。

我很随意地把如何欣赏文学说了这么几条方法，那自然是很疏略的。然而，虽对于读者的文学欣赏上难能为有益的帮助，也许能够得点明了的见解吧。至于文学欣赏与文学趣味，那自然是极相关联。越做文学欣赏的努力，则文学趣味也越加浓挚。要求文学趣味之浓厚，最应该注意选择读物；而选择读物除了力求作品与读者的性情、经验、年龄、身世、环境及文学见地之接近和融洽外，还应该受文学批评家的指导。至少当文学欣赏初步时，读者应该有这样的虚心。

三

文学欣赏里面有一个大问题,就是今文学与古文学的欣赏问题。

现代新文学旧文学之争,形成了两个极端的趋向。主张旧文学者,主张文学复古的论调者,他们说:"诗亡然后乐府作,乐府亡然后诗余兴,诗余亡然后歌曲起。"他们说:"词者诗之余,曲者词之余。"他们说:"汉晋末四言诗诚绝高矣,然比国风则何?如魏晋五言诗诚超越矣,然比《古诗十九首》、苏李诗则何如?宋诗更不如唐诗,明清斯下……"他们说:"词小道也。""小说出于稗官之流。"他们说:"两汉文风至六朝而弊,韩愈氏出,文起八代之衰;有唐文风至西昆体而弊,欧阳氏出,大张复古之帜;其后明有前后七子之兴,清有阳湖桐城之派。"他们又说:"宋碑不如魏碑,魏碑不如汉碑。"这不分明是文学是退化的,是循环的吗?因此他们得一结论,是新文学不如旧文学,文学应该复古。

同时,主张新文学者,主张文学崇新的论调者,他们的说法又完全不同。他们说:"由四言诗变为五言诗是进化,由五言诗变为七言诗也是进化;由整齐的五言七言诗变为长短句的词是进化,由词进为曲、由曲进为小说也是进化。"他们一方面固然承认"四言诗莫如周末,五言诗莫如汉,七言诗莫如唐",但同时他们认为"一时代的文学,自有它的特性特色(如宋词、元曲之类),虽然韩愈提倡复古,但唐文学依然是唐文学;欧阳修虽然提倡复古，但宋文学依然是宋文学。同样，明是明代的文学，清是清代的文学，复古简直是不可能。文学是进化的，绝不是退化的，也不是循环的"。由他们这种论调所得的结论，是旧文学不如新文学，文学应该崇新。

在这里我们主张旧的呢？主张新的呢？还是模棱两可，主张二者并重呢？我以为关于新旧文学的根本价值问题，那是很费解决的，不必在这里讨论，也无须在这里讨论。但只就文学欣赏的眼光看来，则我们毋宁左袒后者。盖因我们之能欣赏古代文学，实远不如我们对于近代文学之欣赏力也。请申其说：

（一）古今人情不同。文学描写之对象，不过当代之风俗人情而已。因为古代之风俗人情，与近代的风俗人情有变迁差异，虽不致十分悬殊；因此有许多前人描写风俗人情最好的最美的文学，而到近代的我们便不能了解、不能欣赏了。——至多也只能欣赏、了解一部分，而不能得到完全的欣赏。例如唐代边塞多事，故"闺中少妇""王孙未归"之类描写闺怨边戍的作品最多。所谓捣衣送征衣的事，那是当时一种习俗，因为秋天冷了，家家忙着洗衣捣衣，送到边塞去给戍征的人御冷。因此，诗家拿"捣衣"来描写闺怨秋思，如"万户捣衣声"之类的诗句，那在当时的确是极能感动人的。然而现在的我们已经没有此事了，所以对于那样的诗句也不起何等感兴。由此类例可知古人有许多描写当代人情风俗很活跃动人的作品，我们不能欣赏，便很疏略地过去了。

（二）语言文字之异。"言为心声，文以足言"；言语因时代之不同而有变迁，文字之应用也因之而异。虽则古曲文在时间上不会发生剧烈的变迁，但总不是独立不变的。我们读杜工部诗，我们读韩昌黎诗，试问能够了解几分之几？谁能够全部了解？固然不了解的原因很多，而文字应用之不同，便是一个重因。至于那变动不居的活泼的白话所产生的作品，在历史上看去，我们能够了解的机会更少了。王实甫的《西厢》是三百年前的作品，曹雪芹的《红楼梦》只是一百年的作品，而我们不能够了解的很多着呢。了解尚且不完全，欣赏何处说起！

（三）时代思想与心理不同。一个时代的思想与心理，不会与别个时代相同。最明显的例子，从前的学者没有不抱忠君的念头的，而现在则一定没有人抱这种念头了。从前的文人以为娶妾狎妓是风流韵事，而现在的文人娶妾狎妓，人家便要骂无人道主义了。本是我们只欣赏古人的文学，不必理会他的思想与心理上发生的价值，但因为思想与心理和文学的情感是成连锁的，一个作家的思想与心理往往从作品中表露出来，我们便不免因时代思想及心理上的隔膜，致不能完全了解前人的作品。

（四）审美的观念不同。审美与文学欣赏很有关系。一篇作品能够欣赏到什么程度，就是审美到什么程度。审美固也是主观的，甲的审美与乙的审美不一定相同，而大致可以相同。可是，时代不同，审美观念更会显出大大的差异。譬如说吧，"樱桃樊素口，杨柳小蛮腰"，在当代这总要算很美的了；但在我们看来，这有什样，女人嘴上抹些红胭脂简直令人作呕哩！其他关于审美方面，事物的审美，两性的审美，家庭的审美……古人与今人的观念每有不同,审美观念既不同,那么,欣赏古人的作品又发生困难了。

(五)作品表现的事物不同。这也是形成欣赏古文学困难的一个原因。明明是花和草,而在《楚辞》里面却用些芳芷杜衡,在"诗三百篇"里面则用些苤苢彤管。这些名词,我们简直不知是些什么花草,哪里会发生美的联想观念呢?唐人爱作牡丹诗,宋人爱咏梅花,这也是时代心理的偏嗜,正如我们现在爱用紫罗兰、玫瑰、蔷薇一样。再则如《红楼梦》里面描写那样琐碎生活,和生活关系的那些名目称谓,于我们现在的读者,简直毫不起兴趣。而在那时代,却真是活跃如画的家族生活呢!因为我们没有适用那些生活关系的名目称呼了,因此,文学欣赏的效能也减少了。

由此我们更可以推论,越是古代的文学越难欣赏,如其我们没有著成见来观察,那么我们一定会知道而且承认魏、晋、六朝时的歌谣乐府,比周末时的"诗三百篇"、《楚辞》能够欣赏些;元曲比宋词又容易欣赏些;而明清的章回小说比宋词、元曲更为使我们容易欣赏的了。由上所论列,现在可以得一结言,就是撇开新旧文学的价值优劣不谈,只就欣赏文学上看,旧文学不比新文学,然则我们欣赏文学即只欣赏新文艺作品,完全抛弃古文艺的欣赏吗?是则不然。我们并不是只觉得抛弃古学是可惜的,实在是不可能的。第一,在事实上,所谓现在文艺,永远不满足我们欣赏者的要求。因现代是极短促的,不久又是过去了。即谓近代,也不过包括二三百年以内;而谓二三百年的文学作品，可能完全满足文学欣赏的欲求吗？并且在相近时代内的作家，那多半是没有定评的，没有受过时代淘汰的；要在这许多没有受过时代淘汰的，还没有定评的作家中去求欣赏他的作品，那是极困难的，而且常要使读者感觉异常的失望，不能满足他欣赏的欲求。第二，旧文学虽然比新文学难得欣赏些，虽然因为古今人情不同，语异，时代、心理及思想之异，审美观念与作家表现的不同，形成文学欣赏上的困难，但是，这些困难总有些可以设法避免的，如其对于中国文学加以较深湛的研究之后，且在普通上看来，时代的迁变与差分，多半是大同小异。如其说审美的话，其因时代变迁而生的差别自不讳言，而如山水的审美，田园的审美，祖国的爱，父母的爱，离别丧亡的哀思，那是古今人所同感的。文字的表现、事物名词纵有差异，而描写生活则有一致。于此可见，我们欣赏古文学虽然比较困难，却绝不是不可能的事。尤其是那些历史上保留下来的不世出的伟大作家的伟大作品，不但不受着时代的淘汰，而且是"光焰万丈""千古常新"。这又岂仅是时代所能限制了的？这是我们欣赏文学无上光荣的权利。

(《文学论集》)

梁实秋（1903—1987），著名散文家、学者、文学批评家和翻译家，华人世界第一个研究莎士比亚的权威。1915年秋考入清华学校留美预备班，1923年赴美留学，获哈佛大学英文系博士学位。1926年回国后，先后任教于东南大学、青岛大学、北京大学、北平师范大学。梁实秋从30年代开始翻译莎士比亚作品，持续40年，完成了全集的翻译；其多方面的才华还体现在卷帙浩繁的作品和主编的《远东英汉大辞典》中。

现代中国文学之浪漫的趋势

梁实秋

"现代中国文学"系指我们通常所谓的"新文学"而言。"浪漫的"系指西洋文学的"浪漫主义"而言。我这篇文章的主旨即在说明"新文学运动"的几个特点，以证明这全运动之趋向于"浪漫主义"。

这个工作有两层困难：（1）新文学现在还在很幼稚的时代，一切的文学艺术还正在试验之中，恐怕还谈不到什么确定的主义。（2）文学里究竟有没有主义可谈，在现今中国还有人怀疑。有人以为文学里的"嗯死木死"是批评家凭空捏造出来硬派给文学作家的一种标帜，所以与文学的本质漠不相关，所以只要你一谈文学里的主义，立刻就有人说你是庸人自扰。但我们若悉心地研究西洋文学批评的原理，再审慎地观察中国"新文学运动"的内容，就觉得这两种困难不是不可超越的。

我现在不讲中国文学的浪漫主义，因为现在还在酝酿时期，在这运动里面的人自己还在莫名其妙。冷静的批评者或可考察这全运动的来踪去迹。所以我只讲现代中国文学之浪漫的"趋势"。至于文学里究竟有没有主义可谈，这个问题是很幼稚，但这个问题的解答却很复杂。对于此点，本文暂不详论，但我须说明我的地位。我的批评方法是认定文学里有两个主要的类别，一是古典的，一是浪漫的。当然这种分类法不是我的独创，我只是随着西洋文学批评的正统（这个方法可否施之于现代中国文学，留待下文细说）。据我自己研究的结果，我觉得浪漫主义的定义不但是不可能的，而且是无益的。我们心里明白什么是浪漫主义，并且在本文里我就要说明现代中国文学所含有的浪漫成分。这篇文章终了的时候，浪漫主义是什么的问题，可以不解而解了。

一、外国的影响

我曾说，文学并无新旧可分，只有中外可辨。旧文学即是本国特有的文学，新文学即是受外国影响后的文学。我先要说明，凡是极端地承受外国影响，即是浪漫主义的一个特征。

浪漫主义者所最企求者即"新颖""奇异"。但一国之文学或全部之文化，苟历年过久，必定渐趋于陈腐。一国鼎盛的时候，人才辈出，创作发达，但盛极必衰，往往传统的精神就陷于矫揉造作,艺术的精神沦为习惯的模仿。这在希腊的亚里山大①时代,罗马的黄金时代以后,以及英法十八世纪之前半,莫不如是。而浪漫主义者实难堪此。他们要求自由、活动和新奇。国内的文学因传统的关系,层层桎梏,浪漫主义者的解脱之道即在打破现状。打破现状的方法不外两种,一是返古,一是引入外国势力。而后一个方法在实际上比较地尤其容易。外国文学的根本精神总是新颖的,否则便不成为外国的文学。外国影响一经传入,即如摧残拉朽,势莫能御,不管是好的影响坏的影响,必将一视同仁地兼收并纳,结果是弄得漫无秩序,一团糟,但在这一团糟里面却是有生气勃勃的一股精神。这一团糟的精神不会持久的,日久气衰,仍回复于稳固的基础之上。但浪漫主义者在那一团糟的时期里面,享乐最多。他们最喜欢的就是那蓬蓬勃勃的气象,不守纪律地自由活动。所以浪漫主义者就无限制地欢迎外国影响。

福禄特尔说:"文学即如炉中的火一样,我们从邻居借火把自己的点燃,然后再转借给别人,以致为大家所共有。"这是妙譬。实际的情形并没有这样的和谐。斯达耳夫人②说:"一个人生成的法国的头脑,而是德国的心肠,必致演成悲剧。"这样的悲剧在在皆是,我们不必举别人,只看斯达耳夫人自己的祖师卢梭便是榜样。我并不一概地反对外国影响。实在讲,外国影

---

① 今译亚历山大。——编者注。
② 今译斯达尔夫人。——编者注。

响之来是不可抵御的,因为外国影响未入之先,必其本国文学有令人可乘之机。况且,外国影响的本身也未必尽属不善。不过,承受外国影响,须要有选择的,然后才能得到外国影响的好处。这一点是一般浪漫主义者所不暇计的。我们且进而考察现代中国文学的外国影响。

凡是文学上的重大的变动,起初必定是文字问题。例如但丁之用意大利文,巢塞之用英语,笛伯雷之拥护法文,华资渥斯①之攻击诗藻,这些人在文学史上都是划分时代的大家,他们着手处却均在文字。我们中国的新文学运动也是如此,其初步即为白话文运动。白话行文,并不是自近年始,最浅显的例如《水浒》《西游记》等书早已采用白话;而白话文运动,绝非仅是因袭《水浒》《西游记》之前例,实乃表示一种有意识地反抗古文。这种文字上的反抗,其主因固由于古文过趋于繁难,过于人为的,但其反抗酝酿已久,何以到最近才行爆发?这爆发的导火线究竟是什么?我以为白话文运动的导火线即是外国的影响。近年倡导白话文的几个人差不多全是在外国留学的几个学生,他们与外国语言文字的接触比较地多些,深觉外国的语言与文字中间的差别不若中国言语文字那样地悬殊。同时外国也正在一个文学革新的时代,例如在美国、英国,有一部分的诗家联合起来,号为"影像主义者",罗威尔女士、佛莱琪儿等属之,这一派唯一的特点,即在不用陈腐文字,不表现陈腐

---

① 今译华兹华斯。——编者注。

思想。我想，这一派十年前在美国声势最盛的时候，我们中国留美的学生一定不免要受其影响。试细按影像主义者的宣言，列有六条戒条，主要的如不用典、不用陈腐的套语，几乎条条都与我们中国倡导白话文的主旨吻合。所以我想，白话文运动是由外国影响而起。随着白话文运动以俱来的便是新式标点；新式标点完全是模仿外国，也可为旁证。

　　白话文运动的根本原理，并无可非议。文字是文学的工具，这外国影响足使中国文学改换一个新工具，就大体看来，对于中国文学是有益无害的。不过白话既经倡导之后，似乎发生一种流行的误解，以为凡是俗言俚语，皆可入文。其实外国的文学所用的文字，也并非如此。在外国从没听说过"言文一致"的话，外国言文相差不及中国之甚罢了。但浪漫主义者的特性即是任性，他们把外国以日常语言作文的思想传到中国，只从反面的效用着眼，用以攻击古文文体，而不从正面努力，以建设文学的、文字的标准。他们并且变本加厉，真真要做到"言文一致"的地步，以文学迁就语言，不以文字适应文学，这是浪漫主义者倡导白话文的结果。

　　讲到"语体文之欧化"，则更足表明外国影响之剧烈。以白话为文，不过是在方法上借镜于外国，欧化文体则是更进一步，欲以欧式的白话代替中国式的白话。这个新颖的主张无异于声明不但中国文体不适于今日，即中国的语体亦不适于中国。至于以罗马字母代汉字的主张，则是更趋极端，意欲取消中国文字而后快，我只能看作是浪漫主义者的一出"噩梦"。

新诗的发生，在文字方面讲，是白话文运动的一部分。但新诗之所谓新者，不仅在文字方面，即形体上、艺术上亦与旧诗有不同处。我又要说，诗并无新旧之分，只有中外可辨。我们所谓新诗，就是外国式的诗。试取近年来的新诗以观，在体裁方面一反"绝句""律诗""排韵"等旧诗体裁，所谓新的体裁者亦不是"古诗""乐府"，而是"十四行体""排句体""颂赞体""巢塞体""斯宾塞体""三行连锁体"，大多数采用的"自由诗体"。写法则分段分行，有一行一读，亦有两行一读。这是在新诗的体裁方面很明显地露出外国的影响。在艺术上讲，则近来也日趋于洋化。某人是模仿哈尔地，某人是得力于吉柏龄，某人是私淑泰戈尔，只须按图索骥，可以百不一爽。有些新诗还嵌满了一些委娜斯①、阿波罗，则其为舶来品更无疑义。

西洋小说流入中国是在很早的时候，但在中国文学上发生影响则是比较近年的事。"短篇小说"的体裁在新文学运动里要算是很出色的一幕。单就体裁而论，短篇小说我们中国古已有之，有人远引庄子里的故事，有人近举聊斋，以为前例。殊不知新文学里的短篇小说，绝不是我们中国文学的正统，绝不是聊斋的文学习惯之继续。试就近年来报章杂志里的短篇小说而观，我们可以约略地看出哪一篇是模仿莫白桑②，哪一篇是模仿

---

① 今译维纳斯。——编者注。
② 今译莫泊桑。——编者注。

柴霍甫①。至于模仿施耐庵、曹雪芹，则是凤毛麟角、绝无仅有的了。若是有人模仿蒲留仙②，必将遭时人的痛骂，斥为滥调，诋为"某生体"。盖据浪漫主义者的眼光看来，凡是模仿本国的古典则为模仿，为陈腐；凡是模仿外国作品，则为新颖，为创造。例如中国章回体长篇小说，在艺术上讲本无可非议，即在外国小说也有类似的体裁，而所谓新文学运动者必摈斥不遗余力，以为"话说""且听下回分解""正是"是绝对的可笑。处处都表示出浪漫主义者之一方面全部推翻中国文学的正统，一方面全部地承受外国的影响。

中国戏剧本是我们中国所特有的一种艺术。西洋的"奥普拉"，据辜汤生的定义，就是"连唱带做"。那么中国戏剧似与"奥普拉"相近。新文学运动以还，许多外国剧本都被介绍给中国来。这些剧本在中国文学上发生影响的不是莎士比亚，不是毛里哀③，更不是莎孚克里斯④，而是萧伯纳⑤，是易卜生，是阿尼尔。现今的时代是一个浪漫的时代，中国文学正在浪漫，外国文学也正在浪漫。浪漫主义者有一种"现代的嗜好"，无论什么东西，凡是"现代的"就是好的。这种"现代狂"是由于"进步的观念"而生，说来话长。中国戏所受外国影响，若确切

---

① 今译契诃夫。——编者注。
② 即蒲松龄。——编者注。
③ 今译莫里哀。——编者注。
④ 今译莎孚克里士。——编者注。
⑤ 今译萧伯纳。——编者注。

些说，只是受外国近代文学的影响。所以新文学运动给我们中国文学陡然添了一个型类，叫作"散文剧"，举凡一切艺术、技术完全模仿外国。散文剧的勃兴是受外国影响的结果，这是无可讳言的。但也不是可耻的。中国文学添设这一个型类，于中国文学无损。不过近来有许多浪漫主义者似乎以为"新戏"可以代替"旧戏"，同时他们自己还不晓得所谓"新戏"就是外国戏，这就欠妥了。戏剧无新旧可分，只有中外可辨。中国的"国剧"现在连根基还没有重修起来，这是有待于将来的努力。

外国文学影响侵入中国之最显著的象征，无过于外国文学的翻译。翻译一事在新文学运动里可以算得一个主要的柱石。翻译的文学无时不呈一种浪漫的状态，翻译者对于所翻译的外国作品并不取理性的研究的态度，其选择亦不是有纪律的，有目的的，而是任性纵情，凡投其所好者则尽量翻译，结果是往往把外国第三四流的作品运到中国，视为至宝，争相模拟。我们不要忘了，新文学运动里还有一个名词，叫作"文学介绍"。这在外国文学里，我没有听说过；在我们中国文学里，我也没有听说过。考所谓"文学介绍"者，即将某某作者的传略抄录一遍，再将其作品版本开列详单，再将主要作品的内容展转地注释，如是而已。并且所谓文学介绍家者，大概都是很浪漫，他抓到一个外国作家，不管三七二十一，便把他推崇到无可再高的地位。我记得有人把爱尔兰的夏芝和莎士比亚相提并论，更有人把史文朋认为英国至上的诗人。真可谓失掉了全体的"配和"。若说把外国的文学在国内宣传，使国人注意，原是很好的事,例如在十八世纪中,德国文学在法国、英国可以说是没有声响,后来斯达耳夫人把德国的思想、艺术在法国鼓吹,又后来喀赖尔在英国也尽力地鼓吹,德国影响之伸入美国,又靠了爱墨孙的力量。但是这些人都不是以"文学介绍"而成家,他们不是漫不经意地抓到一个外国人来捧场。我曾研究中国新文学介绍家的心理,其出发点仍不外乎浪漫性。除以介绍为职业者不论外,文学介绍者多半是热心文艺的人,他们研究外国文学是采取欣赏的态度。他们没有目标,没有计划,没有师承,他们像海上的漂泊者一样,随着风浪的飘送,一旦漂到什么名山大川,或是无名的屿岛,他们便像探险者的喜悦一般,乐不自禁,除了自己欣赏之外,还要记载下来,公诸同好。这样的文学介绍家的确是浪漫的,但是不可靠的。这种人我叫他作"游艺者",或径译英文音,叫作"滴来荡特"。游艺主义者在中国做了文学介绍家,所以所谓"文学介绍"者乃成为"浪漫的混乱"。

　　以上所说,只是就外国影响之表面的证据而论。全部影响之最紧要处乃在外国文学观念之输入中国。换言之,我们自经和外国文学发生接触之后,我们对于文学的见解完全变了。我们本来的文学观念可以用"文以载道"四个字来包括无遗,现在的文学观念则是把文学当作艺术。再确切地说,我们从前承认"四书"是文学,现在把《红楼梦》也当作文学;从前把《楚辞》当文学,现在把孟姜女唱本也当文学。这一变可是非同小可。因为不但从今以后,中国文学根本地改了模样,即是已往的四千年来的文学，在中国文学史上的地位和价值，都要大大地更动。现代所谓"以科学方法整理国故"（其实就是张南皮所谓"中学为体，西学为用"的道理），就是这个道理。但是方法究竟还是小事，最要紧的是标准。没有标准便没有方法去衡量一切，也便没有方法去安配一切的地位与价值。外国影响侵入中国文学之最大的结果，在现今这个时代，便是给中国文学添加了一个标准。我们现在有两个标准，一个是中国的，一个是外国的。浪漫主义者的步骤，第一步是打倒中国的固有的标准，实在不曾打倒；第二步是建设新标准，实在所谓新标准即是外国标准，并且即此标准亦不曾建设。浪漫主义者的唯一的标准，即是"无标准"。所以新文学运动，就全部看，是"浪漫的混乱"。混乱状态亦时势之所不能免，但究非常态则可断言。至于谁能把一个常态的标准从混乱中清理出来，我不知道，不过我知道他一定不是一个浪漫主义者。

二、情感的推崇

古典主义者最尊贵人的头，浪漫主义者最贵重人的心。头是理性的机关，里面藏着智慧；心是情感的泉源，里面包着热血。古典主义者说："我思想，所以我是。"浪漫主义者说："我感觉，所以我是。"古典主义者说："我凭着最高的理性，可以达到真实的境界。"浪漫主义者："我有美妙的灵魂，可以超越一切。"按照人的常态，换句话说，按照古典主义者的理想，理性是应该占最高的位置。但是浪漫主义者最反对者就是常态，他们在心血沸腾的时候，如醉如梦，凭着感情的力量想象到九霄云外，理性完全失了统驭的力量。据浪漫主义者自己讲，这便是"诗狂""灵感"，或是"忘我的境界"。浪漫主义者觉得无情感便无文学，并且那情感还必须要自由活动。他们还以为如其理性从大门进来，文学就要从窗口飞出去。

现代中国文学，到处弥漫着抒情主义。

近年来情诗的创作在量上简直不可计算。没有一种报纸或杂志不有情诗。情诗的产生本是不期然而然的，到了后来成为习惯，成为不可少的点缀品。情诗成为时髦，这是事实，但为什么会有这种事实呢？我们中国人的生活最重礼法，从前圣贤以礼乐治天下，几千年来，"乐"失传了，余剩的只是郑卫之音，"礼"也失掉了原来的意义，变为形式的仪节。所以中国人的生活在情感方面似乎有偏枯的趋势。到了最近，因着外来的影响而发生所谓新文学运动，处处要求扩张，要求解放，要求自由。到这时候，情感就如同铁笼里猛虎一般，不但把礼教的桎梏重重地打破，把监视情感的理性也扑倒了。这不羁的情感在人人的心里燃烧着，一两个人忍不住写一两首情诗，像星火燎原一般，顷刻间人人都在写情诗。青年人最容易启发的情感就是性的恋爱，所以新诗里面大概总不离恋爱的题旨。有人调查一部诗集，统计的结果，约每四首诗要"接吻"一次。若令心理分析的学者来解释，全部新诗几乎都是性欲的表现了。

"抒情主义"的自身并无什么坏处。我们要考察情感的质是否纯正，及其量是否有度。从质量两方面观察，就觉得我们新文学运动对于情感是推崇过分。情感的质地不加理性的选择，结果是：(1) 流于颓废主义；(2) 假理想主义。

颓废主义的文学即耽于声色肉欲的文学，把文学拘锁到色相的区域以内，以激发自己和别人的冲动为能事。他们自己也许承认是伤感的，但有时实是不道德的（我的意思是说，不伦理的）。他们自己也许承认是自然的，但有时实是卑下的。凡不流于颓废的，往往又趋于别一极端，陷于假理想主义。假理想主义者，即是在浓烈的情感紧张之下，精神错乱，一方面顾不得现世的事实，一方面又体会不到超物质的实在界，发为文学乃如疯人的狂语，乃如梦呓，如空中楼阁。真理想主义与假理想主义的分别，就是柏拉图与卢梭的分别。现代中国文学的总趋势是推崇情感，在质一方面的弊病是趋于颓废。间有一二作家，是趋于假理想主义。

新文学家大半都是多情的人。其实情不在多，而在有无节制。许多近人的作品，无论是散文或是韵文，无论其为记述或是描写，到处情感横溢。情感不但是做了文学原料，简直地就是文学。在抒情诗里，当然是作者自诉衷肠，其表情的方法则多疏放不羁，写的时候即是叫嚣不堪，读的时候亦必为之气喘交迫。见着雨，喊它是泪；见着云，喊它是船；见着蝴蝶，喊它作姊姊；见着花，喊它作情人。这就如同罗斯金所谓的"悲伤的虚幻"，而其虚幻还不只是"悲伤的"，且是"号啕的"。主情的文学作者是无处不用情，在他的眼光看来，文学的效用就是抒情，所以文学型类是不必要的分类，诗里抒情，小说里也未尝不可抒情。在现今中国文学里，抒情的小说比较讲故事的小说要多多了①。抒情的小说通常都是以自己为主人公，专事抒发自己的情绪，至于布局与人物描绘，则均为次要。所以近来小说之用第一位代名词——我——的，几成惯例。浪漫主义者对于自己的生活往往要不必要地伤感，愈把自己的过去的生活说得悲惨，自己心里愈觉得痛快舒畅。离家不到百里，便可描写自己如何如何地流浪；割破一块手指，便可叙述自己如何如何地自杀未遂；晚饭迟到半小时，便可记录自己如何如何地绝粒。青年男女，谁没有一两段往事可写？再加上感情的渲染，无事不可写成小说。至于小说的体裁是宜于叙事抑是宜于抒情，浪漫主义者是不过问的。心里觉得抑郁，便把情感发泄出来，若没有真挚的情感，临时自己暗示，制造情感亦非难事；至于写出来的是什么东西，当他未写之前，自己也未曾料到。浪漫主义就是不守纪律的情感主义。

情感在量上不加节制，在作者的人生观上必定附带着产出"人道主义"的色采。人道主义的出发点是"同情心"，更确切些，应是"普遍的同情心"。这无限制的同情在一切的浪漫作品都常表现出来，在我们的新文学里亦极为显著。近年来新诗中产出了一个"人力车夫派"。这一派是专门为人力车夫抱不平，以为神圣的人力车夫被经济制度压迫过甚；同时又以为劳动是

---

① 我们要注意："型类的混杂"亦是浪漫主义者的一大特点，例如散文写诗，小说抒情，这是文学内部型类的混杂。诗与图画同为表现情感，音乐里奏出颜色，图画里给出声音，这是全部艺术型类的混杂。——原注。

神圣的，觉得人力车夫值得赞美。其实人力车夫凭他的血汗赚钱糊口，也可以算得是诚实地生活，既没有什么可怜恤的，更没有什么可赞美的，但是悲天悯人的浪漫主义者觉得人力车夫的生活可怜可敬可歌可泣，于是写起诗来张口人力车夫，闭口人力车夫。普遍的同情心由人力车夫复推施及于农夫、石匠，打铁的、抬轿的，以至于倚门卖笑的妓娼。浪漫主义者对于妓娼往往表示无限的同情，以为她们"同是天涯沦落人"，以为她们职业虽是卑下，心地却仍光明。近年小说中常有把妓娼理想化的。普遍的同情心并不因此而止，由社会而推及于全世界，于是有所谓"弱小民族的文学""被损害民族的文学""非战文学"应运而来。报章杂志上时常有许多翻译和论文，不但那外国作者的姓名我们不大熟识，即其国籍我们也不常听说。吾人试细按普遍的同情，其起源固由于"自爱""自怜"之扩大，但其根本思想乃是建筑于一个极端的假设，这个假设就是"人是平等的"。平等观念的由来，不是理性的，是情感的。重情感的浪漫主义者因情感的驱使，乃不能不流为人道主义者。吾人反对人道主义的唯一理由，即是因为人道主义不是经过理性的选择。同情是要的，但普遍的同情是要不得的。平等的观念，在事实上是不可能的，在理论上也是不应该的。

三、印象主义

阿诺德论莎孚克里斯的伟大，他说莎孚克里斯能"沉静地观察人生，观察人生的全体"。这一句话道破了古往今来的古典主义者对于人生的态度。唯其能沉静地观察，所以能免去主观的偏见；唯其能观察全体，所以能有正确的透视。故古典文学里面表现出来的人性是常态的，是普遍的。其表现的态度是冷静的、清晰的、有纪律的。

当法朗士被选入法国学院的时候，格雷阿立刻提出抗议，认为这是鼓励"病狂的梦幻与放荡的游艺"。法朗士自己讲："我完全不是批评家。有些聪明的人们把文学像打谷一般放在机上，把谷粒和谷壳打开，我没有那种本领。"法朗士的本领乃是"在文学杰作中做灵魂的冒险"，这"灵魂的冒险"便是印象主义最适当的注脚。印象主义便是浪漫主义的末流，其人生观乃是建筑于"流动的哲学"，像柏格孙所说，全宇宙无时无处不在变动，文学家所能观察到的自然与人生，亦不过是一些片段的稍纵即逝的影子。印象主义者就在这影子里生活着，随着他的性情、心境的转移改换他对自然、人生的态度。他喜欢的时候，看着花也在笑，叶也在舞；他悲哀的时候，看着太阳也是灰色的，云彩也是暗淡的。他绝不睁开了双眼沉静地观察人生，他要半闭着眼睛观察人生，觉得模糊的影子反倒幽美动人。文学不是客观的模仿，而是主观的印象了。

现在中国文学就是被这印象主义所支配。

年来"小诗"在中国风行一时，其主要原因固由于泰戈尔及日本俳句的影响，但新文学作者之所以乐于承受这种影响，正足以表示出国人趋于印象主义的心理。小诗唯一的效用就是可以由你把一些零星片段的思想印象记载下来，这些零星的思想和印象有的比较深刻一点,有的比较肤浅一点,但其为零乱浮泛则初无二致。伟大的文学作品都是有"建筑性的",最注重的是干部的坚固,骨骼的均衡。而印象主义者则笃信天才,以为天才之来如陨星的一闪,如电光的一铄,来不可究,去不可测;天才启发的时候,眼里可见平常人看不见的东西,耳朵里可听平常人听不到的声音,只要把这时候所闻所见的东西记载下来,就是文学。"小诗"的体裁盛行一时,就是这个缘故。我曾亲见一个小诗作者,一手执着铅笔,一手执着纸簿,坐在风景优美的地方,恭候印象的光临,随看,随听,随想,随写,随发表。这真极印象主义者的能事了。

在小说里,我们也可以看出印象主义的趋势。小说本来的任务是叙述一个故事,但自浪漫主义得势以来,韵文和散文实际上等于结了婚,诗和小说很难分开,文学的型类完全混乱,很少人能维持小说的本务。现今中国小说,什九就没有故事可说,里面没有布局,也没有人物描写,只是一些零碎的感想和印象。散文往往是很美丽的,但你很难说它是小说。这一类的印象小说最常用的体裁,便是"书翰体"和"日记体"。书翰和日记本是随时随事的段落的记述,既可随意抒发心里的感慨,复可不必要紧凑的结构,所以浪漫主义者把这体裁当作几乎唯一的工具。短篇小说,当然是无首无尾的片段的记载,即是现今的几部长篇小说,实际上也只是许多许多的印象串凑而成,肯在章法上用功的很少很少。"历史小说"是极少见,因为有历史的故事做骨子,作者要受相当的束缚,不能完全自由地东摭西拾。现今小说作者最常用的题旨是：母亲的爱，祖母的爱，三角的爱，学校生活，青春的悲哀，情场失意，疯人笔记，狂人手札，绝命书，等等。因为这些题旨是在一般作者的经验之内，这经验也许是实际的，也许是想象的，但比较地容易使作者发生一点感慨或印象。在印象主义自己看来，或者以为如此创作方可表现自我。殊不知他并不能表现自我，只是表现自我的表面。真实的自我，不在感觉的境界里面，而在理性的生活里。所以要表现自我，必要经过理性活动的步骤，不能专靠感觉境界内的一些印象。其实伟大的文学亦不在表现自我，而在表现一个普遍的人性。

我们还可以附带着讲，近来"游记"的发达，也是印象主义的一个征候。游记是最不负责任的文学，你到了罗马，你就记述罗马，并且你不必记述罗马的本身，你只消记述你对罗马的印象。游记可以描写风景，亦可抒发感慨，总之你可以信笔写下去，印象不竭，游记也便不完。所以游记是"走马看花"的文章，也是印象主义赤裸裸的表现的所在。

印象主义最有效的实用是在文学批评方面。考西洋文学批评的方法，最根本的只有两个：一是判断的批评；一是赏鉴的批评。凡主张判断批评者，必先承认文学有一客观的固定的普遍的标准，然后根据这个标准而衡量一切。凡主张赏鉴批评者，必于自己性情、嗜好之外不承认有任何固定的标准，故其批评文学只根据其一己之好恶。概括言之，前者是古典的，后者是浪漫的，前者是理性的，后者是情感的。印象批评乃是后者之一极端的例子。这一派的批评家，如英国的裴特，如法国的法朗士，他们不但没有客观的标准，除一己之性格外并无主观标准之可言。例如裴特之评达文齐①的《微笑》，他不评这幅图画的好坏及其所以好坏的缘故，他只是放情地发挥这幅图画在他心里勾引起来的情感的共鸣。结果他写出了一篇绝妙好辞，若叫达文齐自己读到，恐怕都要连叫惭愧。裴特评《微笑》可推为印象批评的杰作。这种批评的根本错误，在于以批评为创作，以品味为天才。

中国近来文学批评并不多见，但在很少的文学批评里，大半即是"灵魂的冒险"。只要你自己以为有一个灵魂（其实不是灵魂，只是一副敏锐的神经和感官罢了），就可以到处去冒险。很少人把文学批评当作一种学问去潜心地研究。一般从事批评的人喜欢走抵抗最小的路，不在伟大的作品里寻出一个客观的标准，以为衡论一切的根据，反而急促地结论，断定文学没有标准，美丑没有标准，善恶亦没有标准。所以现今中国的批评，一方面是在谀颂，一方面是在谩骂，但其谀颂与谩骂俱根据于读者的印象，而无公允的标准。现今流行的批评方式叫作"读后感"，譬如某甲死了母亲，做一篇小说来哭母亲，某乙读了勾动往事，于是也写一篇文字来哭他的哥哥。这篇某乙哭哥哥的文字便成了某甲哭母亲的小说的批评。印象批评做到了这个地步，便不成为批评。印象批评是浪漫的趋势的一部分，其主要

---

① 今译达·芬奇。——编者注。

原理即在推翻理性的判断力，否认标准的存在，其影响则甚大，可以转移全部的创作文学的趋向。在现今情感横溢的时代，印象主义也是很自然的结果。大凡文学标准的确定，端赖文学的传统。可是居今之世，以文学的传统精神相倡导，至少在印象主义者看来可谓不识时务已达极点。但在印象的世界里，事事是相对的，生活像走马灯似的川流不息地活动，生活没有稳健的基础，艺术、文学于是也没有固定的标准，这在重理性的古典主义者看来，必感异常的不安。我们可以不必诉诸传统精神，但是我们可以诉诸理性。我们可以要求有理性的文学作者，像阿诺德所说，"沉静的观察人生，并观察人生全体"。印象主义的惯技，乃匆促地、模糊地观察人生，并只观察人生的外表与局部。

四、 自然与独创

在欧洲十八世纪的人为的社会里，卢梭登高一呼，"皈返自然！"这一个呼声震遍了全欧。声浪不断地鼓动了一百多年，一直到现代中国的文学里还辗转地发生了个回声。什么叫作"自然"？卢梭所最反对的蒲波，也喊过"皈返自然"，比卢梭还早好几十年。蒲波说荷马就是自然，皈依自然就是皈依典籍，他又说常识就是自然，皈依常识就是皈依自然。卢梭所谓"自然"，才是浪漫的自然。卢梭的论调仿佛是这样：人为的文明都是人生的束缚、桎梏，你若把这些束缚、桎梏一层一层剥去，所剩下来的便是"自然"。自然的人就是野人，自然的生活就是原始的生活。人在自然里是天真烂漫，无忧无虑。"皈依自然"的哲学的根本出发点乃是要求自由，这种精神表现在文学方面便是反对模仿，反对模仿的唯一的利器便是独创的推崇。浪漫主义者一方面要求文学的自然，另一方面要求文学的独创。其实凡是自然的便不是独创的，这似乎是浪漫主义者的矛盾，但矛盾的冲突正是浪漫主义的一大特色。浪漫的即是没有纪律的。

中国新文学运动的初步即是攻击旧文学，主张"皈返自然"，攻击因袭主义，主张"独创"。现今全部的新文学作品都可以说是这两种主张的收获。这种浪漫的精神在西洋文学里最极端的代表就是卢梭。他因为要求文学的自然，甚至把文学及全体的艺术都根本推翻。卢梭是反对戏院的，因为戏剧根本的是人为产物而非自然，他在《忏悔录》里开端自述："我也许不比别人好，但我和别人是不同的。"独创便是"和别人不同"。其实人性常态空间是相同的，浪漫主义者专要寻出个人不同处，势必将自己的怪僻的变态极力扩展，以为光荣，实则脱离了人性的中心。"独创"做到这种地步，实在是极不"自然"的。那么，卢梭一方面要求自然，一方面要求独创，岂非矛盾？这诚是矛盾，不过其出发点仍是一个，那便是——"自由活动"。所谓自由活动者，就是把一切的天然的和人为的纪律法则都认为是阻遏天才的障碍，都一齐地打破。现代中国文学就是被这种精神所支配，推崇情感认为是人生的向导，推翻传统而醉心于新颖，上文已经论过。我现在可以举出几个具体的实例，以说明现代中国文学的浪漫趋势最有趣的几个特征。

新文学运动里有所谓"儿童文学"者。安徒生的童话,王尔德的童话,都很受读者的欢迎,而这些读者大概十分之九半是成年的人,并非是儿童。故我所谓儿童文学并非是为儿童而作的文学,实是以儿童为中心的文学。从这种文学里我们可以体察出浪漫主义者对于儿童的态度。浪漫主义者就是儿童,至少在心理上是如此。他们所最尊贵的便是"赤子之心"。儿童是成年的儿子,但是华次渥斯①要翻转来说:"儿童是成年的父亲。"何以浪漫主义者要这样地尊重儿童?因为儿童生活是不受理性的约束,可以任情纵情,自由活动。在浪漫主义者看来,"天才"与儿童是可以相提并论的。浪漫的天才即是儿童的天真烂缦,同为不负责任的自然发生。浪漫主义者成年之后,与社会相接触,亲受种种的传统的礼教的约束,固然极端地不满,但是既然生了,也便无法可想,同时他心里尚有一个不能完全泯灭的理性,这种理性要不时地低声地敲着他的脑袋,告诉他说:"朋友!人生不只是爱,还有义务哩!"浪漫主义者最怕听的就是"义务"二字。所以理性的忠告,浪漫主义者听了完全不能入耳,听得厌烦的时候就只有逃避之一途——由现实生活逃避到幻想生活,由成年时代逃避到儿童时代,由文明社会逃避到原始社会。简单说,浪漫主义者把文学当作生活的逋逃薮。儿童文学便是人生的世外桃源,便是逋逃薮里面的一块仙境。但是这个"仙境"是建筑在情感上面,是一座空中楼阁,禁不

---

① 今译华兹华斯。——编者注。

起风吹雨打，日久便要坍倒无余。

儿童是人在幼稚时的一个阶级。在儿童时代的确有一种可爱的地方，但儿童是个不完全的人，所以他的可爱也是一种不完全的可爱。人若在正当教育之下长到成年，全身心各部都平均地相当地发展，那才是自然的历程，并非是天真的损失。人的一生最值得赞美的时代，便是老年时代。西塞罗《论老年》是一切古典主义者对老年的态度。他说老年是人生思想最成熟的时代，亦是人生最幸福的时候。孔子说他自己年至七十才能"从心所欲，不逾矩"。古典主义者所须要的文学是"从心所欲不逾矩"的文学，这种文学是守纪律的；浪漫主义者所须要的文学是"从心所欲"而"逾矩"的文学，这种文学是不负责任的。现今中国的儿童文学是属于后者。

儿童文学是根据于"逃避人生"的文学观而来，但人生是不能逃避的，逃避的文学是欺骗的文学，以自己的情感欺骗自己。可是人生又不必一定要被现实的生活所拘束，理想主义是可能的，但真理想的境界是在理性生活里面存在，不在情感的幻梦里。古典的文学是凭理性的力量，经过现实的生活以达于理想；浪漫的文学是由情感的横溢，撇开现实的生活，返于儿童的梦境。这个分别又是柏拉图与卢梭的分别。

与儿童文学同一论据之下而生的结果，便是"歌谣的采集"。现今中国从事于采集歌谣者不知凡几，无论他们的动机是为研究或是为赏鉴，其心理是浪漫的。歌谣是最早的诗歌，在没有文人的时候，就有了歌谣。其特色在"自然流露"。歌谣因有一种特殊的风格，所以在文学里可以自成一体，若必谓歌谣胜于作诗，则是把文学完全当作自然流露的产物，否认艺术的价值了。我们若把文学当作艺术，歌谣在文学里并不占最高的位置。中国现今有人极热心地收集歌谣，这是对中国历来因袭的文学一个反抗，也是我前面所说"皈返自然"的精神的表现。在西洋近代浪漫主义运动，歌谣的采集占很重要的地位。例如英国十八世纪中叶波西编纂的《诗歌拾零》，可算英国近代浪漫运动的前驱。在最重词藻规律的时候，歌谣愈显得朴素活泼，可与当时作家一个新鲜的激刺。所以歌谣的采集，其自身的文学价值甚小，其影响及于文艺思潮者则甚大。当波西正在刊行他的《诗歌拾零》的时候，他的朋友批评家珊斯通写信劝告他说："我干脆地告诉你，假使你搜集过多毫无诗意的俗歌，那便足以破坏全部的计划。所以我劝你留神不要忙，须知在收集的量数上少一点不能算是缺憾。"波西听了他的忠告。可见歌谣采集若能得到伟大的效果，像波西所得到的那样大的效果，必其歌谣本身有相当的文学价值。我们知道，有文学价值的歌谣是像沙里黄金一般的难得。现今中国从事搜集歌谣的人似乎也正需要珊斯通那样的劝告。波西在英国浪漫运动上留下何等大的影响，但是他选的歌谣现今有几个人读？

儿童文学的勃兴与歌谣的搜集，都是我们现今中国文学趋于浪漫的凭据。我们可以赞成"皈依自然"，但我们是说以人性为中心的自然，不是浪漫主义者所谓的自然。浪漫主义者所谓的自然，是与艺术立于相反的地位。我们也可以造成独创，但我们是说在理性指导之下去独创,不是浪漫主义者所谓叛离人性中心的个性活动。

我的文章现在可以收束了。我说现今文学是趋向于浪漫主义,因为——

(一)新文学运动根本的是受外国影响;

(二)新文学运动是推崇情感轻视理性;

(三)新文学运动所采取的对人生的态度是印象的;

(四)新文学运动主张皈依自然并侧重独创。

我所举的这四点是现代中国文学最显著的现象,同时也是艺术上浪漫主义最主要的成分。

最后,我要说明:中国文学本不该用西洋文学上的主义来衡量,但是对现今中国文学则可,因为现今中国的新文学就是外国式的文学。以外国文学批评的方法衡量外国式的中国文学,在理论上似乎也是可通的。

十五年二月十五日①,纽约
(《浪漫的与古典的》)

---

① 本书所选文章,篇末如采用中文数字纪年(均为民国原书所载),系指中国历法年月日,如本处即指民国十五年(公历1926年)二月十五日;如为阿拉伯数字,则指公历年月日。特此说明,以后不再为此加注。——编者注。

赵景深（1902—1985），现代作家、文学史家、文学翻译家。生于浙江丽水，少年时在安徽芜湖读书。酷爱文学，1922年从天津棉业专门学校毕业后，任天津《新民意报》文学副刊编辑，并任文学团体绿波社社长。1925年任上海大学教授；1927年任开明书局编辑；1930年起任复旦大学中文系教授，同时兼任北新书局总编辑。其著作和译作数量多、范围广，在学术界和教育界颇有影响。

《现代中国小说选》序

赵景深

我国创作新小说的时期已经十年，而所出版的短篇小说集也有好几百种，一个人要想追览这样许多的书，不但时间不允许，就是经济能力也有些不大方便；所以我们都切盼有一种小说选之类的东西，使我们先能对于各作家略尝一脔，然后再从我们所欢喜的作家里，把他们的原著都买来鉴赏，这是再便宜也没有的事。现在AL社所编辑的这部书，便是适应这个要求的了。我很高兴它能满足我的想望，因此乐于为它作序。

在这许多作家中，有各种不同的味道。例如：看罗黑芷和王统照的小说，就好像吃橄榄，苦涩得很，慢慢儿地，甜味就来了；又如看张资平、汪静之、许杰、胡也频、凌叔华、徐蔚南等的小说，就好像吃棉花糖，就是那用机器轱辘轱辘转的，放下了糖，一下子就涨得很大的雪花似的，吃在嘴里又松又甜，立刻溶化。前者近于为艺术的艺术，略与"暧昧说"相当；后者近于为人生的艺术，略与"一语说"相当。

这些作家所编的短篇集，有些是很有系统的，或者说，是分类的编辑法。例如：茅盾的《野蔷薇》和孙席珍的《女人的心》，都是分析女人的心理到极隐微处的；王以仁的《孤雁》则都是写给径三的信，诉他自己的身世，题目则一律用两个字；张资平的《资平小说集》第一集是恋爱故事，也可说是"色"的故事，第二集是生活故事，也可说是"食"的故事，写他自己当教员和谋生活的痛苦；施蛰存的《绢子姑娘》以恋爱为题材，《追》以社会为题材，也是这样的办法。这犹之赖慈珂的短篇集《战中人》完全以战争为题材，确可给读者，尤其是研究者以许多便利。胡也频在《消磨》的序上以不得分类编辑为憾，亦即为此。

在这些小说家中，还有写自己和别人的分别。附会一点说，写自己的可说是浪漫派，而写别人的可说是写实派。例如：郭沫若的《橄榄》、郑振铎的《家庭的故事》、王以仁的《孤雁》、郁达夫的《茑萝集》、我自己的《栀子花球》、朱自清的两篇小说《别》和《笑的历史》，差不多都是写自己的，许钦文、孙席珍、黎锦明、徐霞村、许杰、鲁迅、滕固、罗暟岚等，却大半是写别人的。自然也不能全般地来说，像孙席珍的《到大连去》《金鞭》《女人的心》虽是大半写的别人，但《花环》就很多写的是他自己了。

从时人的批评文章看来，有人说郁达夫是浪漫主义者，因为他的作品是感伤的、颓废的,他所喜欢的作家是道生(Dowson)和黄仲则。叶鼎洛和王以仁多少又受了郁达夫一些影响。张定璜把鲁迅看作自然主义者,便将自然主义一般的特征都拿来加在鲁迅身上;刘大杰则说《呐喊》《彷徨》时代的鲁迅是自然主义,《野草》时代的鲁迅是新浪漫主义。这些话都很有道理——自然,你不能死心眼,一篇一篇地来考察。人的心理是与波浪一样,一起一伏,没有一定。小说既是表现人生的,人如果不是机器,一定不会永远朝着一个方向走。我们说他有什么什么特征,或是属于某派某派,都只是到现在为止看来大约如此罢了。有了这句话,那么我说话也就不妨大胆一点。

在友谊上,有许多作家常使我们引起联想。例如:沈从文、丁玲和胡也频,许杰、王以仁和王任叔,杜衡和施蛰存,倪贻德、周全平和叶灵凤。

在作风上也各有不同,我们看见这本小说选,就好像到了庄严的大千世界,显现出一切的形相,使我们目眩心喜。鲁迅又幽默又讽刺,又辛又辣,说的话多么痛快。叶绍钧不慌不忙,细琢细磨,文笔又是多么地细腻,他比罗黑芷要畅达一些,但比汪静之却又要深远一些,他的文笔是介乎罗、汪二氏之间的,既不十分晦涩,也不十分流畅,在流利中总带一点凝重。许地山是以环境著名的,充满了异国情调和佛家香花的气息。许杰的文字很有魔力,在结构方面很注意,常有出其不意的结束。徐霞村善写人物,客观而带肉感,颇似莫泊桑。彭家煌的小说总是那么大刀阔斧的,他毫无顾忌,要说什么就说什么,他的小说很真实,有时在雄壮的男性美中略带一点妩媚,是愈加令人感到可爱的。叶灵凤的小说美丽而且飘逸。杜衡的则着墨不多,已能给人愉快的印象。冰心的小说多含哲理,在题材上,谁都知道,是小孩,是母亲,是海。李健吾的《私情》特别在北平的方言上用功夫,《一个兵士和他的妻》也是用北平方言写的,朱自清的序也来那么一套,得呀得的,说得怪别致,怪流丽,怪好听的——不好,我也给染上啦。冯文炳(尤其是《桃园》里的一些篇以及别署"废名"的著作)和沈从文的小说故意把文法弄得不完全,但他们的好处即在于此。他们特创了一种作风,使人知道这是他们的,不是别人的。陶晶孙好像不是故意的,大约中国话不大会说,所以写来的小说也极别致,颇多日本风味。白采常以小说来阐明艺术与吃饭的冲突。许志行的小说很沉郁。万曼的小说有时颇刻画,有时则极轻倩。庐隐多写恋爱,恰与冰心相反。胡云翼的小说写得很明净。总之,各人的作风都是不大相同的,各人有各人的趣味。

　　AL社同人选得真不错,据他们说,每人只选一篇,或取其最著名者,或取其最能代表作风者,或取其艺术极佳者,但只是就各人自己的作品选,并不是说一切作品都是同样在水平线上的某点;说明白一点,有时某人的作品也许比别人更好或更坏,但在他自己的作品中,他们总尽力选择。有些篇是固定的、著名的,比方鲁迅的《阿Q正传》、许地山(即落华生)的《命命鸟》、朱自清的《别》、王鲁彦的《黄金》、黎锦明的《出阁》、陶晶孙的《木犀》,是许多人称赞过的,几乎成了大家的公意。其中鲁迅的《阿Q正传》并有敬隐渔的法译、华西礼的俄译、梁社乾的英译。郁达夫的《过去》是经周作人赞为有俄国作风的,因之他自己很是得意,也就很欢喜这一篇,他们大约因此也就选了这一篇。沉君的《隔绝》和丁玲的《莎菲女士的日记》自在《创造周报》和《小说月报》发表以后,即震惊一世,因为是女子的作品,又是大胆地描写,便更加为人所注意。以上这些篇,恐怕无论谁都要这样地选吧?这些几乎成了不可更易的名作了。至于王以仁的《落魄》、王统照的《山道之侧》、冰心的《寂寞》、李健吾的《私情》、沈从文的《柏子》、徐霞村的《爱人》、郑振铎的《风波》、叶绍钧的《夜》、叶灵凤的《昙花庵的春风》等等,大半是取其最能代表作风而选的。还有些便选艺术最佳的。据我看来,他们是这样的选法。听说他们选时必经好几个人商酌,而有些篇还征求过原作者的意见,可见他们选择的谨慎和细心。他们能够不侧重偶像,选了四十五人之多,也是值得佩服的。

最早刊登新小说的,恐怕是《新青年》上鲁迅的作品,和《新潮》上叶绍钧的作品吧?做小说的也做了有十几个年头了,现在回顾起来,自然比初创时进步了许多。旧小说(指《红玫瑰》《礼拜六》一类的小说)最大的毛病就在于只叙事实,没有细腻的描写;只能算是记流水账,不能算是文学作品。但是初创时的新小说,除了几位特出的作家外,并不比《礼拜六》派好多少。当时写车夫、工人甚多,每易陷入公式,每篇极短,有时甚至只有五六百字,描写的地方也很粗疏。后来慢慢地小说愈做愈长，心理描写也愈写愈细。试拿很短的《寂寞》与后来很长的《莎菲女士的日记》一比，便知道现在的小说确比从前进步。你看，现在几乎是长篇小说的时代！以前的长篇只有《一叶》《芝兰与茉莉》《冲积期化石》等三五种充充场面，现在二十万字的长篇已经很容易找到，至于五六万字一本的恐怕触目皆是，在百种左右吧？我猜想，这是因为以前的作家没有写长篇的能力，慢慢地培养到现在，小说愈作愈长，有了能力，便成为现在的长篇小说的时代了。在这长篇小说盛行的时候，AL社同人能够编出一本这样的《现代中国小说选》来，做一个划时期的小结束，也是一件很有益的事情。

但在这十余年来的小说里，或者说在这四十五篇小说里，看来似乎没有什么新鲜的花样。像爱伦坡或是范尔哈伦那样神秘的小说，在这本选集里是看不到的，在一切中国现代小说里也是看不到的。至于未来派、超写实派、普罗派的作风，也没有感染上中国的小说家。中国现在似乎还是把西洋一些旧作家奉为圭臬，最进步的只走到自然主义为止，比西洋文艺要落后半世纪，比日本文艺至少也要落后二十年。不，日本的小说趋势差不多快要赶上西洋了，有时比英国和斯干底那维亚还要激进，只有中国还在后面老赶。这一本选集也许可以警惕我们，使我们的小说界不要以艺术细腻为满足，还要再求思想上的充实，更进一步吧？昨日的小说是事实，事实，事实；今日的小说是事实，事实，再加上艺术；将来的小说是事实加上艺术，还要再加上思想，不十分浅薄的思想。

不过，中国新小说只有十年的历史，这十年来能够把几千年传统的记账小说和"小姐赠金后花园，公子落难中状元"的体裁完全打破，另创现在新的形式，究竟是难能可贵的。别看改革容易，现在的一般人不还是在信仰鬼神吗？现在看新小说的人是一天天地多了，介绍西洋新兴文学的译者也是一天天地多了，大约将来总有更光辉灿烂的小说转变时代的。我且为这将来的胚胎庆贺吧！以短短的年限看来，我们的短篇小说有这样的成绩，已经够满足了。

1929 年 7 月 18 日

（《海上集》）

朱自清（1898—1948），现代著名散文家、诗人、学者。1916 年考入北京大学预科，1920 年毕业于北京大学哲学系。1925 年任清华大学中文系教授。1931 年赴英国进修语言学和英国文学，后又漫游欧洲五国。1932 年回国，任清华大学中国文学系主任。抗战爆发后，任西南联合大学中国文学系主任。1948 年因患胃病逝世。其作品主要有《踪迹》《背影》《匆匆》《新诗杂话》《欧游杂记》等。

论现代中国的小品散文

朱自清

胡适之先生在一九二二年三月写了一篇《五十年来中国之文学》，篇末论到白话文学的成绩，第三项说：

> 白话散文很进步了。长篇议论文的进步，那是显而易见的，可以不论。这几年来，散文方面最可注意的发展，乃是周作人等提倡的"小品散文"。这一类的小品，用平淡的谈话，包藏着深刻的意味；有时很像笨拙，其实却是滑稽。这一类作品的成功，就可彻底打破那"美文不能用白话"的迷信了。

胡先生共举了四项。第一项白话诗，他说"可以算是上了成功的路了"；第二项短篇小说，他说"也渐渐地成立了"；第四项戏剧与长篇小说,他说"成绩最坏"。他没有说哪一种成绩最好;但从语气上看,小品散文至少不比白话诗和短篇小说坏。

现在是六年以后了,情形已是不同;白话诗虽也有多少的进展,如采用西洋诗的格律,但是太迂缓了;文坛上对于它,已迥非先前的热闹可比。胡先生那时预言,"十年之内的中国诗界,定有大放光明的一个时期";现在看看,似乎丝毫没有把握。短篇小说的情形比前为好,长篇差不多和从前一样。戏剧的演作两面却已有可注意的成绩,这令人高兴。最发达的要算是小品散文。三四年来风起云涌的种种刊物,都有意或无意地发表了许多散文;近一年这种刊物更多。各书店出的散文集也不少。《东方杂志》从二十二卷(一九二五)起,增开"新语林"一栏,也载有许多小品散文。夏丏尊、刘薰宇两先生编的《文章作法》,于记事文、叙事文、说明文、议论文而外,有小品文的专章。去年《小说月报》的"创作号"(七号)也特开"小品"一栏。小品散文于是乎极一时之盛。东亚病夫在今年三月《复胡适的信》(《真美善》一卷十二号)里,论这几年文学的成绩说:"第一是小品文学,含讽刺的,析心理的,写自然的,往往着墨不多,而余味曲包。第二是短篇小说。……第三是诗。……"这个观察大致不错。

但他举出"懒惰"与"欲速",说是小品文和短篇小说发达的原因,那却是不够的。现在姑且丢开短篇小说而论小品文:所谓"懒惰"与"欲速",只是它的本质的原因之一面;它的历史的原因,其实更来得重要些。我们知道,中国文学向来大抵以散文学①为正宗，散文的发达正是顺势。而小品散文的体制，旧来的散文学里也尽有，只精神面目颇不相同罢了。试以姚鼐的十三类为准，如序跋、书牍、赠序、传状、碑志、杂记、哀祭七类中，都有许多小品文学；陈天定选的《古今小品》，甚至还将诏令、箴铭列入，那就未免太广泛了。我说历史的原因，只是历史的背景之意，并非指出现代散文的源头所在。胡先生说，周先生等提倡的小品散文，"可以打破'美文不能用白话'的迷信"。他说的那种"迷信"的正面，自然是"美文只能用文言了"；这也就是说，美文古已有之，只周先生等才提倡用白话去做罢了。周先生自己在《杂拌儿》序里说：

……明代的文艺美术比较地稍有活气，文学上颇有革新的气象，公安派的人能够无视古文的正统，以抒情的态度做一切的文章，虽然后代批评家贬斥它为浅率空疏，实际却是真实的个性的表现，其价值在竟陵派之上。以前的文人对于著作的态度，可以说是二元的，而他们则是一元的，在这一点上与现代写文章的人正是一致……以前的人以为文是"以载道"的东西，但此外另有一种文章却是可以写了来消遣的；现在则又把它统一了，去写或读可以说是本于消遣，但同时也就传了道

---

① 读如"散——文学"，与纯文学相对，较普通所谓散文意义广些——骈文也包括在内。——原注。

了，或是闻了道。……这也可以说是与明代的新文学家的意思相差不远的。在这个情形之下，现代的文学——现在只就散文说——与明代的有些相像，正是不足怪的，虽然并没有去模仿，或者也还很少有人去读明文，又因时代的关系，在文字上很有欧化的地方，思想上也自然要比四百年前有了明显的改变。

这一节话论现代散文的历史背景，颇为扼要，且极明通。明朝那些名士派的文章，在旧来的散文学里，确是最与现代散文相近的。但我们得知道，现代散文所受的直接的影响还是外国的影响；这一层周先生不曾明说。我们看，周先生自己的书，如《泽泻集》等，里面的文章，无论从思想说，从表现说，岂是那些名士派的文章里找得出的？——至多"情趣"有一些相似罢了。我宁可说，他所受的"外国的影响"比中国的多。而其余的作家，外国的影响有时还要多些，像鲁迅先生、徐志摩先生。历史的背景只指给我们一个趋势，详细节目原要由各人自定；所以说了外国的影响①，历史的背景并不因此抹杀的。但你要问，散文既有那样历史的优势，为什么新文学的初期，倒是诗、短篇小说和戏剧盛行呢？我想那也许是一种反动。这反动原是好的；但历史的力量究竟太大了，你看，它们支持了几年，终于懈弛下来，让

---

① 此句中"说了"，原文如此。——编者注。

散文恢复了原有的位置。这种现象却又是不健全的；要明白此层，就要说到本质的原因了。

　　分别文学的体制，而论其价值的高下，例如亚里士多德在《诗学》里所做的，那是一件批评的大业，包孕着种种议论和冲突；浅学的我，不敢赞一辞。我只觉得体制的分别有时虽然很难确定，但从一般见地说，各体实在有着个别的特性；这种特性有着不同的价值。抒情的散文和纯文学的诗、小说、戏剧相比，便可见出这种分别。我们可以说，前者是自由些，后者是谨严些：诗的字句、音节，小说的描写、结构，戏剧的剪裁与对话都有种种规律（广义的，不限于古典派的），必须精心结撰，方能有成。散文就不同了，选材与表现，比较可随便些；所谓"闲话"，在一种意义里，便是它的很好的诠释。它不能算作纯艺术品，与诗、小说、戏剧有高下之别。但对于"懒惰"与"欲速"的人，它确是一种较为相宜的体制。这便是它的发达的另一原因了。我以为真正的文学发展，还当从纯文学下手，单有散文学是不够的；所以说，现在的现象是不健全的。——希望这只是暂时的过渡期，不久纯文学便会重新发展起来，至少和散文学一样！但就散文论散文，这三四年的发展，确是绚烂极了：有种种的样式，种种的流派，表现着、批评着、解释着人生的各面，迁流曼衍，日新月异。有中国名士风，有外国绅士风，有隐士，有叛徒，在思想上是如此；或描写，或讽刺，或委曲，或缜密，或劲健，或绮丽，或洗炼，或流动，或含蓄，在表现上是如此。

我是大时代中一名小卒，是个平凡不过的人。才力的单薄是不用说的，所以一向写不出什么好东西。我写过诗，写过小说，写过散文。二十五岁以前，喜欢写诗；近几年诗情枯竭，搁笔已久。前年一个朋友看了我偶然写下的《战争》，说我不能作抒情诗，只能作史诗；这其实就是说我不能作诗。我自己也有些觉得如此，便越发懒怠起来。短篇小说是写过两篇。现在翻出来看，《笑的历史》只是庸俗主义的东西；材料的拥挤，像一个大肚皮的掌柜；别的用字造句，那样扭扭捏捏的，像半身不遂的病人，读着真怪不好受的。我觉得小说非常地难写；不用说长篇，就是短篇，那种经济的、严密的结构，我一辈子也学不来！我不知道怎样处置我的材料，使它们各得其所。至于戏剧，我更是始终不敢染指。我所写的大抵还是散文多。既不能运用纯文学的那些规律，而又不免有话要说，便只好随便一点说着；凭你说"懒惰"也罢，"欲速"也罢，我是自然而然采用了这种体制。近来我编了一本《背影》，将由开明书店出版，便是四年来所写的散文。我的散文也许有两篇有些像小说，但你最好只当作散文看。那是彼此有益的。我把这本小书分作两辑，是因为两辑的文字风格有些不同；怎样不同，我想看了便会知道。关于这两类文章，我的朋友们有相反的意见。郢看过《旅行杂记》，来信说，他不大喜欢我做这种文章，因为是在模仿着什么人，而模仿是要不得的。这其实有些冤枉，我实在没有一点意思要模仿什么人。他后来看了《飘零》，又来信说，这与《背影》是我的另一面，他是喜欢的。但《火》就不如此。他看完《踪迹》,说只喜欢《航船中的文明》一篇;那正是《旅行杂记》一类的东西。这是一个很有趣的对照。我自己是没有什么定见的,只当时觉着要怎样写,便怎样写了。我意在表现自己,尽了自己的力便行;仁智之见,是在读者。

1928 年 7 月 31 日,北平清华园

(《背影》)

孙俍工（1894—1962），教育家、语言学家、文学家和翻译家。原名孙光策，又号孙僚光。1916年考入北京高等师范学校。1920年毕业后，到长沙湖南省立第一师范学校任国文教员。1922年赴上海任教于中国公学。1924年赴日本入上智大学研究德国文学。1928年回国，任复旦大学教授，1930年任复旦大学中文系主任。1931年再次东渡日本，"九一八"事变后旋即回国，到南京国立编译馆任人文组编译。抗战爆发后，到成都任中央军校政治主任教官和华西大学教授。代表作有《中国语法要义》《海底渴慕者》等。

最近的中国诗歌[*]

孙俍工

一

我做这篇文章，有两层意思。现在先说在下面：

自民国六年胡适之、刘半农等标文学革命的旗帜以来，这六七年中间，固然新兴的文艺的成功，不必专在于诗歌，也许诗歌的成就反在旁的文艺——如戏剧、小说——之下，但是这中间足以引起反对派的张目与口实的，实在要以诗歌为最。换句话说，诗歌在文学革命的旗帜底下，要算是革命军队伍里面的劲旅，冲锋陷阵，要算彼为最出力、最肯牺牲的。假如在我

---

[*] 本文各节的序号为编者所加。——编者注

们人类的革命军里真正有这么一个急先锋，佢①的奇勋伟绩，我料定早已炳炳烺烺称颂于史册，赞美于人间，还有谁不心悦诚服地馨香景慕呢？然而在我们文学革命军里，这个急先锋诗歌只收受到人们赠送的冷淡、轻视的礼物，这岂不是一件最不公允的事？我们追念这个急先锋已往的奋斗的痕迹，我们有特意为"最近的中国诗歌"做一篇文章的必要了。这是我做这文的第一层意思。

我们知道，一件事实的成功与失败，必视我们对于那一件事有没有真正地努力，才能观察出结果来，断不能预存着那种志得意满与失败悲观的心，因为这二者都是阻碍我们努力的障壁：有了得志，便以为事实已经成功，用不着再努力，只坐着等待成功的实现；有了悲观，便以为事实再无法可救，虽努力也是不中用的。这是两种顶可怕的思想啊！

中国现代的文士，对于新兴的文艺的态度，实在免不了这两种可怕的思想。有许多人以为新兴的文艺已经到了成功的地位，已经很可乐观的了，因而踌躇满志；有许多人为了目前进步的缓慢与顿挫，便对于新文艺的本身起了怀疑、悲观，甚至厌倦起来，便反过头来走回原路去。这两种态度，实在是阻碍新兴的文艺的发展与进步的两重障壁，而在诗歌的一方面尤其厉害，在诗歌一方面所受这两重障壁的阻碍处所尤其显著。现

---

① 佢，原文如此。粤语称"他"为"佢"。今用"渠"，"佢"为异体字。——编者注。

在为打破这两重障壁计算,不能不把"最近的中国诗歌"的内容详细分析一下,介绍出来,一面考究这中间所以引起人家乐观或是失望的点是什么;一面希望从这里面引起大家对于诗歌的真正的努力,使乐观的人不至于偷懒不前进,失望的人不至于再退后。这是我做这文的第二层意思。

现在为满足这两层意思起见,我们把这文分成两大部分来说明。一是关于论文方面的略述,一是关于作品方面的剖解;前者是满足第一层意思的,后者是满足第二层意思的。把这两部分说明白了,然后再从各部分里面抽出几个共同的点来,证明我们最近的中国诗歌是怎样一个趋势。这纯是用了客观的态度去观察,去说明,丝毫不加入主观,也许能得到大多数的读者的谅解吧!

二

现在我要开始说第一部分了。

在这一部分里我要说明的,有刘半农的《诗与小说精神上之革新》(六年七月发表)、胡适之的《谈新诗》(八年十月)、周无的《诗的将来》(九年二月)、康白情的《新诗的我见》(同前)、俞平伯的《诗的进化的还原论》(十一年一月)等,这五篇关于诗歌的论文。

(一)《诗与小说精神上之革新》。刘半农对于文学改革的主张,本来还在胡适之、陈独秀、钱玄同等后面,他有一篇《我之文学改良观》,就是继胡适之的《文学改良刍议》和陈独秀的《文学革命论》而起的。不过胡、陈诸人还是泛论文学的应该改良，而对于诗歌这一部分的单独的建白，据我所见，实要以刘为最先。他在《我之文学改良观》里面首标"韵文之当改革者三"：第一曰破坏旧韵，重造新韵，第二曰增多诗体……已很明白地把诗歌的形式应该改造的标题揭出。他说："诗律愈严，诗体愈少，则诗的精神所受之束缚愈甚，诗学决无发达之望。"又说："……倘将来更能自造，或输入他种诗体，并于有韵之诗外别增无韵之诗，则在形式一方面，既可添出无数门径，不复如前此之不自由，其精神一方面之进步，自可有一日千里之大速率。彼汉人既有自造五言诗之本领，唐人既有自造七言诗之本领，吾辈岂无五言七言之外，更造他种诗体之本领耶？"（见《新青年》三卷三号）这可见他对诗歌的形式方面，实在已有彻底改造的主张，早发表在胡、陈诸人的前面了。至于在这文——《诗与小说精神上之革新》——里面，又很鲜明地标出诗的精神，以"真"为主的旗帜来。他批评旧诗说：

现在已成假诗世界。其专讲声调格律，拘执着几平几仄方可成句，或引古证今，以为必如何如何始能对得工巧的，这种人我实在没工夫同他说话。其能脱着这窠臼而专在性情上用功夫的，也大都走错了路头。如明明是贪名爱利的荒伧，却偏喜作山林村野的诗；明明是自己没甚本领，却偏喜大发牢骚，似乎这世界害了他什么；明明是处于青年有为的地位，却偏喜写些颓唐老境；明明是感情淡薄，却偏喜作出许多极恳挚的"怀旧"或"送别"诗来；明明是欲障未曾打破，却喜在空阔幽渺之处立论，说上许多不可解的话儿，弄得诗不像诗，偈不像偈；诸如此类，无非是"不真"二字在那儿捣鬼。自有这种虚伪文学，他就不知不觉与虚伪道德互相推波助澜，造出个不可收拾的虚伪的社会来。……　　　　　　　　（见《新青年》三卷五号）

他在这段批评里，已把他对于诗的精神方面应该改造的处所很痛快地说出来了。旧诗的坏处在不真，在虚伪；要救治这种大弊，唯一的单方是在"真"。所以他又说："时代有古今，物质有新旧；这个'真'字却是唯一无二、断断不随着时代变化的。"我们从这里又很可以看出他对于诗歌的精神的改造的正确的主张呵！

（二）《谈新诗》。接着刘半农的后面而对于诗歌的改造与建设提出强有力的主张的，便要算胡适之这篇《谈新诗》。在这文里，我们可以提出两个最重要的主张：一是诗体的大解放；一是作新诗的方法。

他主张诗体解放的理由，有下面这一段很扼要的话：

这一次中国文学的革命运动，也是先要求语言文字和文体的解放。新文学的语言是白话的，新文学的文体是自由的，是不拘格律的。初看起来，这都是"文的形式"一方面的问题，算不得重要。却不知道形式和内容有密切的关系。形式上的束缚，使精神不能自由发展，使良好的内容不能充分表现。若想有一种新内容和新精神，不能不先打破那些束缚精神的枷锁镣铐。因此，中国近年的新诗运动可算是一种"诗体的大解放"。因为有了这一层诗体的解放，所以丰富的材料，精密的观察，高深的理想，复杂的感情，方才能跑到诗里去。五七言八句的律诗，绝不能容丰富的材料；二十八字的绝句，绝不能为精密的观察；长短一定的五言七言，绝不能委婉达出高深的理想与复杂的感情。

就这段话看来，他对于旧诗的那种死板的体式的攻击，可算是极其出力的先锋军了。他对于诗体的解放的具体的主张就是打破规律的音节。分开来说，就是：（1）打破五言七言的格式；（2）打破平仄；（3）废除押韵。"新体诗句子的长短是无定的；就是句里的节奏，也是依着意义的自然区分与文法的自然区分来分析的。"这是他关于（1）项的说明。"白话诗里只有轻重高下，没有严格的平仄"；"白话诗的声调，不在平仄的调剂得宜，全靠这种自然的轻重高下"。这是他对于（2）项的说明。"至于用韵一层，新诗有三种自由：第一，用现代的韵，不拘古韵，更不拘平仄韵。第二，平仄可以互相押韵。第三，有韵固然好，没有韵也不妨。新诗的声调既在骨子里——在自然的轻重高下，在语气的自然区分——故有无韵脚都不成问题。"这是他对于（3）项的说明。这三项都是文言诗与白话诗最重要的争点,而胡先生能以很坚决的态度、极简明的词句来处理彼等,谥为"出力的先锋军"哪能说是不相宜呢?

以上是关于诗体的解放方面的话。以下便说作新诗的方法。

新诗的作法,胡先生在这文里说得很简略似的。他以为现在报上所登的许多新体诗,多不满人意;那不满人意的诗,多是犯着用抽象的写法去描写抽象的题目。所以他的作诗的方法,唯一的是"具体的描写法"。

他说:

> 诗须用具体的作法,不可用抽象的说法。凡是好诗都是具体的;越偏向具体的,越有诗意诗味。凡是好诗,都能使我们脑子里发生一种——或许多种——明显逼人的影像。这便是诗的具体性。

这便是胡先生的一个作新诗的方法。这虽然不免有人觉着太简略了一点,但在当时(民国八年)也就算是难得而可贵的"凤毛麟角"了。

(三)《诗的将来》。在这文里面可以撮要说出来的,有三点:第一是诗的进化;第二是诗的领域和变迁;第三是诗的将来。

他在第一点,主张诗是有时间关系的,是进化的。他说进化的标准有三:

1. 诗的进化和诗的实体(主观的抒情和客观的写实)进

化,中间是有一定的尺度。——那实体进化如何方能满意?须得如何努力?那是科学和哲学的事。

2. 诗的进程,是时时变迁或改善的。

3. 诗是由少数的进为多数的,赏玩的进为工具的,主观的进为客观的。

他在第二点说明诗和小说、戏剧的关系和范围的变动也很详细。他以为诗自从摆脱了音律形式以来,彼的发展是向散文里侵略。一面保存彼的实体——音律形式以上的,音律形式并非诗,一面却渗用了散文的技术。诗与小说的分别,仔细说来就是:

1. 诗是主情的,是想象的,是偏于主观的。因主情,故不重形式;因想象,故不病凌虚;因偏于主观,故不期于及它的效果。小说虽亦属主情,但是仅仅主情不能成立,必得纳情感于意识主见的中间,使它成一种混合的结果。小说的想象,不过是组织和关联的地方的一种扶助品。至于小说,全是客观方面偏重。

2. 诗有节韵——但与旧诗的音律不同。小说没有。

他在第三点里分为五条来说明。

1. 诗有独具的本体,这种本体是自然人生和个人的情意的一种结合。因为科学的关系,人对于自然的识认进步;因为思想、道德、学术的关系,使人生实际地进步,都是渐渐地改变了诗的面目,所以今后的诗变动虽大,进步也大。它的进步,便是学术、思想、情感、爱恋种种进步的结晶。

2. 二十世纪以前的科学、哲学、文学、美术思想，都是为学径的奋斗，各个都得有美满精严的结果。但是二十世纪的趋向是就这各个结果中，去取出一新的结果。二十世纪的诗也是一样，应该取各派之长为总合的创造。

3. 人看着人的天地，大小配札，都很合宜。但是鸟兽和昆虫它们的天地呢？人又何尝知道。故所以二十世纪，同时努力人的生活，同时开创物的生活。这是诗的将来一条新路。

4. 人类活了几万年，别的进步都还可观，唯有两性的爱，真是可怜；到了二十世纪，方才说到解放，解放后应该怎么样呢，还都没有消息；什么叫恋爱，也还要得解释。所以诗的责任是很重的了。今后的诗不是为两性的爱做留声机，是为两性的爱做叫明鸡。

5. 儿童的心理是无上的美，并且还含有种种的问题。过去的诗人都将它忽略，便有也不过将它放在客体。这是将来的诗的一个重要发展。

这等说明，又是从诗的改造和建设两方面以外，进一层做诗的原理方面的探求和诗的发展的新途径的推测。这实在是刘、胡以后一支最有力的生力军。到这地步，新诗的声势渐渐扩大起来了。

（四）《新诗的我见》。与《诗的将来》差不多是一个时候发表的，要算这一篇《新诗的我见》了。

这篇文章分六大段。我们现在把每段的大意介绍在下面。

第一段是说新诗的意义。他以为在文学上把情绪的想象的意境，音乐地刻绘地写出来，这种作品就叫作诗。新诗的意义是别于旧诗而说的。旧诗，大体遵格律，拘音韵，讲雕琢，尚典雅；所以新诗的意义是："自由成章，而没有一定的格律；切自然的音节，而不必拘音韵；贵质朴而不讲雕琢；以白话入行而不尚典雅；……破除一切桎梏人性的陈套，只求其无悖诗的精神罢了。"这实在也可以说是刘、胡诸人提倡诗体解放以来一个总合的说明。

第二段说为什么要有新诗。他以为新诗的发生是为了种种的逼迫而来的。一是受了经济组织不完善的逼迫，人们对于旧的制度文物一切都怀疑起来，自然诗坛也不能不受这种影响。一是庚子拳变以后，西洋学术思想逐渐输入中国，中国逐渐有了科学的脑筋，于是在诗里也不免要想得一些具体的观念；旧诗拘于形式不能应我们的要求，只好革命了。此外还有日本和英美各国自由诗的输入和历史的变迁自然的趋势（如由"诗三百篇"而五言而七言而词而曲……）。这种种都是逼迫新诗发生的原因。

第三段说新诗的要素。他把新诗的要素分为两种：一就形式说，有音乐的和刻绘的两个作用（音乐的是音节，刻绘的是写法）；一就内容说，有情绪的和想象的两种意境。他关于音节也主张排除格律，趋重自然；并说诗是写的，不是作的，因为作足以伤自然的美；关于写法，也主张把作者具体的印象具体地写出来。这些都与胡适之的主张一样。

第四段是他对于新诗的几条意见。在这段里面，如打破文法的偶像,注意劳动界的、田园的、自然界的诗材,注意创造的精神和自我的表现,并说诗是贵族的,这些都是这段里最重要的论调。

第五段说作诗的方法,第六段说诗人的修养。前者他以选意、布局、环境化为极则,后者他分为人格的修养、知识的修养(读书观察)、艺术的修养、感情的修养四种,这又是于怎样作诗以外,更说到怎样做一个诗家的问题来了。新诗的理论,到这一步,也就渐渐进于完全与稳固了。

(五)《诗的进化的还原论》——到最近这一二年中间,关于诗的论文要算俞平伯这一篇为长篇巨制了。这文他分两部分:第一部是说他对于诗的意见;第二部是说明什么叫作诗的进化的还原论。

他对于诗的概括的意见是:"诗是人生的表现,并且还是人生向善的表现。诗的效用是在传达人间的真挚、自然而且普遍的情感,而结合人和人的正常关系。"

他这种人生的艺术的见解,他自己说是受了托尔斯泰《艺术论》的影响不少。因为这样,所以他由此更确定好诗的效用是"能深刻地感多数人,向善的",更确定真的诗人的本领是"把人生普遍的情感,而自己所曾体念的,明明白白、委委婉婉在笔下写出来,去宣扬人世的光的、花的爱"。

他所谓诗的进化的还原是:"平民性是诗的主要质素,贵族的色彩是后来加上去的,太浓厚了,有碍于诗的普遍性;故我们应该另取一个方向,去'还淳反朴',把诗的本来面目从脂粉堆里头露出来。"这是所谓诗的"还原",诗的形貌的"还原"。

"但诗的还原并不是兜圈子一样,丝毫没有进步的。诗的还原便是诗的进化的先声。若不还原,绝不能真的进化,只在形貌上去改变,或者骨子里反有衰老的象征。……我们要想救这危难,只有鼓吹诗的素质的进化……"这便是他所谓诗的进化,诗的素质的进化。

"还原是进化的先决条件,进化是还原以后所生的新气象。我们所以主张诗的还原论,正因为要谋诗的真进化,不是变把戏的进化。"这就是他的诗的进化的还原论。

以上可算是把这六七年间关于诗的重要论文勉强地说了一个大概了。此外如田汉的《诗人与劳动问题》,叶绍钧的《诗的泉源》等,都是关于诗的内容和诗人的修养的重要论文,但以限于篇幅,只好从略了。

我们把这几篇论文里所包含的内容总括起来,可以得到诗的意义、诗的效用、诗的形式、诗的内容、诗的材料、诗的作法与诗人的修养七种的新趋向。分开来说便是:

1. 诗的意义:(1)是自然人生和个人的情意的结合;(2)是人生的表现,是人生向善的表现。

2. 诗的效用:(1)表现自我;(2)传达人间真挚、自然而且普遍的情感,而结合人和人的正当关系。

3. 诗的形式:(1)破坏方面,如打破音数(如七言五言),打破平仄,废除押韵等是;(2)建设方面,如增多体裁,应用白话,提倡自由的、内在的节韵(但非旧诗的音律);等是。

4. 诗的内容：（1）主真；（2）主情；（3）主想象；（4）主思想。

5. 诗的材料：（1）劳动界的；（2）田园的；（3）自然的；（4）人生的；（5）平民的；（6）恋爱的；（7）儿童的；（8）动物的；等是。

6. 诗的作法：（1）具体的描写法；（2）选意，布局，环境化。

7. 诗人的修养：（1）人格的修养，是完成作者的个性；（2）知识的修养，一是读书，一是观察；（3）艺术的修养，一是常作，一是观摩；（4）感情的修养，一是在自然中生活，一是在社会中生活，一是常作艺术的欣赏。

这七种的新趋向，实在是产生"最近的中国诗歌"的源泉。我们如果承认新兴的诗歌在现代的文艺界里能够占一个相当的地位，我们就不能否认这几种产生诗歌的源泉的新趋向，同时也就不能否认这几篇最重要的代表作论文；所以我便不嫌抄袭、不惮烦劳地郑重说明在这里。

三

现在便要说到第二部分，作品方面的剖解了。

这几年来诗的作品的产生，因为诗的形式解放、内容解放、材料范围扩大的缘故，大有如三春天色野花怒发，把大地装饰得缤纷灿烂的那个样子。我们看自九年三月先锋军胡适之的《尝试集》出版以后，于是便有郭沫若的《女神》（十年八月），俞平伯的《冬夜》（十一年三月），康白情的《草儿》（同上），文学研究会的《雪朝》（同年六月），徐玉诺的《将来之花园》（同年八月），汪静之的《蕙的风》（同上），湖畔诗社的《湖畔》（同年四月），冰心女士的《春水》（十二年五月）、《繁星》（同年一月），及陆志韦的《渡河》，闻一多的《红灯》等，接连不断地发表出来，其他散见于《小说月报》《创造季刊诗》及各处日报副刊上的还不知有多少，这真可算是最近诗坛的一个极盛的时期了。

我们现在按照诗歌的分类，把最近的中国诗歌的作品分成叙事诗、抒情诗、剧诗来剖解一下吧。

（一）叙事诗。最近的中国诗歌，虽然可以说是一个极盛的时期，但是在叙事诗这一面看来，非但不能说是极盛，而且几乎看不见有所谓真正的叙事诗发表出来；非但没有代表民族一般的性情的叙事诗，就是连个人的叙事诗也找不出来。在这几年内，据我个人所见的，只有玄庐的《十五娘》可以说是稍微带有叙事诗的性质的，可以拿来归在个人的叙事诗里；至于代表民族的叙事诗，我在许多的新诗集和杂志里竟一首也找不着，只在北大歌谣研究会所出版的《歌谣》里找着几首叙事的民歌，如安徽绩溪通行的《红云嫁黑云》（第七号），直隶完县通行的《姑娘吊孝》（第十三号），广西柳州通行的《情歌》（第二十号），都勉强可以拿来归在这一类里。

《十五娘》是叙述一个贫苦的女子的寂寞的一生。伊的丈夫五十到远地去垦荒去了。伊在家里采桑、纺纱，昼夜勤苦，并为伊丈夫制得许多件数的新衣裳,等待五十回来试穿;不料无情的掘地机器把勇猛的五十榨成了肉酱,所留在人间的只有十五娘的一生的寂寞和悲苦的梦境。玄卢的作品不多见。只这一首我因为是叙事诗的体例,曾把彼选在我们编的读本里来给学生诵读。这诗全篇分为十一节,约七百余字,在近代的诗歌里也要算是一篇长篇巨制了。他的艺术手段虽不能说是怎样优美,但我们读到他描写五十要出门去的前夜十五娘为他补缀了一些旧衣裳时,那种离别的心情:

  一夜没睡,
  补缀了些破衣裳;
  一针一欢喜,
  一线一悲伤,
  密密地从针里穿过线里引出,
  默默地"祝他归时不再穿这衣裳,更不要去掉这衣裳!"
            (第四节)

十五娘接到五十的信后那种勤苦的境况和思念的情绪:

  月光照着纺车响,
  门前河水微风漾,
  一缕情丝依着棉纱不断地纺。
  邻家嫂嫂太多情,

说道"十五娘,你也太辛苦了,明朝再做何妨?"

(第八节)

伊便停住摇车,但是从来不断过的情丝,一直牵伊到枕上,梦中,还是乌乌接着纺。

才了蚕桑,
卖掉茧来纺纱织布做衣裳。
一件又一件,单的,夹的,棉的,
堆满一床,压满一箱。
伊单估着堆头也觉得心花放。
"五十呵!
你再迟回来几年,每年得试新衣裳,
为什么从那一回后,再不听见邮差来问'十五娘?'"

(第十节)

明月照着冻河水,
尖风刺着小屋霜,
满抱着希望的独眠人睡在合欢床上,
有时笑醒,有时哭醒,有经验的梦也不问来的地方。
破瓦棱里透进一路月光,
照着伊那酣蜜蜜的梦,同时也照着一片膏腴垦殖场。

(第十五节)

这等描写法，实在能给予读者以最丰富的想象和真挚的感动呵！

《红云嫁黑云》是叙述一个男子因了嫌恶他的妻子有病和茶饭不殷勤的缘故，特地跑到丈人家里去接丈人、丈母、舅舅、舅母来家的；最后丈人、丈母等接不来，只得把小姨子带回家来帮助伊姐姐替茶替水，而伊的姐姐反倒嫉妒伊，骂伊是"骚妹妹，臭妹妹！"这诗描写一般女子的嫉妒性，是最确切的作品了。《姑娘吊孝》是叙述一个未过门的姑娘到婆家去，吊伊的未婚夫的丧那时的情境的。《情歌》共有百零八首，本来所含抒情的分子甚强，但那中间叙述民间一对情郎情妇连情时那种佻脱、眷恋、盟誓、遇合、离别等的情事的经过，俨然表现有两个情人的影子在里面，实在是一首抒情的叙事诗的题材呵。这几篇都可以说是民众文学的产物，拿来代表某一部分民族一般的性情我看是很适合的。

这样看来，最近的中国叙事诗，真是缺乏到了极度[1]。这中间的原因，固然是一方缘于诗歌只宜于发抒抽象的情感，而他方面也是因为诗体的解放，诗歌的势力已侵入散文，许多具体的叙事诗的题材都做成了小说；趋势这样，是没有法子挽回的。

（二）抒情诗。现在我们要说到抒情诗了。抒情诗，在最近的中国诗歌里，要算是最发达的。彼的收获比较其余的叙事诗

---

[1] 这不但是最近，就是在古代，也除了《孔雀东南飞》和《木兰词》这两篇是纯正的叙事诗外，就难得找着第三篇；叙事诗在中国原来是极不发达的呵。——原注。

和剧诗的成绩都要丰富,而且美好。这大概是诗体解放以后,又加了一层时代思潮的激荡,发生了新的人生观和情绪的解放所得到的必然的结果。我们现在再把这类的诗歌分为三种,详细地说一说在下面。

第一是触兴诗。这一种诗的性质,就是把作者接触事象时所惹起的感情而歌咏出来的一种主观诗。这诗的内容、感情常是瞬间的而非永久的。如见月而感觉悲哀,望云而发生悠悠的遐想,这种感情多半是一种偶感;等到时过境迁,便消失于无何有之乡了。所以作这一种的诗有三个条件:(1)内容是兴感的;(2)形式是简短的;(3)作品成于即刻。日本的俳句,西洋的十四行短诗,中国古代的绝句都属于这一种。在最近大家都叫作小诗的,就是这种体裁。这种作品非常地多,现在约略举出几首来。如:

《繁星》七五——
　　父亲呵!
　　出来坐在明月里,
　　我要听你说的海。

《春水》十一——
　　南风吹了,
　　将春的微笑,
　　从水国里带来了!

二三——
　　平凡的池水,
　　临照了夕阳,
　　便成金海!
三二——
　　渔舟归来了,
　　看江上点点的红灯呵!
《将来之花园》中的《小诗》——
　　好宝贵的镜呀!
　　里边坐一个相怜的同伴。
《湖畔》中冯雪峰的《清明日》——
　　插在门上的柳枝下,
　　仿佛地看见簪豆花的小妹妹的影子。
何植三的《农家短歌》之三——
　　新谷收了,
　　田事忙了,
　　萤火虫照着他夜归了。
馥泉的《妹嫁》中的十四——
　　谁还逐日开这小钟呢!
二五——
　　好整齐的新妇——谁料是我的妹呀!

这些例子,都是最近所产生的好的小诗,已经有了定评的了。

　　第二是感境诗。这种诗是由境遇所发生的感情而歌咏出来的一种诗。这诗的内容比触兴诗较深刻，动因也比触兴诗深厚。作这种诗唯一的条件是培养作者永久而普遍的情绪。如描写一种恐怖的情绪，描写一种由不快的经验所起的悲哀的情绪，或是描写亲子的关系、夫妇的关系等恋爱的情绪，或是描写对于他人的悲哀或喜悦所起的博大的同情；要描写这些，都非作者对于情绪有一种特别的培养不能成功的。

　　最近的中国诗歌里，关于这一种的诗实在不少。以我个人所见到的，在《冬夜》里有《送金甫到纽约》（九页）、《和你撒手》（二七页）、《无名的哀诗》（八二页）、《挽歌》（二百页）、《欢愁的歌》（二〇五页）等篇，在《将来之花园里》有《墓地之花》（七五页）、《她》（九三页）等篇，在《女神》里有《新阳关三叠》（一四七页）、《胜利的死》（一六六页）等篇，在《蕙的风》里有《愉快之歌》（一五页）、《月夜》（六二页）、《别情》（六七页）等篇，其余散见于各种专集和杂志上的还很多，不过一时不能统统举出来罢了。这些作品分析地说来，《送金甫到纽约》《和你撒手》《新阳关三叠》这三篇是离歌，《无名的哀诗》《墓地之花》《她》这三篇是哀诗，《挽歌》和《胜利的死》是挽歌，《欢愁的歌》《愉快之歌》《月夜》属恋歌，这在抒情诗里占的位置都是极重要的。

　　在《送金甫到纽约》中，有一节云：

黑沉沉海水，碧翁翁大气，你的途程；
到了——浮游着颗血赤的明星。
我呢，还蜷伏在灰色城圈里。
尝那黄沙风的泥土滋味，
睁眼看白铁黄金，扬眉吐气。

在《无名的哀诗》里，有一节云：

从纸上给我们的报告，
至少三个零位以上的数目：
在饥饿的鞭子下黄着脸的，
在兵士们的弹子下淌着血的，
在疫鬼的爪子下露着骨头的；
所谓上帝的儿子，
不幸兄弟们，
竟这样断送光荣的一生！
也一晃眼地过去了，
还当这是很小小的一个数。

在《墓地之花》有云：

墓下的死者呵！
你们来在何时何代？

你们的床榻何等温柔,你们的枕头何等安适!
年年又为你们的同伴送出香气来。
墓下的死者呵!
你们对人生是不是乏味,
或者有些疑惑?
为什么不宣告了同伴,大家都来到墓的世界?
春光更是绚烂,坟场更是沉寂;
我慢慢地提着足,向墓的深处走着。

在《挽歌》中有一节:

青山不做放牛墩,
青山倒做眠牛地;
坟头上家家哭,
青山头上无人哭,
我来哭哭吧!

在《胜利的死》的最后一节云:

汪洋的大海正在唱着他悲壮的哀歌,
穹窿无际的青天已经哭红了他的脸面;
远远的西方,太阳沉没了!——
悲壮的死哟!金光灿烂的死哟!凯旋同等的死哟!胜

利的死哟!

兼爱无私的死神!我感谢你哟!你把我敬爱无暨的马克思威尼早早救了!

自由的战士,马克思威尼,你表示出我们人类意志的权威如此伟大!

我感谢你呀!赞美你呀!"自由"从此不死了!

夜幕闭了后的月轮哟,何等光明呀!……

在《欢愁的歌》中第一节云:

> 欢爱的泉奈他竭,
> 欢爱的焰奈他灭!
> 今日之前,如梦如烟,
> 今日之后,如雾如漆;
> 今日的今日——
> 且吻着,且握着,且珍重着;
> 且牢牢记着,
> 耿耿地这一点痴愚,
> 且莫问前路的光明,昏黑!
> 君啊!我啊!
> 谁歌?谁和?
> 且歌!且和!
> 大家歌,大家和啊!

又第二节云：

似滔滔的水，
旧愁弃我们去了；
似叠叠的山，
新愁呢，向着我们来。
四年之前愁未生，
四年之间愁初生，
四年之后愁将长成。
愁长成将奈何？
你和我！
打破——无这力啊，
怨诅——无此心啊；
只吻着，只握着，只珍重着，
只默默地忍着。
忍着，忍着，
愁将老死，将终于老死。
我们唱愁的挽歌，
欢所生的挽歌。
君啊，我啊！
谁歌？谁和？
且歌！且和！
大家歌，大家和啊！

这些都很可以作为现代感境的抒情诗的代表作品的。

第三是冥想诗。这种诗是发抒观察世界所得的感想的主观诗。换句话说，就是我们从观察自然与人生所得而领悟或解释那中间所含的奥义的一种主观诗。这种诗的动因，纯是追求一种玄想，伟大而确实；这种诗的情感也深而且高；这种诗的倾向常是哲学的、知的、彼的内容，除应有的情感外，还含有一种我们眼所不能见、耳所不能闻的非现实的理想的世界在内。——这些都是这一种诗的特色呵。

最近的中国诗歌里关于这种诗的代表作品实在也不少。如冰心女士的《春水》《繁星》中的一部分，徐玉诺《将来之花园》中一部分，刘大白的《旧梦泪痕》（见十一年《觉悟》，著者将有《旧梦集》在商务出版），朱自清的《毁灭》（《小说月报》十四卷三期），俞平伯的《迷途的鸟的赞颂》（《诗》二卷一号），都可以说是冥想诗中的代表作。有专集的且不说，现在举《毁灭》和《迷途的鸟的赞颂》中各一二节来做个例子。

《毁灭》是一篇长约二千字的散文诗，是描写模糊无定的人生的无聊的，反倒不如毁灭一切还来得痛快。著者在自序里说："六月间在杭州，因湖上三夜的畅游，教我觉得飘飘然如轻烟，如浮云，丝毫立不定脚跟。常时颇以诱惑的纠缠为苦，而急急求毁灭。……"这诗的大意我们看了著者这几句话，已经很可知道了。诗中有一节说：

虽有饿着的肚子，拘挛着的手，乱蓬蓬秋草般长的头发，凹进的双眼，和软软的脚，尤其是虚弱的心；都引着我下去，直向底里去，教我抽烟，教我喝酒，教我看女人。但我在迷迷恋恋里，虽然混过了多少的时刻，只不让步的是我的现在，他不容你不理他！况我也终于不能支持那迷恋人的，只觉肢体的衰颓，心神的飘忽，便在迷恋的中间，也潜滋暗长着哩！真不成人样的我，就这般轻轻地速朽了吗？不，不！趁你未成残废的时候，还可用你仅有的力量，回去！回去！

这里所谓"回去"，就是回到"亲亲的虽渺渺的我的故乡"去，也就是"毁灭"的意义的所在。所以这诗实际说来，含有两种思想：一是毁灭那种都市的浮荡颠倒的生活，回到朴质亲切的乡间去；一是根本毁灭了人生，同那"白衣的小姑娘"一直走到"死之国"里去。这两种思想实在是可以代表现代觉悟后的青年的心理。

《迷途的鸟的赞颂》也是描写人生的迷惑与浮夸的。这诗照内容看来，与其说是赞颂，不如说是诅咒还来得妥当。我们看它开首便说：

迷惑是与"生"俱生的，也是"生"的最初或最后的正义了。人间所有的光，的花，的爱，都依附在这迷惑的根苗上。因为真到觉醒的降临，"生"的好梦便轻云薄烟似的飞散了。……

觉醒的脸，永不被我们认识的。凡高唱觉醒了的朋友们，都是些两重迷惑者吧！……　　　　　　（第一节）

在这里已经明明承认人生是迷惑不可知的，要想不迷惑，要想觉醒，除非死神的降临；所以一般口唱着觉醒而实际逃不出迷惑的人生的一途的，真是迷惑的迷惑者呵！

　　蚕只吐丝，蜂只酿蜜，鸟只营巢，兽只打窟，蚂蚁的脚去爬高山，老鼠的嘴去偷油吃；茫昧的众生哟，无目的寻觅哟，可知道有了结果的时候吗？不知道已可怜了；我们茫昧在知道了之后，更又将如何辩解呢？……（第六节）

什么神圣的伟大的人生，只是一个可怜到了极顶的微细的动物的生活罢了。著者对于人生的失望有这样！

　　既没有勇气去沉沦，又没有勇气去自杀；只得微微地吟，或高高地唱那"努力于光明"的歌。明知道这是一杯甜甘醇美的、红色的酒，专给弱者们去喝的；我竟含羞忍辱地把它咽下了！……　　　　　　（第十节）

人生的矛盾，无意义，可悲，可哀，可耻，再也没有更甚的了。"高唱觉醒"了的朋友们，不是"两重迷惑"是什么呢？这样看来，著者对于人生是完全否认的了。但这也不全是的。因为著者对于人生还有一种最真挚的希望在后面。这是什么呢？就是所谓"爱的光辉"的照临：

> ……爱的生虽不为世界，世界却为爱而生存了。盲目的生命，只有爱能把意义给他们，把安慰去给他们，有了所爱的在，即使是暂时的，便也算不得虚生……真真是不错的，我们因得借爱的光辉来创造我们自己的世界。创造便是生，创造便是爱！……　　　　　　　　（第十五节）

这就是他对于人生的最后的希望。于是乎他说"我为人生，不得不赞颂这迷途的鸟！"了。这诗共十五节，长三千多字，在最近的冥想诗里，真要算是一篇结构极整严的。

以上勉强把抒情诗说完了。以下再说剧诗。

（三）剧诗。剧诗是一种兼叙事诗与抒情诗两面的主客观诗。叙述人生的葛藤是客观的，发抒自我的情绪是主观的。这种诗的形式多半是对话体（但也有独语的）。这诗的内容是人生的运命的象征，彼的种类有梦幻剧、史剧等区别。在最近的中国诗歌里，这种诗体除了郭沫若有几篇创作而外，也几乎同叙事诗一样地寂寞。现在把郭沫若的创作介绍一二篇给读者。

郭沫若的剧诗的创作，据我所看见的有《女神之再生》《湘累》《棠棣之花》《凤凰涅槃》（以上都见《女神》）等四篇。这四篇的艺术都好，但我最爱读的是《女神之再生》这一篇，现在把这诗大意介绍一下。

《女神之再生》是一篇史剧。这剧的取材，是出于《列子·汤问》篇女娲氏炼石补天，共工氏与颛顼争为帝，怒而触不周之山，和《山海经·西次三经》等书，著者已经明白说过了。这剧的内容，是借共工氏与颛顼之争，表现人生的肉的方面、悲哀的方面、泪的方面、黑暗的方面的葛藤，三个女神是超绝了人生的葛藤的灵的方面的理想的世界。著者对于现实的人生以为是很无意义的，很失望的，很悲观的；虽则共工氏是一个反抗运命有支配人生的权力者，终究战不过运命，触倒不周之山，成了一个混沌黑暗的世界；人生的前途何等地模糊黑暗而可怕呵！

颛顼
我本是奉天承命的人，
上天特命我来统一天下。
共工，别教死神来支配你们，
快让我做定元首了吧！
共工
我不知道夸说什么上天下地，
我是随着我的本心想做皇帝。
若有死神时，我便是死神，
老颛，快让我来支配于你。
…………
颛顼

啊，你才是个呀——山中的返响！

共工

总之我要满足我的冲动为帝为王！

颛顼

你到底为什么定要为帝为王？

共工

你去问那太阳：为什么要亮？

颛顼

那么，你只好和我较个短长！

共工

那么，你只好和我较个短长！

群众大呼声

战！战！战！

（喧呼杀伐声，武器斫击声，血喷声，倒声，步武杂沓声起。）

这正是反抗运命支配者同运命的主宰的一场恶战。恶战的结果，共工之徒固然是失败了，"群以头颅碰山麓岩壁，雷鸣电火四起；少时发一大雷电，山体破裂，天盖倾倒，黑烟一样的物质四处喷涌。共工之徒倒死于山麓"。颛顼及其党徒也并不见得胜利，"雷电愈激愈烈，电火光中照见共工、颛顼及其党徒之尸骸狼藉地上"。所以最后，我们只有希望女神之再生，新生的太阳的出现了——

黑暗中女性之声
——雷霆住了声了！
——电火已经消灭了！
——光明同黑暗的战争已经罢了！
——倦了的太阳呢？
——被胁迫到天外去了！
——天体终竟破了吗？
——那被驱逐在天外的黑暗不是都已逃回了吗？
——破了的天体怎么处置呀？
——再去炼些五色彩石来补好他吧？
——那样五色的东西此后莫中用了！
我们尽他破坏不用再补他了！
待我们新造的太阳出来，
要照彻天内的世界，天外的世界！
天球的界限已是莫中用了！
——新造的太阳不怕又要倦了吗？
——我们要时常创造些新的光明，新的温热去供给她呀！

这就是这诗里面所包含的对于人生的未来的希望呵！

四

　　以上是关于最近的中国诗歌作品方面的剖解的话。

　　本来近代诗歌的作品是极其丰富的，似我这样挂一漏万的说法，不知埋没了多少优美的作品；即以体裁而论，就是关于叙景诗这一种体裁，在现代的诗歌也要算是占极重要的位置的（如康白情的纪游诗，便有一种特别的风格），我都没有说到，这不能不向读者而且现代的作者抱歉的。好在有许多作品，或是已经有了专集流行在社会上的，或是在社会上已经得有相当的评价的，都各有各的永存的价值，用不着我多说了。

　　现在的我只把最近的中国诗歌的趋势简括地说一说，以做我这文的结论。

　　新兴的白话诗歌，以时间论，还不过六七年的光景，但是中间的变迁，看起来便有好几个时期。在《尝试集》出版的前后是一个时期，这个时期是一种由旧诗词的腔调变来的白话诗；以胡适、俞平伯（前期的诗）、康白情诸人在《新青年》和《新潮》上面所发表的诗为代表。在《女神》出版的前后是一个时期，这个时期是极端的解放的诗歌最盛的时代，以郭沫若、俞平伯（后期的诗）、徐玉诺、刘延陵、朱自清诸人为代表。往后，在冰心女士从事作《春水》《繁星》的时候为一个时期，这个时期是模仿日本俳句和泰戈尔《飞鸟集》一种小诗的体裁，以冰心女士、刘大白、郑振铎、宗白华、湖畔诗社诸人在《晨报》副刊、《觉悟》、《学灯》及《诗》上面所发的诗为代表。

最近小诗的潮流已渐渐成了过去,新兴的诗歌的气焰,表面上看,忽然冷淡下来似的,但仔细观察,这中间实在隐伏有两种趋势,我们不可忽略的:第一是诗歌侵入散文领域所发生的散文诗,如朱自清的《毁灭》,俞平伯的《迷途的鸟的赞颂》等,冥冥中已潜伏有一种伟大的势力,在里面等待爆发;第二就是周作人、沈尹默诸人所从事的中国各地歌谣的征集,这种运动的成绩很有可观,自征集以来,在《歌谣周刊》上所发表的自第一号至三三号止,民歌、儿歌一共算来,已经有了一千二三百首,这真可以算是民众文学勃兴的福音,将来的成功不可限量;我们不要看到表面的冷淡便对于新兴的诗歌的前途根本失了望呵!

1923 年 12 月 1 日脱稿
(《星海》)

穆木天（1900—1971），现代诗人、翻译家，中国象征派诗歌理论的奠基者。1918年毕业于南开中学。1920年赴日留学，同年在《新潮》发表处女作《蔷薇花》。1926年毕业于日本东京大学。回国后曾任中山大学、同济大学、暨南大学等校教授。1933年创办《新诗歌》旬刊。1937年参加中华全国文艺界抗敌协会，主编诗刊《时调》和《五月》。著有诗集《旅心》《流亡者之歌》《新的旅途》等。

徐志摩论
——他的思想与艺术

穆木天

一

虽然他的大部分的作品是"五卅"以后创作的，诗人徐志摩总算是"五四"时代的诗人。他的创作活动，自从①"五四"运动开始的。他的作品中反映的，也正是"五四"时代之一部分的知识分子的心理意识。如果说"五四"时代的代表诗人是郭沫若、王独清和徐志摩的话，那么代表初期的狂飙时代的，是小市民的流浪人的浪漫主义者郭沫若，代表末期的颓废的空气的是落难公子王独清，而代表中间期的则是"新月"诗派的

---

① "自从"，原文如此。后同。——编者注。

最大的诗人徐志摩了。

虽然没有郭沫若那样庞大的野心，到一切的文学的领域去做广泛的尝试，虽然他的活动范围什九止于诗歌之内——因为他的大部的散文是诗的一种形式，而他的小说《轮盘》是不成为小说——可是徐志摩是有着他的伟大的存在的意义。他不止是"新月派"的盟主，而且，他的全部的诗作，是代表着"新月派"的诗歌之发展过程。在他的"灵魂的冒险"中——在他，"这灵魂的冒险是生命核心里的意义"（《迎上前去》）——可以说包容着"新月派"诗歌之一切。虽然在他的多量的诗作中，含有着好些唯美主义、印象主义的要素，可是诗人徐志摩不是颓废的，而是积极的。他是现代中国的一位尼采，他深信着他是一位中国的查拉图斯脱拉，虽要求着像大鹏似的做逍遥的云游。对于他所不满意的现代中国社会，他不抱厌世观，而更不抱那"孩童性的乐观主义"。虽然他的人生观是值得我们分析和批判的，可是他始终"是一个生命的信徒"（《迎上前去》）。他是一只没有笼头的野马。他的诗歌的创作，是他对于社会不调和的表现。换言之，他的诗歌，就是他的"灵魂的冒险"的象征。

诗人徐志摩始终是"一个生命的信徒"。他始终对于他所憎恶的时代挑战。他的口号是 Everlasting yea, Everlasting yea。在《落叶》里他那样地呐喊；在末期的散文作品《秋》的里边，他也是那样地呐喊。他认为"人原来是行为的动物"（《落叶》）。他主张用"积极的态度对运命宣战"，因为"这是精神的胜利，这是伟大"，这是"不可摇的信心，不可动的自信力"

的表现;对于社会,他所要求的是"彻底的过来"(《青年运动》)。在诗篇《婴儿》里边,他说:"我们要盼望一个伟大的事实出现,我们要守候一个馨香的婴儿出现。"诗人徐志摩,信仰着他的理想,一生的努力,就是目标着①他那个"馨香的婴儿"之创造。

诗人徐志摩对于人生之这种积极的态度,是须要从他的生活环境去说明的。诗人的家庭,是相当地资本主义化了的地主家庭,在《猛虎集》的序文中,诗人徐志摩说:"在二十四年以前,我对于诗的兴味远不如我对于相对论、民约论的兴味。我父亲送我出洋留学,是想要我将来进金融界的,我自己最高的野心是想做一个中国的 Hamilton。"想使儿子进金融界之那种企图,是证明着诗人的父亲是相当地都市市民化了。想做中国的哈弥尔敦之那种野心,是足以反映出来诗人的青年时代是有着狂飙般的政治的要求。这种向上的市民的要求,使诗人徐志摩成为"一个不可教训的个人主义者"(《列宁忌日——谈革命》),使他接受了西洋的入世的思想。在《天目山中笔记》里,他说:"我们承认西洋人生观洗礼的,容易把做人看得太积极,入世的要求太猛烈,太不肯退让,把住这个热虎虎的一个身子、一个人放进生活的轧床去,不叫他留存半点汁水回去。"他的那两个有力量的外国字 Everlasting yea,自然是他那种个人主义的表现。

---

① "目标着",原文如此。——编者注。

然而，诗人虽然到了美洲的大陆，可是他从美国所受的影响并不见得怎么显著。诗人自从士大夫的环境转变到市民的环境的。从他的作品看，诗人身上，是充满着二重的性格。我们也或者可以说，如法国的福尔德似的，他是一个贵族的市民。因之，大都市的工业社会的文明与他无有多大的缘分。惠特曼一类的诗人没有给与过他多大的影响，而法国的孔德一流的实证主义的哲学也像是没有给过他若干的熏陶。他"摆脱了哥仑比亚①大博士衔的引诱，买船票过大西洋，想跟二十世纪的福禄泰尔（福尔德）认真念一点书去"（《我所知道的康桥》），这也足证明他对于不夜城纽约的都市生活表示着不调和了。他以为"实利主义的重量完全压倒人的灵性的表现"（《论自杀》），如印度的泰戈尔老人似的，他否定二十世纪的文明，要回到自然。他感到"文明只是堕落"，他诅咒"文明人"（《海滩上种花》）。

同美国的风尚不相合，到了康桥，徐志摩接受了吸烟的文化。康桥使诗人做了一个重新的开始。在《吸烟与文化》里边，他说：

> 我在康桥的日子可真是幸福，深怕这辈子再也得不到那样甜蜜的机会了。我不敢说康桥终了我多少学问或是教会了我什么。我不敢说受了康桥的洗礼，一个人就会变气息，脱凡胎。我敢说的只是——就我个人说，我的眼是康

---

① 今译哥伦比亚。——编者注。

桥教我睁的,我的求知欲是康桥给我拨动的,我的自我的意识是康桥给我胚胎的。

在康桥的那种贵族的世界中,他忙着散步,划船,骑自由车,抽烟,闲谈,吃五点钟茶牛油烤饼,看闲书。在那个心欲的国土里,他建立了他的理想主义的哲学、他的自然崇拜的理想。那种陶养,使他深感到"浪漫的怀乡病",憧憬到"草深人远,一流冷涧"的境界。强烈的个人主义的 Everlasting yea 和浪漫的怀乡病,因之,成为这位"朝山客"、这位"不羁之马"的思想的中心。他的艺术的人生观——"生活是艺术"(《话》)——在康桥是被胚胎出来了。

贵族的市民出身的诗人徐志摩在康桥同当时的贵族化的英国市民社会融合一起。他深受了英国的世纪末的唯美主义、印象主义文学的影响。同时,他更接受了英国的贵族层的浪漫诗人的熏陶。如果有人对于英国十九世纪末的文学同徐志摩的作品对配起来,做一个比较研究,我以为是很有趣味的。在十九世纪末期的英国,资本主义到达了极绚烂、极成熟的时代,寄生的社会层得到了过剩的生活余裕,于是,应运产生出来对于世界的全然唯美的态度、人生之最高的意义在于美的主张。达到了帝国主义的成熟期的英国,拥着广大的殖民地,在欧战之后,其资产者社会仍持续着过着寄生生活。而且,在欧战期,英国没有直接地蒙着战祸,它的牛津仍是牛津,它的康桥仍是康桥。从那种贵族化的市民社会,诗人徐志摩发现了他的理想的糕粮，他发现了他的理想的政治与理想的革命（《政治生活与王家三阿嫂》）；而且在那里，他发现了他所心爱的诸作家。在他以为，他那些"生活的趣味"，都是些"不预期的发现"。他告诉过我们斐德（W. Pater）、歌德、柏拉图、雪诔①、杜思退益夫斯基、托尔斯泰、丹农雪乌、卢梭、波多莱尔之所以被他发现，"都是邂逅，不是约会"（《济慈的夜莺歌》）；他认为是偶然的。然而他没深注意到英国的诸现实主义的巨家，而把主义放到济慈、渥兹渥斯②、卜雷克③、拜伦和半个雪诔的上面，把注意更放在卢瑟谛④、哈代、梅垒代斯、曼殊裴尔⑤、西蒙兹、哈得生（Hudson）、裴得的上面，是不是偶然的呢？他接受了泰戈尔、托尔斯泰、罗曼罗兰⑥、尼采、丹农雪乌、达文謇、歌德，我们很清楚地看出来那里边存在着必然性。在他所翻译的东西之中，有沦亡的贵族福凯（Fouque）的骑士故事《涡堤孩》，有贵族的市民服尔德⑦的《贡第德》，有闺秀作家曼殊裴尔的小说，有丹农雪乌的《死城》，都是多少带有贵族性的东西。徐志摩对于西洋文学之接受，自然是由于他的强烈的主观出发的了。

---

① 今译雪莱。——编者注。
② 今译华兹华斯。——编者注。
③ 今译布雷克。——编者注。
④ 今译卢瑟第。——编者注。
⑤ 今译曼殊斐儿。——编者注。
⑥ 今译罗曼·罗兰。——编者注。
⑦ 今译伏尔泰。——编者注。

具有如上的生活环境的徐志摩是极端地肯定着他的理想主义。他不住地要求着自我实现。他的创作是自我实现，他的翻译也是自我实现。他有着单纯的信心，在他认为"单纯的信心是创作的泉源"（《海滩上种花》）。他的理想主义是不住地在更新着。在《飞上前去》里，他说：

> 我相信真的理想主义者是受得住眼看他往常保持着的理想萎成灰，碎成断片，烂成泥，在这灰这断片这泥的底里他再来发现他更伟大更光明的理想。我就是这样的一个。

诗人的一生，是"冒险—痛苦—失败—失望"的动变，是"认识—实现—圆满"的过程。然而，在一生中，他什么都未有完成。他的一切的完成，可以说全是散叶子的零碎札记。他的思想，当然也是同样。在《落叶》里，他说"我的思想——如其我有思想——永远不是成系统的。我没有那样的天才。我的心灵的活动是冲动性的，简直可以说是痉挛性的"。冲动性、痉挛性，是他的思想，他的为人是非常好动的。在《自剖》里，他说"我是个好动的人；每回我身体行动的时候，我的思想也仿佛跟着动荡"。他欢喜飞机，他欢喜自由车，他欢喜旅行，他欢喜云游。在《想飞》中，他说"人类最大的使命是制造翅膀，最大的成功是飞！理想的极度，想象的止境，从人到神！诗是翅膀上出世的，哲理是在空中盘旋的，飞超脱一切，笼盖一切，扫荡一切，吞吐一切"。从人到神，这一种超人哲学，是一种尼采主义。他在《吊刘叔和》里边说"他仿佛跟着查拉图斯脱拉登了哲理的山峰"。使他不住地喊出 Everlasting yea 的也是这种尼采主义。尼采说:"受苦的人没有悲观的权利。"此语在徐志摩的身上,是有很大的反抗作用的。

从康桥回到中国,那是民国十一年。"五四"运动已经低潮。中国仍是半殖民地。这里没有康桥,没有英国那样的贵族社会。战后,帝国主义之变本加厉地向中国进攻,使中国越发呈出紊乱的状态。那一种紊乱的环境,是诗人徐志摩所不忍目睹,所不能安居的。他的理想主思的浪漫主义碰了壁。然而他不能正确地说明此路不通的缘故。他不把主要的原因归之于洋大人,而认为是民族的堕落,是民族的倒运,是民族的破产。从《落叶》以至于《秋》,这种思想是一贯着的。我们民族是破了产的,道德、政治、社会、宗教、文艺,一切都是破产了的。其原因呢?于是乎他说了,"不要以为这样混沌的现象是原因于经济的不平等,或是政治的不安定,或是少数人的放肆的野心","我们的自身是我们的运命的原因"(《落叶》)。他又说,"我认识我自己力量的止境,但我却不能制止我看了这时国内思想界萎痪现象的愤懑与羞恶"(《迎上前去》)。他悲愤仁义礼智信成了五具残缺的尸体(《毒药》)。他悲愤地又说,"儒教的珍品——耻节——到哪里去了"(《从小说讲到大事》)。他怎么看我们的民族呢?在《求医》中,他说,"我们这倒运的民族眼下只有两种人可分,一种是在死的边沿过活的,又一种简直是在死面过活的"。对着这种"普遍死化的凶潮",对着这种

"人道的幽微的悲切的音乐",他闭上了眼睛。

他发现了另一个悲惨世界,在那里,他的感情、思想、意志、经验、理想,没有一样是和谐的,没有一样是容许他安舒的。他发现了"实际的生活逼得越紧,理想的生活宕得越空"(《求医》)。现实的生活与理想的生活之矛盾所生出来的失望没有使他绝望,反之,却使他对于自己更加强烈地、更加精细地去做解剖的工作。然而,他不求援于科学,他说"科学我是不懂的"(《追上前去》)。宁可以说,他是否定科学的。在《落叶》里,他说:"我们决不可以为单凭科学的进步就能看破宇宙结构的秘密。"而在《论自杀》中,他又说:

在我们一般信仰(你可以说迷信)精神、精神生命的痴人,在我们还有土可守的日子,决不能让实利主义的重量完全压倒人灵性里的表现,更不能容忍某时代迷信(在中世是宗教,现代是科学)的黑影完全淹没了宇宙间不变的价值。

他相信灵性。他说,"单有躯壳生命没有灵性生活是莫大的悲惨"(《海滩上种花》)。他爱大自然,因为大自然有灵性。康桥有康桥的灵性,翡冷翠山中也有它的灵性。"自然是最伟大的一部书"(《翡冷翠山居闲话》),它给你以"灵性的迷醉"。由于同中国社会之矛盾,他感到"实际生活的牵掣可以劫在我们性灵所需要的闲暇,积成一种压迫"(《自剖》),然而,对于生活的压迫他不感绝望,他要"迎上前去"。在《再剖》里,他说"我宁言我自己跳进了这现实的世界,存心想来对准人生的面目认他一个仔细"。他不断地做他的"灵魂的冒险":"要在这忽忽变动的声色的世界里,赎出几个永久不变的原则的凭证来"(《海滩上种花》)。可是,他的玄学的追求,是终没有完成的答案。哟!在《自剖》《再剖》之后,他思想上起了转变。他背起了他的十字架,由盲冲转变到有意识的行动,从对于社会之不调和、不承认的态度转变到"迎上前去"。在《迎上前去》里,他肯定地说:"是的,我从今要迎上前去!生命第一个消息是活动,第二个消息是搏斗,第三个消息是决定;思想也是的,活动的下文就是搏斗。"他的"赤子之心",他的"单纯的信心",使他积极地做他所谓的"理想中的革命"。

单纯的信仰给了他勇敢。单纯的理想给了他力量。他的灵性的勇敢使他崇拜拜伦,说出来"他是一个美丽的恶魔,一个光荣的叛儿"(《拜伦》)。他崇拜耶稣、托尔斯泰、歌德、密尔顿[①]、悲特文、密其郎及罗[②]、文天祥、黄梨洲等等的人物。他崇拜他们,是因为他们有不可动摇的 simple faith;是因为他们的思想是单纯的——宗教家为善的原则牺牲,科学家为真的原则牺牲,艺术家为美的原则牺牲——这一切牺牲的结果便是我们现有的有限的文化(《海滩上种花》);是因为黄梨洲、文天祥在非常的时候,为他们的民族争人格,争人之所以为人。他的

[①] 今译弥尔顿。——编者注。
[②] 今译米开朗琪罗。——编者注。

"理想中的革命"的要求使他在《落叶》里赞美俄国革命,赞美俄国国旗说:"那红色是一个伟大的象征,代表人类史里最伟大的一个时期;不仅标示俄国民族流血的成绩,却也为人类立下了一个勇敢尝试的榜样。"使他在同篇中,更赞美法兰西的大革命,说:"巴士梯亚①是代表阻碍自由的势力,巴黎市民的攻击是代表全人类争自由的势力,巴士梯亚的'下'是人类理想胜利的凭证。"在《自剖》里,他又说:"哪一个民族的解放史能不浓浓地染着 Martyrs 的腔血?俄国革命的开幕,就是二十年前冬宫的血景。只要我们有识力认定,有胆量实行,我们的理想中的革命,这回羔羊的血就不会是白费的。"

可是流血的事情,是他所不喜欢的。诗人徐志摩的革命的要求,只是在于争"灵魂的自由"。而且,他的理想政治是英国的政治、希腊的政治,他所理想的革命是不流血的革命。在《政治生活与王家三阿嫂》之中,他说:

> 英国人是"自由"的,但不是激烈的,是保守的,但不是顽固的,自由与保守并不是冲突的,这是造成他们政治生活的两个原则;唯其是自由而不是激烈,所以历史上并没有大流血的痕迹(如大陆诸国),而却有革命的实在,唯其是保守而不是顽固,所以虽则"不为天下先",而却没有化石性的僵。

---

① 今译巴士底狱。——编者注。

然而，英国对于殖民地的剥削与压迫，希腊的奴隶社会，他一概不提，爱和平是他的天性。因之，对于罗曼罗兰，他表示出来深挚的共鸣。罗兰的空想的英雄主义，他认为是一种最高的理想。他以为罗兰是勇敢的人道的战士，是同托尔斯泰、杜斯退益夫斯基[①]、泰戈尔、甘地同样立脚于高高的山岭上，俯瞰着人间社会。"打破我执的偏见来认识精神的统一，打破国界的偏见认识人道的统一。这是罗兰与他同理想者的教训。解脱怨毒的束缚来实现思想的自由，反抗时代的压迫来恢复灵性的尊严。这是罗兰与他同理想者的教训。"（《罗曼罗兰》）尼采所说的"受苦的人没有悲观的权利"那句话，是他的座右铭。"在苦痛中领会人生的实际""在痛苦中，实现生命，实现艺术，实现宗教，实现一切的奥义"之这种人道的英雄主义，也在此地成为了他的理想了。

游了莫斯科，对于革命后之俄国社会表示不满，接着，他就自命为罗兰的同理想者了。在《吊刘叔和》文中，他认为"五卅"前后的中国国内情形是一幅大西洋的天变，而难得的是少数共患难的旅伴。因之，在大的社会中，诗人徐志摩是感到孤独的。诗人徐志摩所要求的，是反抗现代的堕落与物质主义的革命运动，是心灵解放的革命。他的这种要求，是从他那有士大夫性的个人主义出发的。到最后，在《秋》里，他悲叹士民阶级之没落，而结论到"我们现在为救这文化的性命，非得

---

① 今译陀思妥耶夫斯基。——编者注。

赶快就有健全的活力来补充我们受足了文明的毒的读书阶级不可"。在《话》里，他说，"真伟大的消息都蕴伏在万事万物的本体里，要听真值得一听的话，只有请教两位最伟大的先生。……就是生活本体与大自然"。在《秋》里，他仍然贯彻着这种思想。他依然是主张把过度文明的人种带回到生命的本源上，他主张人多接近自然。一方来补充开凿过多分的士民阶级，一方极力把教育的机会推广到健全的农民阶级里。打破阶级界限及省分界线，奖励阶级间的通婚。不过这一种理想是不是可以实现的呢？这种对于士民和农民的关心，是表明诗人徐志摩的 simple faith 之所由来了。

虽然诗人徐志摩要求着"一种要新发现的国魂"，可是，那是从他的个人出发的。他在《列宁忌日——谈革命》里说：

> 我是一个不可教训的个人主义者，这并不高深，这只是说我只知道个人，只认得清个人，只信得过个人。我相信德谟克拉西只是普遍的个人主义；在各个人自觉的意识与自觉的努力中涵有真纯的德谟克拉西的精神。

他崇拜列宁，说列宁有如耶稣的伟大，是崇拜个人而不是主义。他认为"生命只是个性的表现"，而是感情把一些个体的组织起来的。他是一个信仰感情的人。在《落叶》里，他说："人生社会里本来是不相连续的个体。感情，先天的与后天的，是一种线索，一种经纬，把原来分散的个体组织成有文章的整体。"徐志摩是一个感情性的人。他的一生,就是要实现"生活是艺术"的主张。他的感情,使他在苦痛中,在时代悲哀中实现他自己。他的感情的生产,就是他的诗歌。他忠实去创造新的人生准则。他在《话》里说:

> 不能在我的生命里实现人之所以为人,我对不起自己;在为人为的生活里不能实现我之所以为我,我对不起生命。这个原则我们也应该时时放在心里。

感情性的诗人徐志摩,借着诗歌实现了自己。在《秋》里,诗人引过一个别的诗人的话说,"我们靠着活命的是情爱、敬仰心、希望(We live by love, admiration and hope)"。情爱、敬仰心、希望,则是诗人在诗的创作中所靠着生活的了。

二

诗人徐志摩在他的短促一生中,遗留给我们四部诗集《志摩的诗》《翡冷翠的一夜》《猛虎集》《云游》,三部散文集《落叶》《自剖》《巴黎的鳞爪》,和一篇散文《秋》以及一部小说集《轮盘》,与一篇戏曲《卞昆冈》。其中,成为作品的,只有诗和散文。但是,他的散文,更是诗的一个形式。他的散文,什九是散文诗。在其中一贯着的,是他的个人的感情。诗人徐志摩长于流露抒发自己的感情而拙于描写社会生活。比如《轮盘》中的春痕,只是形容词的堆砌,而其主题则是才子佳人式的恋爱。诗人徐志摩只是一个寄生生活者,他的境遇比较顺,而又与生产无直接的关系。对于社会的现实,他不能把握。从社会生活中,他抽不出有意义的主题来。对于丑恶的现实的社会,他是回避的,否定的。在《迎上前去》中,他说:"我敢担保的只是我自己思想的忠实。"而那止于是主观的忠实。他是一个信仰感情的人,他不懂科学。而抒情诗、抒情的散文是足以做他的感情的表现之工具而有余,抒情诗、抒情的散文是足以包容他的思想。法国的博威(Eruet Bovet)把文字发达史分成为抒情、叙事、剧之三个阶段。徐志摩恐怕算是其第一个阶段上的人物了。

在《我所知道的康桥》里,诗人徐志摩说:"我这一生的周折,大都寻得出感情的线索。"诗人的创作活动之过程,也是有迹可寻的。《济慈的夜莺歌》《海滩上种花》诸篇如果可以说是徐志摩的艺术论或者是诗学,那么《翡冷翠的一夜》和《猛虎集》中的两篇序文,则是他的创作活动之自我批判、创作生活之回顾了。如果把这两篇序文和《自剖》中之《自剖》《再剖》《求医》《想飞》《迎上前去》诸篇详细分析一下,我们很可以找出来他的创作活动的。

徐志摩的创作活动可以分为四个时期。第一期是最早写诗的那半年。《猛虎集》的序文告诉我们说,那一个时期他的感情真如山洪暴发,不分方向地乱冲,生命受了一种伟大的力量的震撼,什么半成熟的未成熟的意念都在指顾间散作缤纷的花雨。可是那个时期的感情奔放的浪漫谛克[①]的诗,据说虽然为量甚

[①] 今译罗曼蒂克。——编者注。

多，但几乎都着不得人。所以我们也无从研究了。不过我们可以想象到在当时他是一匹狂暴的野马。

徐志摩的创作活动的第二个时期，是由《志摩的诗》所代表着的，那是他民国十一年回国后两年间的作品。代表这个时期的散文，是《落叶》里的大部分。《落叶》诸篇是充满着浪漫谛克的自白，充满着康桥时代的憧憬。在《志摩的诗》的里边，要据诗人自己说，"初期的汹涌性虽已消灭，但大部分还是感情的无圆阑的泛滥，什么诗的艺术与技巧都谈不到"（《猛虎集》序文）。不过，在我们看，这一个时期虽然诗的艺术与技巧都谈不到，然而其内容是比较充实的。志摩的诗作，是随着形式之追求与完成而减少其内容的充实性的。在《志摩的诗》里，我们是看得出浪漫主义的气息渐渐地流为印象主义的气息之倾向的。《志摩的诗》时代可以说是志摩的"五四"时代。

徐志摩的创作活动的第三个时期，是由《翡冷翠的一夜》《自剖》《巴黎的鳞爪》所代表着的。在这个期间，中国产生了"五卅"运动，徐志摩在其后目睹了各种更为不满的现象，在生活上起了很大的波折，在思想上起了一个大的转变。在《迎上前去》里，在《翡冷翠的一夜》的序文里，他都肯定地重复出来他在诗篇《恋爱到底是什么一回事》里所说的那两句话：

我再不想成仙，蓬莱不是我的分；
我只要这地面，情愿安分地做人。

这就是所谓的"决心做人,决心做一点事情"的时代。理想主义碰了壁,他要求行动。他努力自剖。他要贯彻他的尼采主义。在这时期,形式虽日趋工整,可是他失却了生产的力量了,因为他的理想主义同社会现实愈趋冲突了。在《翡冷翠的一夜》的序文中,他说:"我如其曾经有一星星诗的本能,这几年都市生活早就把它压死。这一年间我只淘成了一首诗,前途更是渺茫。……这一卷诗,大约是末一卷吧。"这一个期间,真正地代表着他的感情的诗作与其说是韵文诗,宁是那些散文诗——《自剖》和《巴黎的鳞爪》中的诸篇。一方面追求定型律,一方面主观的忠实使制作那些散文诗,这里是不是有着一种矛盾呢?这一个时期是徐志摩的创作活动之最高峰。

最后,就是他的创作活动的第四期,也就是其没落期。在那种回光返照之中所产生出来的,就是《猛虎集》、《云游》和散文《秋》。毫不待言地,这几个不同的时期是有着连系的,其间存在着发展的线索的。

诗人徐志摩的思想是杂的,而他的作品也是杂的。他有称王称霸的雄心。他不只想做一个诗歌的作者,而且,他还想做一个诗歌的理论者。虽然他一无所完成,可是他做了各种尝试。他不只想做一个艺术家,而且,想做一个科学家。他所译的那段《达文謇的剪影》,正是表示着他的这种多样、复杂的要求。徐志摩的一切翻译,是反映着他自己的主观,换言之,他的翻译也是他的自我实现(《生命的报酬》《鸡鹰与芙蓉雀》《达文謇的剪影》《死城》《涡堤孩》等)。他的翻译,是同一般的手艺人的翻译不同的,其中处处是反映着他的强烈的主观的要求。《达文謇的剪影》,可以说是他的 self‑justification 的宣言。基乌凡尼鲍尔脱拉飞屋在日记里记着:"骞沙里说梁那图是一个最不了的①落拓家。他写下了有二十本关于自然科学的书,但没有一本完全的,全是散叶子的零碎杂记。"又记着:"什么东西在旁人看来已经是尽善尽美的,在他看来通体都是错。他要的是至高无上的,不可得的,人的力量永远不够到的。因此他的作品都没有作完全的。"这好像是诗人徐志摩对于自己的批判。

诗人徐志摩不止是要求创作,而且更做原理的追求。如果我们要研究他的诗学的话,《济慈的夜莺歌》《海滩上种花》《话》诸篇,以及《自剖》与《秋》,都多少可以供给我们资料的。徐志摩的诗论,同样地,全是散叶子的零碎杂记。在《自剖》里,他告诉我们说,"我作的诗有不少是在行旅期中想起的。……是动,不论是什么性质,就是我的兴趣,我的灵感"。在《海滩上种花》,他告诉我们说,"单纯的信心是创作的泉源"。在《话》中,他说诗人们除了做梦再没有正当的职业,真的诗人梦境最深,神魂在祥云飘渺之间,那时候随意吐露出来零句断片。在《秋》里,他又说,"你们明知我是一个诗人,他的家当除了几位空中楼阁,至少是一颗热烈的心"。这样说来,志摩的诗歌是在动的里边,一颗热烈的心所想的几座空中楼阁了。那是真纯的个人之表现,是自由的灵魂的翔翱之反映。他

---

① "最不了的",原文如此。——编者注。

所反映的生命现象之不可思议是大自然之奥妙。诗心如一种神往。徐志摩对于诗歌的见解，是深具着神秘主义的色彩了。诗人徐志摩对于诗歌，是一个星象学者，一个点金术者，一个预言者的态度。可是，现在的世界已不是玄学的时代了。而特别是现在中国又呈了紊乱的局面。整理这种局面，玄学又是无力。现实的相会状态，使诗人志摩找不出诗的营养来了。于是，在《秋》里，他又说，"跟着这种种症候还有一个惊心的现象，是一般创作活动的消沉，这也是当然的结果。因为文艺创作活动的条件是和平有秩序的社会状态、常态的生活以及理想主义的根据。我们现在却只有混乱、变态以及精神生活的破产"。由此可以看得出，徐志摩的诗作生活之幻灭，是由于玄学世界之幻灭了。

在诗人徐志摩的创作生活中，由《志摩的诗》和《落叶》所代表的时期，可以称之为"浪漫期"，在这一个时期，他的诗歌所表现的，有恋爱、自然、社会诸动机。这一个期间，他是一个"朝山人"，面对着冥盲的前程，无有止境地奔那远在白云环拱处的山岭，没有止息地望着他那最理想的高峰。然而他是有酬劳的；因为他感到那最理想的高峰已涌现在当前，莲苞似的玲珑，在蓝天里，在月华中，二艳崇高（《无题》）。他从各处找他的象征。在各个的象征，他求他的自我实现。他乐观着，他的情感奔放着。在《雪花的快乐》中，他说："这地面上有我的方向。"在《这是一个懦怯的世界》中，他要逃出了现实的世界的牢笼，恢复他的自由。他歌唱：

跟着我来,
我的恋爱!
人间已经掉落在我们的后背——
看呀,这不是白茫茫的大海?
白茫茫的大海,
白茫茫的大海,
无边的自由,我与你与恋爱。

(《这是一个懦怯的世界》)

他自命是一个超人。在《去罢》里边,他说:

去罢,人间,去罢,
我独立在高山的峰上;
去罢,人间,去罢,
我面对着无极的穹苍。

(《去罢》)

他爱天上的明星(《我有一个恋爱》)。为要寻一个明星,他冲入黑绵绵的昏夜,他冲入黑茫茫的荒野(《为要寻一个明星》)。他追求恋爱,他所求的恋爱是 platonique 的(《雪花的快乐》《沙扬娜拉》)。他寻求天国的消息,在稚子的欢迎声里,想见了天国(《天国的消息》)。他倾听乡村里的声籁,又一度

与童年的情景默契(《乡村里的音籁》)。然而,他对于恋爱感到忧郁,对于农村感到没落了。在《沙扬娜拉》中,他歌唱:

> 最是那一低头的温柔,
> 像一朵水莲花不胜凉风的娇羞,
> 道一声珍重,道一声珍重,
> 那一声珍重里有甜蜜的忧愁!
> 沙扬娜拉!

(《沙扬娜拉》一首)

而在《乡村里的音籁》里,他歌唱:

> 这是清脆的稚儿的呼唤,
> 田场上工作纷纭,
> 竹篱边犬吠鸡鸣,
> 这是无端的悲戚与凄婉。

(《乡村里的音籁》)

诗人徐志摩之二重性,一方面使他独立在半山的石上,而他方面则使他感到胸中是一星微焰(《一星弱火》)。在秋风落叶之中,他感到自己是一个"独孤的梦魂"(《夜半松风》)。在这冰冷的世界里,只有少数同情的心(《难得》)。一方面,诗人在追求着无穷的无穷(《去罢》),而他方面,他却感到他那蚕茧似不生产的生存之无有前途(《多谢天》)。一方面,他感到有悠然的神明给他解了忧愁,重见宇宙间的欢欣,有了生命的重新的机兆(《多谢天》);而另一方面,他又感到希望之不可靠了。在《猛虎集》的序文中指着当时的情景,诗人徐志摩说,"一份深刻的忧郁占定了我;这忧愁,我信,竟于渐渐地溶化了我的气质"。这种忧郁,自是诗人身上的二重性之矛盾所产出来的了。看见月下的雷峰塔影而起封建的幻梦(《月下雷峰影片》),看见田野的秋景而感到韶光催人老(《沪杭车中》),看见悲伤的乡村老妇而起人道主义的同情,是反映出来徐志摩的心理意识为如何了。在《不再是我的乖乖》中,他说"前天我是一个小孩子""昨天我是一个情种",可是今天"暗潮侵蚀了砂字的痕迹,却冲不淡我悲惨的颜色"。在《石虎胡同七号》里,他告诉出来他们的小世界、他们的小园庭:

> 我们的小园庭,有时荡漾着无限的温柔……
> 我们的小园庭,有时淡描着依稀的梦景……
> 我们的小园庭,有时轻喟着一声奈何……
> 我们的小园庭,有时浸沉在快乐之中……

这令我们清楚地看出他的感情的二重性了。不能做向上的冲去,诗人是只有做他的封建的回顾。不能圆满他的柏拉图式的恋爱,他转回头去看农村的社会,于是他的吟诵自然的诗歌被产生出来。诗人徐志摩的吟诵自然的诗,令我想起渥兹渥斯来。从卢梭以来,好多人都跟着高唱着"归到自然"。可归的方式因为不同,卢梭要求平等的原始时代之复归,而诗人徐志摩所要求的则是未受资本主义侵凌的封建农村。诗人徐志摩的眼中只看得起士农,而对于工商是否定的。他那种补充士民阶级、健全农民阶级的主张,就是同他的自然的崇拜相一致的。诗人所吟诵的自然是五老峰,是西湖的雷峰,是江南的小风景。他把它们理想化了,讴歌它的灵性(《五老峰》《月下雷峰影片》)。在那种封建的自然中,他爱山寺、破庙、没落的农民。虽然他不相信宗教,但是他欢喜宗教的神秘性。他到常州天宁寺去听礼忏声,而领悟着涅槃之极乐(《常州天宁寺闻礼忏声》)。这种回顾农业社会的要求,使他眼看到从农村社会没落下的人们——拉车夫、叫化等等,而且用他们所用的俗粗的语言——北京土话,硖石土白——写他们的落难生活(《先生先生》《叫化活该》《谁知道》《盖上几张油纸》《太平景象》《一条金色的光痕》)。而在一般的时候,他的诗是充满着香艳的词句的。在这时代,他的感情的无关拦的泛滥虽然没能使他采取广泛的主题(他的好些诗里,重复之点颇多),可是使他把不同条件的类似的情感用各种不同的形式包容起来。

形式之变化,是志摩的诗之一个特色。有一些诗里,他做了很好的感情的 Montage。如在《五老峰》中,律动真同大自然的起伏相一致;在《天宁寺》中,节奏真是同钟声相同,极印象主义之完成。《去罢》诸作的律动真表示他的超人的情绪。他更用散文诗式写诗,我以为,也许是他模仿查拉图斯脱拉的语录(《毒药》《白旗》《婴儿》)。这个时代,他的诗形虽未成格律,但还是规整的。从浪漫主义的倾向到印象主义的唯美主义的倾向之转变,从比较自由的定型律,一方发展为严正的格律,而他方发展为散文诗之转变,是这个时期之一个特征。在《落叶》(散文集)中,就发现了这种倾向,那些讲演《落叶》《话》《海滩上种花》,以及《青年运动》,都是夹着诗的散文,其中抒泄出来分行抒情文字所不能写出来的感情。这种散文诗化的倾向,一方面是表示着同社会现实生活相接触的结果,诗人的情感已不是短的抒情诗所能包容的,一方面是表示着诗人理想主义的碰壁,不能产生出新的主题来。散文《落叶》《话》《青年运动》,以及诗篇《毒药》《白旗》《婴儿》《灰色的人生》《恋爱到底是什么一回事》是代表着从这个浪漫时期到此一个时期的作品。在《婴儿》里,他说:

我们要盼望一个伟大的事实出现,我们要守候一个馨香的婴儿出世。

在《灰色的人生》中,他歌唱道:

我只是狂喜地大踏步地向前——向前——口唱着爆烈的,粗伧的,不成章的歌调;
来,我邀你们到海边去,听风涛震撼大空的声调;

来,我邀你们到山中去,听一柄利斧斫伐老树的清音;

来,我邀你们到密室里去,听残废的寂寞的灵魂的呻吟;

来,我邀你们到云霄外去,听古怪的大鸟孤独的哀鸣;

来,我邀你们到民间去,听衰老的,苦痛的,贫穷的,残毁的,受压迫的,烦闷的,奴眼的,懦怯的,丑陋的,罪恶的,自杀的——和着深秋的风声与雨声——合唱的"灰色的人生"。

由《翡冷翠的一夜》和《自剖》所代表的时期,可以名之为"自剖期"。这一个期间代表的作品与其说是韵文诗,宁是散文诗。在量上,散文诗的生产多了起来,而在质上,散文诗也更能较好地表现他的感情、思想和本性。在这一个时期中,他的韵文诗已失掉了强的感情,形式上的努力似乎多了些。但是形式之追求正反映着内容之日趋贫弱。

诗集《翡冷翠的一夜》中的第一辑都是些情诗,那些诗是很 intime 的。在《爱的里边》,诗人徐志摩寻求刹那的陶醉,他要丢开了这可厌的人生,实现死在爱里;爱中心的死是强过五百次的投生的,他以为,除了在爱人的心里没有生命。所以他说"爱,你永远是我头顶的一颗明星"(《翡冷翠的一夜》)。We live by love, admiration and hope, 是诗人的理想。他要在爱里赞美神奇的宇宙,流露他的清水似的诗句(《呻吟语》)。他要求"爱墙"中的自由(《造起一座墙》)。他以为爱是洗度灵魂的灵泉，可洗掉他的肉和皮囊的腌臜（《再休怪我的阴沉》）。可是，一方，他要求在爱人的怀里变成天神似的英雄（《天神似的英雄》），而他方，他则感到爱的凋谢与缺残了。因为生、爱、死是三连环的哑谜（《决断》）。在爱的陶醉中，他作死的陶醉。《变与不变》一诗，是足以表示他的矛盾的。他的心感到冷酷的西风里的褪色的凋零，而他的灵魂则说是"一样鲜明"了。你是他的platonique的恋爱，是这个世界所不能实现的。这位乏力的朝山客只能在惓废中沉默了。

他的爱的幻灭是从该集的第二辑《再不见雷峰》里反映出来。在《运命的逻辑》《两地相思》诸作，可以看见对于商品的女性的诅咒来了。而女人胸前挂着的一串不是珍珠，而是男子们的骷髅了。求理想的爱的人，要从爱中求得灵魂的人，也只是苏苏，只是涡堤孩了。他愈感没落。在《大帅》《人变兽》《这年头活着不易》诸作中，他诅咒着紊凌、战乱的社会。在西伯利亚的道中，他想起庐山石工生活苦，作了《庐山石工歌》，赞美他们的不颓丧的精神。他在庐山时感为石工之歌是痛苦人间的呼吁，可是他们的真实生活的情形以及吃苦的原因，他不晓得，也不想去晓得，他更不会管那是否同他的康桥有关系了。那止于士大夫的同情心，他的著作的动机是与作《叫化活该》《先生先生》时同样，不过，主观上积极一些。他把石工看成为美术品，如同在《海滩上种花》把英国压迫下之印度野人看成艺术品一样。然而，对旧社会的怀恋是越发深了。在西伯利亚的道中，他回忆西湖的芦色（《西伯利亚道中忆西湖秋雪庵芦色作歌》），在 EXETER 教堂前，他表露凭吊的悲哀（《在哀克刹脱教堂前》）。志摩的诗中的《月下雷峰影片》是被《再不见雷峰》一诗所否定了。他热爱雷峰，在散文《济慈的夜莺歌》里，他说："在我们南方，古迹而兼是艺术品的，止淘成了西湖上一座孤单的雷峰塔，这千百年来雷峰塔的文学还不曾见面，雷峰塔的映影已经永别了波心。"他说：

> 再不见雷峰，雷峰坍成了一座大荒冢……
> 再没有雷峰，雷峰从此掩埋在人的记忆中……
>
> （《再不见雷峰》）

这足证明诗人的心境了。诗集《翡冷翠的一夜》中的作品，大部分已是半生不死的了。这个时代，为了解自己，为说明自己的创作生活之贫困，他做自剖工作，用散文的形式抒发自己的感情。在《自剖》中之《自剖辑》中，他给我们看他的真的情态的要求。《自剖》《再剖》《求医》《想飞》，以至《迎上前去》《北戴河海滨》《幻想》诸作，述明了他转变的过程，他的"活动""搏斗""决定"的要求。在《翡冷翠山居闲话》《吸烟与文化》《我所知道的康桥》《天目山中笔记》，他描写出他的自然崇拜的感情，他唯美地、活跃地使自己的所感到的自然的灵性流露出来。在《拜伦》（是一件很好的造型艺术品）和《罗曼罗兰》（这是一篇很好的情热的诗），他提出他的精神革命的理想，这一切散文是他的内心的象征。其中是情爱、是敬仰心、是希望，其中是他的思想、他的感情、他的本性。然而，对于社会认识之不足，他把宇宙只看作神奇，把人生只看作肮脏。他虽然用"百无一用是书生"来叹息自己，但是他对于社会的生活相仍是捉握不到。在《哀思》辑中之五篇深挚的吊文，与其说是他对于死者之凭吊，宁是自己的抒情了。因为在一切之中，他是求自我实现的。他的东西始终是反映着他的个人，始终是他的忠实的主观的产物。这一个自剖期中的作品是令我们清晰地看出了他的全部的人格来。而散文集两部《自剖》《巴黎的鳞爪》（其中的译品都包含在内）是最 personal 的东西了。

由《猛虎集》与《云游》和一篇讲演《秋》所代表的期间，我们可以谓之为"云游期"。在这"云游期"中，他要求着"云游"。在这个时期，虽然他还喊着 Everlasting yea，可是他的理想主义是越发地碰壁了。虽然一时如回光返照似的产了一些诗，可是他创作的源泉枯干了。在《猛虎集》的序文里，他说："最近这几年生活不仅是极平凡，简直是到了枯窘的深处。"跟着诗的产量也尽"向瘦小处耗"。虽然他真的希望一个复活的机会，可是写下的诗句总是"破破烂烂"的。那只是他的"一点性灵还在那里挣扎，还有它的一口气"的表现罢了。就是在《落叶》的续编，散文《秋》中的 Everlasting yea，已同《落叶》不同！没有以前那样的积极性了。在初年的散文《青年运动》中，他引了福士德博士（青年运动领袖之一）的一句话："西方文明的坠落只有一法可以挽救，就在继起的时代产生新的精神的与生命的努力。"可是在《秋》里，他所想的救济办法恐怕他自己都行不通。可是，叫他娶一个农女，恐怕是做不到，他一定会说她没有灵性。自然他以为他所处的环境是暂时的沉闷，要"迎上前去"，可是他的诗作给我露出了虚无主义的消息了。在《春的投生》中，他说"春投生入残冬的尸体"，他已不唱"我独立在高山的峰上"而注意到"为雪地里挣扎的小花"(《拜献》)了。他在《渺小》中说"阳光描出我的渺小"，在《阔的海》中，他说"望着西天边不死的一条缝，一点光，一分钟"。虽然他还赞儿童（《他眼里有你》《车上》）为心中有理想的农村，可是恋爱幻灭了。在《再别康桥》中，是表示着如何地空虚的实感哟：

　　悄悄地我走了，
　　正如我悄悄地来，
　　我挥一挥衣袖，
　　不带走一片云彩。

(《再别康桥》)

在《秋虫》中，他痛恨他所痛恨的几种主义说："思想被主义奸污得很。"他歌唱道：

　　秋虫，你为什么来人间？
　　早不是旧时候的清闲；
　　这青草，这白露，也是呆；
　　再也没有用，这些诗材！

黄金才是人们的新宠,
他占了白天,又霸住梦!

(《秋虫》)

在《西窗》里,他同样地,诅骂他所不满意的一切。被"露水润了枯芽"的他,感到是残破(《残破》),是残春(《残春》)了。在《枉然》里,他咒诅女性;在《一块晦色的路碑》里,他叫人凭吊"遭冤曲的最纯洁的灵魂"。在《山中》,他想"攀附月色化一阵清风";在《两个月亮》里,他憧憬着那棵把他的"灵波向高处提""永不残缺"的"一轮完美的明月"。他的要求到了清风明月之间了。对于人生他更感丑恶与黑暗(《生活》)。在《活该》里,他感到"热情已变死灰"。他又说:

不论你梦有多么圆,
周围是黑暗没有边。

(《活该》)

《残破》一首可以同《再别康桥》成为姊妹篇,在那里,他说:

我有的只是些残破的呼吸,
如同封锁在壁椽间的群鼠
追逐着,追求着黑暗与虚无。

(《残破》)

他越发憎恶人世的丑恶,越发感到空虚了(《火车擒住轨》《雁儿们》)。在遗作长诗《云游》中,他说:

> 脱离了这世界,飘渺的,
> 不知到了那儿,仿佛有
> 一朵莲花似的云拥着我,
> (她脸上浮着莲花的笑)
> 拥着到远极了的地方去……
> 唉,我真不希罕再回来,
> 人说解脱,那许就是罢!
>
> (《云游》)

长诗《云游》,是他的真挚的 Confession,里边实现着他的真挚的自我。人的一生的变迁,从里面可以看得出来。他要求死,说死"是光明与自由的诞生"。那是他的最后的诗作吧。那也许是预言者徐志摩的遗嘱吧。在从《猛虎集》到《云游》之间的诗,在形式上是特别地纯正了,内容方面只是"残破的思潮"。那是"黑暗与虚无"之追求了。

诗人是轻轻地悄悄地走了的。在这世界上,虽是遗留了些"散叶子上的零碎杂记",然而也算他达到了他的"认识、实现、圆满"。他到那边山顶上试去,可是他到底达到了那山峰上,还是坠到万丈的深渊了呢?他完成了"新月"诗派的全运命。他在《云游》里说：

一年，又一年，再过一年，
新月望到圆，圆望到残。

(《云游》)

"志摩感情之浮，使他不能为诗人；思想之杂，使他不能成为文人。"这是他引他朋友的话。可是他自己倒说："我的一生的周折，大都寻得出感情的线索。"那么他的"云游"，是不是有他的 simple faith 的感情的线索呢？

1934 年 5 月 23 日至 6 月 6 日

追记：

在完稿后七天之今日，始为赵景深先生处看见了北新原版之《志摩的诗》。新月版是由作者删过了的。因为根据新月版之故，也许失掉不少的好材料。同时由两种不同的版本之差异所表示出来的作者之思想之变迁未被估量，这不能不算我的一个过失，特此追记。

6 月 12 日夜
(《徐志摩文选》)

许　杰（1901—1993），著名文学家、教育家、文学理论家。15岁考进县立中学，后入浙江省立第六师范就读。1921年入省立第五师范，毕业后先在台州霞城小学任教，后与好友王以仁发起成立"星星社"。1924—1926年在宁波、上海任教，1925年成为"文学研究会"会员。1927年任天台文明小学校长兼省立第六中学小学部主任。1928年任宁海中学教务主任。"八一三"事变后，回故乡任大公中学校长。1939年起，先后在广西、福建、上海等地任教。代表作品有《惨雾》《赌徒吉顺》《坎坷道路上的足迹》等。

周作人论[*]

许　杰

一

周作人，是中国文坛上的有名的人物，他是以善做冲淡的小品文著名的。他是"五四"时代的健将；他在这十几年来，仍旧是继续不断地努力于文学事业的。

今年，正是他的五十整寿的年头，所以，他便发表一首《五十自寿》的感怀诗，说明了他自己的风度与幽闲的怀抱。原诗是这样的：

前世出家今在家，不将袍子换袈裟。

---

[*] 此文系作者为"现代创作文库"第四辑之《周作人选集》所做的序。——编者注

> 街头终日听谈鬼，窗下通年学画蛇。
> 老去无端玩骨董，闲来随分种胡麻。
> 旁人若问其中意，且到寒斋吃苦茶。

这一首诗发表以后，中国许多的文人，都仿着过去的旧文人的方式，步原韵回和；这其间，同他同调的固然是大多数，但是也有一部分的人觉得他的态度是不大很对，而加以批评或谩骂的。譬如四月十四日《申报·自由谈》上署名垔容的所发表的步韵诗，便是一个代表。垔容君的警句是：

> 不赶热场孤似鹤，自甘凉血冷如蛇。
> 选将笑话供人笑，怕惹麻烦爱肉麻。

而最后两句则以"误尽苍生欲谁责？"一问，而以"清谈娓娓一杯茶"来收束了它。同时，在十六日的《自由谈》上，又有胡风君一篇《过去的幽灵》的短文，说不意当年作《小河》那样的解放的新诗的作者，如今竟然会作起这样"炉火纯青"的，足配收入四库全书中的七言律诗来，更不意当年热心地翻译爱罗先珂的《过去的幽灵》，教人注意过去的幽灵，打倒过去的幽灵的作者，如今竟然自己也变成了过去的幽灵的；言下大有为作者不胜可惜之意。

因为这个样子的缘故，接着，便有林语堂出来，写了一篇《周作人诗读法》，说周作人诗是冷中有热，寄沉痛于幽闲的。

同时，曹聚仁也写了一篇文章，引用周作人自己的话，说从"浮躁凌厉"到"思想消沉"，是从孔融到陶渊明的路线。因此周作人的态度与周作人的文章便被大家深深地注意起来。

其实，周作人与周作人的拥护者的态度，与他的批评者反对者的态度的不同，很可以用文学上的两句说话来说明的，那便是"为艺术的艺术"与"为人生的艺术"是。用周作人自己的话来说，便是"载道派"与"言志派"的分别。

周作人的这首《五十自寿》诗，自然是到了炉火纯青的境界了的。我们读了这首诗之后，我们除了了解他的陶渊明式的隐士的风度以外，其余还能想起一些什么来呢？我们在他的诗中，能够找出一些时代的意义、社会的面影来吗？我们读了这首诗以后，如果不说是现代的文人所作的，你会想到这首诗是在日本帝国主义者侵占了东三省以后，再以大炮威胁着北京城的年头，曾经主张北京城永不驻兵作为永久的文化城的教授们所作的吗？你以为他这样幽闲地生活着——听谈鬼、学画蛇、玩骨董、种胡麻，甚至于吃苦茶地生活着，还有一丝一毫的物质的牵累吗？那些可怜的教授们的生活，除了精神上受到压迫不得自由不说以外，如因为内战，因为外侮，以至军阀们把学校经费拿去充当军费，害得教授们几个月领不到薪水之类的事，能够在他的感怀诗中发现出一丝一毫的痕迹吗？

其实，这也难怪，因为近来的周作人本来是从载道派转入言志派，从"文学有用论"转入"文学无用论"的上头的人。他近来对于文学的见解，是把文学当作无用的东西的。他在他的《中国新文学的源流》上说:"从前面我所说的许多话中,大家当可以看出:文学是无用的东西。因为我们所说的文学,只是以达出作者的思想感情为满足的,此外再无目的之可言。里面没有了大鼓动的力量,也没有教训,只能令人聊以快意。……"这一段文章,可以说是他的《五十自寿》诗的最好的注脚,也是他对于文学的态度的最好的表明。如果批评他的诗文的人,早就看见了他的这几句说话,我想,至少是可以少了噜苏了吧?

不过,现在的周作人虽然是一个"文学无用论"的主张者,但他在过去的时候,却又主张文学是有用的。他在同书的另一地方说他自己的研究文学的经历说:"后来,因为热心于民族革命问题而去听章太炎先生讲学;那时章先生正鼓吹排满,他讲学也是为此。后来又因为留心民族革命文学,便得到和弱小民族的文学接近的机缘。各种作品,如芬兰、波兰、犹太、印度等国的,有些是描写国内的腐败的情形,有些是描写亡国的惨痛的,当时读起来很受到许多影响,因而也很高兴读。"

并且,"五四"运动以后,周作人在《新青年》便发表了一篇《人的文学》,就是要在文学上,提出一些人道主义的思想。他说:"人的理想……便是改良人类的关系。……第一,关于物质的生活,应该各尽人力所及,取人事所需;……第二,关于道德的生活,应该以爱智信勇四事为基本道德,革除一切人道以下或人力以上的因袭的礼法,使人人能享自由真实的幸福生活。"并且,他的这种主张,在他另外的一篇文章《新文学的要求》中亦曾经正确地提出,可知他这种主张却也并不是偶然的。但是,过了十几年之后,社会的对于文学的要求愈加迫切,中国的社会愈加没落,而中国的文人已经有许多确切地认清了出路的时候,他为什么又倒退回去,钻到牛角尖、象牙塔里呢?

从文学有用论到文学无用论,从人道主义的文学的主张到无所谓的趣味的言志的文学的表现,这中间的变迁,真是作者的认识的进步吗?抑还是"仍旧保持着'五四'前后的风度"呢?还是倒退或落伍呢?我是不便多说了。

果真如他自己所说:"一个人的生活态度时时有变动,安能保持十三四年之久乎?不佞自审近来思想益消沉耳,岂尚有'五四'时浮躁凌厉之气乎?"从"浮躁凌厉"转到"思想消沉"吗?

思想"消沉",并不是思想"深沉",也不是思想"深刻",因为"消沉"是会"消沉"到没有的,不比思想"深沉"或者"深刻",尚有思想可言。同样,他所谓"五四"时代的"浮躁凌厉",事实倒不是"浮躁凌厉",恐怕是"浅薄笼统"呢!

二

周作人是一个中庸主义者。他虽然是一个新文坛上的人物,但实在却是穿上近代的衣裳的士大夫①。他在《谈龙集》《谈虎

---

① 其实,他到近来,连这件装幌子的衣裳也要脱下了。——原注。

集》序上,就自己说出"我原是一个中庸主义者"及"我的绅士气"等话,便是最好的明证。

因为他是一个中庸主义者,所以,他的思想的出发点,只是一些浅薄人道主义。本来,在"五四"前后,中国新思想运动的启蒙时期,人道主义的思想并不是要不得的东西。譬如鲁迅,他何尝不以他的人道主义的思想来开始了他的文学的工作的呢?但是,时代是进化的,一个人的思想的变动,至少要能够合着时代的进化的轨迹,才算是活得有意义的人生。周作人如果对于中国的社会有了深刻的观察、真确的认识的话,那么,他自己也会觉得他在初期时所主张的人道主义的肤浅吧!

因为他的思想的肤浅,所以在说话上,又时常陷入笼统的弊病。这种情形,在他的著作中是很可以看到的。

譬如他在《贵族的与平民的》一文中说:"只就文艺上说,贵族的与平民的精神,都是人的表现,不能指定谁是谁非……所以拿了社会阶级的贵族与平民这两个称号,照着本义移用文学上来,想到分两种阶级的作品,当然是不可能的事。……我现在的意见,以为在文艺上可以假定有贵族的与平民的两种精神,但只是对于人生的两种态度,是人类的共通的,并不专属于某一阶级,虽然它的分布最初与经济状况有关——这便是两个名称的来源。"(见《自己的园地》)

这不是很笼统的说话吗?尤其是后面的一句,只是用"虽然"二字轻轻地一转,又把经济的基点撇开了。又他在他的《文学谈》一文中,也有同样的说话,"……我觉得这不是阶级的问题,虽然这多少与实际社会运动先后发生……"(见《谈龙集》),也是同样的态度。

周作人的思想的笼统,或者是他的中庸思想缘故,或者也是他看不清楚社会的缘故。我们且看他的《歧路》:

> 而我不能决定向那一条路去,
> 只是睁了眼望着,站在歧路的中间。
> 我爱耶稣,
> 但我也爱摩西。
> 耶稣说:"有人打你右脸,连左脸也转过来由他打!"
> 摩西说:"以眼还眼,以牙还牙!"
> 吾师乎,吾师乎!
> 你们的言语怎样地确实啊!
> 我如果有力量,我必然跟耶稣背十字架去了。
> 我如果有较小的力量,我也跟摩西做士师去了。
> 但是懦弱的人,
> 你能做什么事呢?
>
> (见《过去的生命》)

三

周作人在初期的文学运动,虽然也有隐隐约约的反封建的倾向,但因为他是一个绅士,是一个穿上新的衣裳的士大夫,所以，他的意识，是到处同封建思想结合着的。

近来的，如《五十自寿》诗中所表现的陶渊明式隐士的思想，固然是不用说了，因为这是他自认为思想消沉的表现。至于这诗的表现倾慕封建文明，以及神驰于封建时代的恬静的生活①，更是见于言表的。

我们且看他的《生活的艺术》中的一段文章吧：

> 中国现在所切要的是一种新的自由与新的节制，去建造中国的新文明，也就是复兴千年前的旧文明，也就是与西方文化的基础之希腊文明相合一了。这些话或者说得太大太高了，但据我想舍此中国别无得救之道，宋以来的道学家的禁欲主义总是无用的了，因为这足以助成纵欲而不能收调节之功。其实这生活的艺术在有礼节重中庸的中国本来不是什么新奇的事物，如《中庸》的起头说："天命之谓性，率性之谓道，修道之谓教。"照我的解说，即是很明白的这种主张。不过后代的人都只拿去讲章旨节旨，没有人实行罢了。我不是说半部《中庸》可以济世，但以表示中国可以了解这个思想。……

这一段说话倒是近来的新生活运动的最好的注脚，不料他

---

① 如街头听谈鬼、玩骨董、种胡麻等事，都不是忙迫的资本主义社会下的生活。——原注。

倒在十来年以前就有了这种高见，晓得中国的新文明也便是复兴中国的旧文明，因此，我们的新生活也便是恢复过去的旧生活了。

不过，这种论调幸亏出于新文学家之口，所以人们看来，倒也没有什么；如果不幸是出于一个守旧者之口，那不是会被人大骂封建余孽了吗？你看，他要把封建文明在现代复活起来，说来是何等地巧妙呵！

周作人的对于封建社会的留恋，在一些小品文中也可以看出来的。譬如他的被推为小品文的杰作的《乌篷船》，虽然是一篇描写自然景物的文章，但对于封建时代的留恋，还是中国文人的传统思想的表现。我们且看他写看庙戏的一段：

> 雇一只船到乡下去看庙戏，可以了解中国旧戏的真趣味，而且在船上行动自如，要看就看，要睡就睡，要喝酒就喝酒，我觉得也可算是理想的行乐法。只可惜讲维新以来，这些演剧与迎会都已禁止，中产阶级的低能人别在"布业会馆"等处建起"海式"的戏场来，请大家买票看上海的猫儿戏。这些地方你千万不要去。

这一段文章，如果与鲁迅的《社戏》中的一段同看，我们便可以发现出他们的态度的不同来。除了周作人所描写的完全是主观的，鲁迅所描写的完全是客观的以外，在鲁迅的文章中，是隐隐地可以看出乡村的农民生活也不是天外的乐园，但在周作人的文章中，他却很显然地表现出对新兴资本社会的厌恶与对封建社会的恋慕的情绪了。

周作人的这种对封建文化的恋慕，我们还可以在这里再抄一节文章。

> 中国人上茶馆去，左一碗右一碗地喝了半天，好像是刚从沙漠里回来的样子，颇合于我的喝茶的意思；只可惜近来太是洋场化，失了本意，其结果成为饭馆子之流，只在乡村间保存一点古风⋯⋯　　（《喝茶》，见《雨天的书》）

这种恋慕封建文化的精神，再出之以士大夫绅士的态度，于是乎，他的趣味的主张，悠然忘我的心情等，便从此出来了。

四

周作人的趣味，所谓生活的艺术，所谓悠然的心情，这是在他的著作中到处可以找得到的。如：

> 喝茶当于瓦屋纸窗之下，清泉绿茶，用素雅的陶瓷茶具，同二三人共饮，得半口之闲，又抵十年的尘梦。　　（《喝茶》）
>
> 我在西四牌楼以南走过，望着异馥斋的丈许高的独木招牌，不禁神往，因为这不但表示他是义和团以前的老店，那模糊阴暗的字迹，又引起我一种焚香静坐的安闲而丰腴的生活的幻想。　　（《北京的茶食》）

雨虽然细得望去都看不见,天色却非常阴沉,使人十分闷气。在这样的时候,常引起一种空想,觉得如在江村小屋里,靠玻璃窗,烘着白炭火钵,喝清茶,同友人谈闲话,那是颇愉快的事。　　　　　(《雨天的书》自序一)

这一种悠闲的心情,完全是中国的文人的一种传统的思想的反映,完全是一种所谓清高的名士的风度。他又因为有这一种的态度的表现,所以也影响到他的文体上来,因此,便成为他所提倡的,而且是他所擅长的冲淡清新的小品文了。他在《雨天的书》自序二中有这样的一段说话:

　　我近来作文极慕平淡自然的境地。但是看古代或外国文学才有此种作品,自己还梦想不到有能做的一天,因为这有气质、境地与年龄的关系,不可勉强,像我这样褊急的脾气的人,生在中国这个时代,实在难望能够从容镇静地做出平和冲淡的文章来。

其实,这种"平和冲淡"的文章,他是做到了的。他的小品文的风格,几乎都可以用这四个字来形容。即是在他的诗中,也是表现出这种风度的。如《慈姑的盆》一诗:

　　绿盆里种下几颗慈姑,
　　长出青青的小叶。

>秋寒来了,叶都枯了。
>只剩了一盆的水。
>清冷的水里,荡漾着两三根
>飘带似的暗绿的水草。
>时常有可爱的黄雀,
>在落日里飞来,
>蘸水悄悄地洗澡。　　　　　(见《过去的生命》)

又如《秋风》的后半截:

>几棵新栽的菊花,
>独自开着各种的花朵。
>也不知道他的名字,
>只称他是白的菊花,黄的菊花。　　　(见同书)

五

周作人的这一种隐士的风度,与"平和冲淡"的文体,大概便是周作人的整个的生命。至于他自己所说的"浮躁凌厉"之气,却的确是没有的;如果说有,那只是"浅薄笼统"的思想而已。

又周作人在提倡过人的文学之后,也曾经提倡过民族主义的文学。他在十四年的《元旦试笔》里说:"我的思想今年又回到民族主义上来了。"他在这一年六月《与友人论国民文学书》中,说要在积极地鼓吹民族思想以外,还有消极的几件工作须当注意。这几件工作是:

> 我们要针砭民族卑怯的瘫痪,
> 我们要消除民族淫猥的淋毒,
> 我们要切开民智昏愦的痈疽,
> 我们要阉割民族自大的风狂。

从人的文学的提倡转到民族主义文学的提倡,这其实是一个很大的进步。这一种情形正可以因欧洲的文艺思潮的演进上,从所谓人的觉醒、人文主义的提倡的文艺复兴时代,经过古典主义时代,到注意国民文学,以及搜集民间故事及歌谣等的浪漫运动时代的中间的演进来说明它。周作人在民十四的《元旦试笔》上,曾经自己说明他的思想的变迁的程序,他说:

> 我的思想今年又回到民族主义上来了。我当初和钱玄同先生一样,最早是尊王攘夷的思想,在拳民起义的那时,听说乡间的一个"洋□字"被"破脚骨"打落钢盆帽,甚为快意,写入日记。后来读了《新民丛报》《民报》《革命军》《新广东》之类,一变而为排满(以及复古),坚持民族主义者计有十年之久,到了民国元年这才变化。"五四"时代我正梦想着世界主义,讲过许多迂远的话;去年春间

收小范围，修改为亚洲主义；及清室废号迁宫以后，遗老遗少以及日、英帝国的浪人兴风作浪，诡计阴谋至今未已，我于是又悟出自己之迂腐，觉得民国根基还未稳固，现在须得实事求是，从民族主义做起才好。我不相信因为是国家所以当爱，如那些宗教的爱国家所提倡，但为个人的生存起见，主张民族主义却是正当的，而且与更"高尚"的别的主义也不相冲突。

这一种思想的演进的程序，实在是很有意义的。第一，他的思想的变迁的中心，是从"个人的生存"出发的；这也是很正确的立场。因为中国近年来的思潮的演进实在是以中国的民族解放运动做它的中心的，并且，这种演进的阶段也是很显然地划分着，我们只要看从鸦片战争、辛亥革命到"五四"运动以及"五卅"运动中间的演变，就可以晓得。第二，从他自己个人讲，的确也是跟着时代前进的人物，因为他能够跟着时代，抓住时代的精神，所以时时会觉出自己的过去的主张的"迂腐"来。

但是，所可惜者，周作人的思想到了近来，反是闭起了眼睛，竟然自甘落后，把自己的思想尽量地"消沉"起来，而终于消沉到没有思想的境地了。

六

周作人的思想的落后并不是无因的；分开来说，第一是属于他的认识问题，第二是属于他的意识问题。

周作人对于思想的方法的认识，是堕入机械的循环论的谬误里的。

他在他的《中国新文学的源流》的序文上，说他的理论的根基并非依据西洋某人的论文，或是遵照东洋某人的书本演绎应用来的，也不是从周公、孔圣人梦中传授来的……只是从说书那里学来的。"他们说三国（或）什么的时候，必定首先喝道：且说天下大势，合久必分，分久必合。我觉得这是一句很精的格言。我从这上边建设起我的议论来，说没有根基也是没有根基，若说是有，那也就很有根基的了。"

在《中国新文学的源流》中，周作人说明了两点意义：第一，中国的文学思想的演进，是由"载道派"与"言志派"两种主张迭为交替的，而"五四"时代的新文学运动却是"言志派"替代了"载道派"的时代；第二，因为中国的文学的演进是由"载道派"与"言志派"互为起伏的，所以这一次的新文学运动的功劳，并不能归之于胡适之他们的。

其实，这两点意见，都是不大对的。中国新文学运动的功劳不能归功于胡适之他们，这话是可以承认的；但是，正确的理由，却不能如周作人一样的用循环论的观点所能解释得清楚的。中国的新文学运动，或者扩大一点说，中国的新思潮运动，实在是由封建社会转变到资本制度的表征；周作人不懂得社会的机构，经济的基点，所以便把他的观察弄错了。

周作人说胡适之所提倡的"八不主义"，实在和公安派的"独抒性灵，不拘格套"的主张差不多的。"所不同的，那时是十六世纪,利玛窦还没有来中国,所以缺乏西洋思想。假如从现代胡适之先生的主张里减去他所受到的西洋的影响,科学、哲学、文学以及理想各方面的,那么便是公安派的思想和主张了。"周作人的这种说法,实是不明白历史的演进是辩证法的缘故。所以,他虽然对于中国的新文学运动也曾经注意到社会的基点,说:"自从甲午年中国败于日本之后,中间经过了戊戌政变,以至于庚子年的八国联军,这几年间是清代政治上起大变动的开始。梁任公是戊戌政变的主要人物,他从事于政治的改革运动,也注意到思想和文学方面。"又说:"这样看来,自甲午战后,不但中国的政治上发生了极大的变动,即在文学方面,也正在时时动摇,处处变化,正好像是上一个时代的结尾,下一个时代的开端。"其实,这种观察也是很对的。只是,我们在上面说过,因为他不懂得历史的演进的原理,便把历史的演进的最重要的"契机"轻轻地看过去了。所以他接着说:"新的时代所以还不能即时产生者,则是如《三国演义》上所说的,'万事齐备,只欠东风'。所谓'东风',这里却正改作'西风',即是西洋的科学、哲学和文学各方面的思想。"

我们应该知道,中国的新文学运动,完全是因为接受西洋的学术思想而起来的,这里的所谓"西风",正是历史转捩时期的最重要"契机",哪里可以轻轻地放它过去的呢?如果周作人能够看重了历史的演进的"契机",他是一定不会说出中国的新文学运动便是三四百年以前的公安派的文学的主张,中国的新文学运动的起来只是言志派的复活那种堕入机械的循环论的谬误中的理论来的。

并且，把中国初期的新文学运动与新文化（或新思潮）运动分开来，也是不对的。因为在"五四"时期的新文学运动，几乎到处和新思潮运动结合着的。中国的新思潮运动，在那个时候，便很显明地提出三句口号，那便是"欢迎德先生！""欢迎赛先生！""打倒孔二先生！"。在新思潮运动中，既经这样明确地提出口号来，难道这还是随便说说的言志派的主张吗？即不然，我们也可以暂时把新文学运动从新文化运动中分开，且看一看中国新文学运动的起来是不是没有"载道"的成分的。陈仲甫①在他的《文学革命论》中说：

> 文学革命之气运，酝酿已非一日，其首举义旗之急先锋，则为吾友胡适。余甘冒全国学究之敌，高张"文学革命军"大旗，以为吾友之声援。旗上大书特书吾革命军三大主义：曰，推倒雕琢的阿谀的贵族文学，建设平易的抒情的国民文学；曰，推倒陈腐的铺张的古典文学，建设新鲜的立诚的写实文学；曰，推倒迂晦的艰涩的山林文学，建设明了的通俗的社会文学。

周作人是在"五四"时代出现的人物，他是曾经参加了这一次运动的过来人，难道陈仲甫的这些主张他都没有看到过；

---

① 即陈独秀。——编者注。

难道这些主张都不能说是载道的,是随便说出来的"言志"的吗?并且,他在这个时候,也曾经正确地提出自己的主张——提倡"人的文学""平民的文学"——来参加这个运动的。难道这也是和他近来的"种胡麻"的态度一样,只是"闲来随分"地说一说自己的性灵的吗?

周作人所以要硬派中国的新文学运动只是言志派的复活,这也无非要完成他的循环的理论,硬要把现存的事实弯曲起来,来装入他的循环论的方格子里罢了。

同时,他也因为误信循环论之故,以为中国的新文学运动的起来,本来就是言志派的得势;因此,他在新文学运动中所提倡的"人的文学"的主张,便自认是"浮躁凌厉"之气的表现,觉到自己的"迂腐"或"过火",思想便益自消沉起来,走上了"听鬼"、"画蛇"以及"种胡麻"等的"闲来随分"的道路了。这样一来,他的思想又安得不落后呢?

七

我说周作人的思想的落后的第二个原因,是他的意识问题;意识(也可以说是气质),是羁绊住他,使他不能永久跟住时代前进的一个大原因。

周作人是一个衰落了的读书人家的子弟[①],他是深深地秉有所谓读书人的气质的。读书人就是士大夫的预备者与模仿者,

[①] 据《鲁迅自传》中的说话。——原注。

因此，读书人的气质也每每便是士大夫的风度了。

所谓士大夫在社会上的任务，一向不出如下的两条：（1）是帮助统治者管理百姓，这便是所谓"学而优则仕"；（2）不得统治者的青睐，于是站在统治者与民众的圈外，或是发发牢骚，代鸣一些不平；或是说一些风凉话，以表示自己的清高。大概，在太平盛世的时候，读书人总是做官的多，虽然也有一些怀才不遇的人，但毕竟是少数；至于在社会的动乱的年头呢，则所谓读书人也者，除了一部分利禄熏心的，阿谀着统治阶级之所好，做着统治阶级的鼓吹手、刽子手以外，大部分的人，因为比普通的人们多了一点知识，能够看清楚现实社会的不满的情形，他们的态度便是发牢骚与说风凉话了。

我们目前所处的社会，正是一个动乱的年头。当然的，周作人并不是一个利禄熏心的读书人，他是一个具有清高的风度的士大夫，因此，他不得不走后面的两条路了。

不过，这里也有一个思想的转变的路线，即一个读书人或士大夫，他对于现实社会的不满，开首是时常寄寓着很好的理想的希望的。他希望自己的主张统治阶级能够采纳，自己的理想能够在现实社会上实现。所以，在这个时期，他们都很不吝啬地提出自己的理想，标榜自己的主张。可是，到了后来，看看自己的主张并不被采纳，于是他觉悟到自己的理想是没有方法实现了，便渐渐地灰心起来。可是，这个时候，他还不能忘情社会，他还不能断定完全绝望，因此，他便发起牢骚来，说一些讽刺话，还希望能够对社会下一个有力的针砭。这种情形，一直延长到社会的愈趋黑暗的时候,于是,士大夫们觉得在这个时候连说话都有些困难,牢骚也不便乱发,没有法子,只好说说几句不着边际的风凉话,保持住名士的风度,做了"在家的和尚""都会的隐士"了。

以这士大夫的风度在动乱的时代中间的心理的演变的路线,来衡量周作人从"五四"以后,一直到现在为止的在中国的文坛上的活动的情形,几乎是完全吻合的。

"五四"运动以后,周作人对于现实的社会还有一个憧憬着的理想的。他的理想是从他的"人的文学""平民文学""民族主义文学"等的主张中,可以见出来的。

民国十三四年的时候,他因眼见得北洋军阀的连年的混战,以及帝国主义者的加紧的压迫,一面固然还在提倡民族主义文学,但在提倡民族主义的文学中,已经主张对中国民族痛下针砭,而倾向到发牢骚的态度了。他在《雨天的书》自序二上面说:

> 我的浙东人的气质终于没有脱去。我们一族住在绍兴只有十四世。……这四百年间越中风土的影响大约很深,成就了我的不可拔除的浙东性,这就是世人所通称的"师爷气"。……他那法家的苛刻的态度……弥漫于乡间,仿佛成为一种潮流……都有一种喜骂人的脾气。我从小知道"病从口入,祸从口出"的古训,从来又想混迹于绅士淑女之林,更努力学为周慎,无如旧性难移,燕尾之服终不能掩羊脚;检阅旧作,满口柴胡,殊少敦厚温和之气。呜呼!

我真终为"师爷派"矣乎?

及到民国十六年以后,因为中国的革命运动与转变,以士大夫出身的周作人就晓得随便说话之危险,思有以"苟全性命于乱世",所以便把思想更加"消沉"起来,主张"闭户读书"了。民国十七年十一月,他在他的《闭户读书论》里说:

> 此刻现在……除非你是在做官,你对于现时的中国一定会有好些不满或是不平。这些不满和不平积在你的心里,正如噎隔患者肚里的"痞块"一样,你如没有法子把它除掉,总有一天会断送你的性命。那么,有什么法子可以除掉这个痞块呢?我可以答说,没有好法子。假如激烈一点的人,且不要说动,单是乱叫乱说起来,想出一出一口鸟气,那就容易有共党朋友的嫌疑,说不定会同逃兵之流一起去正了法。有鬼论者还不过白折了二十年光阴,只有一副性命的就大上其当了。忍耐着不说呢,恐怕也要变成忧郁病,倘若生在上海,迟早总跳进黄浦江里去,也不管公安局钉立的木牌说什么死得死不得。结局是一样,医好了烦闷丢掉了性命,正如门板夹直了驼背。那么怎么办好呢?我看,苟全性命于乱世是第一要紧,所以最好是从头就不烦闷。不过,这如不是圣贤,只有做官的才能够,如上文所述,所以平常下级人民是不能仿效的。其次是有了烦闷去用方法消遣。抽大烟、讨姨太太、赌钱、住温泉场等,

都是一种消遣法,但是有些很要用钱,有些很要用力,寒士没有力量去做。我想了一天才算想到了一个方法,这就是闭户读书。

因为要"苟全性命于乱世",所以要闭户读书;本来,闭户读书就闭户读书好了,又何必做文章说是闭户读书呢?这便是读书人的脾气发作的缘故。

原来,在现在的时代,所谓知识分子的读书人,也有几条路好走的,只要你自己肯走——譬如做官,譬如革命。但是这两条路也被周作人的士大夫风度所否定了。做官,他是不肯同流合污的;革命,他又不肯用性命轻易拿来牺牲的。这是上面说过的话了。除此以外,他的士大夫气质决定了他不了解民众,不了解时代,也是一个大原因。这里随便举他两节文章:

在中国,有产与无产这两阶级俨然存在,但是,说也奇怪,这只是经济状况之不同,其思想却是统一的,即都是怀抱着同一的资产阶级思想。无产阶级而抱着资产阶级思想?我相信这是实情。 (见《谈龙集》)

故中国民族实是统一的,生活不平等而思想则平等,即统一于"第三阶级"的升官发财的浑账思想。不打破这个障害,只生吞活剥地号叫"第四阶级",即使真心地运动,结果民众政治还就是资产阶级专政,革命文学亦无异于无聊文士的应制,更不必说投机家的运动了。 (见《永日集》)

这两段话,几乎是一个样子的。他把生活与思想,经济与意识,倒转来观察它们的连系,也是不理解民众的原因。

便是这个样子,周作人因为他的士大夫的气质,决定了他不去做官,不肯革命,甚至再不敢发牢骚,又不肯说自己不敢发牢骚,于是便只好自甘落伍,躲入苦雨斋中喝他的苦茶了。

八

这样说起来的时候,似乎这话又回到周作人自己说的从"浮躁凌厉"到"思想消沉"的路线上去了;同时,林语堂所说的世间最冷人也就是最热人的说法也似乎颇有道理了;其实,这还是两方面的事。

第一,周作人的思想是"消沉",并不是"深刻";是"浅薄笼统",并不是"浮躁凌厉"。这在上面已经说过,这里不必再说。

第二,所谓世间的最冷人正是世间的最热人,固然也有道理;但是,这话却不能应用来批评"思想消沉"以后的周作人。本来,冷与热,原来是相对的名词,离开了冷便没有所谓热,离开了热也没有所谓冷。同时,在文学上,"冷"与"热"二字的应用,在有些时候,也几乎是相同的意思。我们只要看普通所说起"热嘲"、"冷讽"及"冷嘲"、"热讽"等形容词的互换,便可以知道。因此,我们应该晓得,这里所说的"热嘲""冷讽",或"热讽""冷嘲",主要的字眼只在"嘲"与"讽"二字上,用"冷"与"热"二字去形容,只是表示不平常的感情而已!如果不嘲不讽,听凭你是怎样冷冷热热,也是没有什么道理的。

并且，所谓冷中有热，我倒很情愿用林语堂的"寄沉痛于幽闲"的话，拿来解释。"寄沉痛于幽闲"的正确的解释，依我讲，便是讽刺，是牢骚，是幽默，却不是冲淡，不是言志，不是消沉。因为在这一句话的意思里，第一是"沉痛"，第二是"寄"沉痛，第三才是"幽闲"。在这种地方，我虽然对于林语堂的幽默也觉得有些不满，但以之比起周作人来，我却觉得周作人的态度，是比林语堂更加要不得的。林语堂与周作人的不同，如果以我在上面说过的话来说，幽默与讽刺，只是不肯革命，不敢革命，但又不肯不说话的表现；而冲淡便是不肯说自己不肯，并且不敢革命而趋于消沉的道路了。

说到这里，我们且回头看一看周作人的《五十自寿》感怀诗。看，我们除看出一种幽闲的隐士的风度以外，还能看见一丝一毫的"沉痛"的意味寄寓其间没有？听说这诗曾经被一个同情的文学者读了，惹得"不禁凄然泪下"，那实在是一件千古奇闻了。

九

周作人在中国文坛上活动的成绩，综合地说起来，最大的还在于他的介绍西洋文学，尤其是所谓弱小民族的文学。

周作人的学文学的历史，是有些和鲁迅相像的。周作人因为留心民族革命问题，所以又留心到民族革命文学；因为留心民族革命文学，便得到和弱小民族的文学接近的机缘。及到后来，甚至对各大国的文学也发生起兴趣来，因此，他就慢慢地把研究文学的范围扩大了。至于鲁迅，则据他在《呐喊》自序及《鲁迅自叙传略》上所说，是开始在想医治中国人的身体的病，而转到想医治中国人的灵魂的病而注意到文学的。鲁迅在当时究竟读一些什么作品，因为他自己没有说起，我们固不得而知。但是，他的学文学想拯救中国民族的心情却是与周作人相同的。

从民族革命，到民族革命文学，到弱小民族文学，这一条路线是很正确的。老实说，中国的民族解放运动一日没有完成，以中国的民族解放为中心的文学便一日不能放弃。不过，中国的民族解放运动是跟着时代前进的，中国的民族解放运动的负担的人物也是跟着时代的前进而转移的；如果有一个人，他在民族解放的前进的运动的途程中，忽然中道地停止下来，仍旧逗留在过去的阶段上，他的文学的生命便会中途断送了的。

从"五四"到"五卅"，中国的民族解放运动是前进了一个阶段。而负担这一运动的任务的人物，也有更进一步的认识的人。在当时，鲁迅与周作人都因为一时看不清时代，把握不住中心的意识，而中途踌躇起来。可是踌躇过后，周作人呢，却便愈加消沉，躲入他的苦雨斋中去了。

对于周作人，我们却觉得他只有回顾的光荣了。

《点滴》《空大鼓》《玛加尔的梦》《现代小说译丛》《日本小说译丛》，甚至《域外小说集》《灰画》《凶奴奇士录》等，便是周作人过去的光荣的纪念碑吧！

(《周作人选集》)

刘半农（1891—1934），本名刘复，著名文学家、语言学家和教育家，新文化运动的先驱之一。1917年任北京大学预科教员。1920年到英国伦敦大学学习实验语音学，1921年转入法国巴黎大学学习，1925年获法国国家文学博士学位。1925年回国，任北京大学中国文学系教授及研究所国学门导师。所著《汉语字声实验录》荣获法国康士坦丁·伏尔内语言学专奖。

《半农杂文》自序

刘半农

我在十八九岁时就喜欢弄笔墨，算到现在，可以说以文字与世人相见，已有二十五年的历史了。这二十五年之中，通共写过多少东西，通共有多少篇，有多少字，有多少篇是好的，有多少篇是坏的，我自己说不出，当然也更没有第二个人能于说得出。原因是我每有所写述，或由于一时意兴之所至，或由于出版人的逼索，或由于急着要卖几个钱，此外更没有什么目的。所以，到文章写成，寄给了出版人，就算事已办完。到出版之后，我自己从没有做过收集保存的工作：朋友们借去看了不归还，也就算了；小孩们拿去裁成一块块的折狮猊，折小狗，也就算了；堆夹在废报纸一起，积久霉烂，整捆儿拿去换了取灯，也就算了。"敝帚千金"，原是文人应有之美德，无如我自己也不知道什么缘故，在这上面总是没有劲儿，总是太随便，太"马虎"：这大概是一种病吧？可是没有方法可以医治的。

我的第二种病是健忘：非但是读了别人的书"过目即忘"，便是自己做过的文章，过了三年五年之后，有人偶然引用，我往往不免怀疑：这是我说过的话吗？或者是有什么书里选用了我的什么一篇，我若只看见目录，往往就记不起这一篇是什么时候写的，更记不起在这一篇里说的是什么。更可笑的是在《新青年》时代做的东西，有几篇玄同替我记得烂熟，至今还能在茶余酒后向我整段整段地背诵，而我自己反是茫茫然，至多亦不过"似曾相识"而已！

因为有这"随做随弃""随做随忘"两种毛病，所以印文集这一件事，我从前并没有考量过。近五年中，常有爱我的朋友和出版人向我问："你的文章做了不少了，可以印一部集子了，为什么还不动手？"虽然问的人很多，我可还是懒着去做：这种的懒只是纯粹的懒，是没有目的和理由的。但因为他们的问，却引动了我的反问。我说："你们要我印集子，难道我的文章好吗？配吗？好处在哪里呢？"这一个问题所得到的答语种种不同。有人说："文章做得流利极了。"有人说："岂特流利而已。"（但流利之外还有什么，他却没有说出。）有人说："你是个滑稽文学家。"有人说："你能驾驭得住语言文字。你要怎么说，笔头儿就跟着你怎么走。"有人说："你有举重若轻的本领，无论什么东西，经你一说，就头头是道，引人入胜，叫人看动了头不肯放手。"有人说："你是个聪明人，看你的文章，清淡时有如微云淡月，浓重时有如狂风急雨，总叫人神清气爽；决不是黏黏腻腻的东西,叫人吃不得,呕不得。"有人说……别说了!再往下说,那就是信口开河,不如到庙会上卖狗皮膏药去!

虽承爱我的朋友们这样鼓励我,其结果却促动了我的严刻的反省。说我的文章流利,难道就不是浮滑吗?说我滑稽,难道就不是徐狗子一样胡闹吗?说我聪明,难道就不是说我没有功力吗?说我驾驭得住语言文字,说我举重若轻,难道就不是说我没有学问,没有见解,而只能以笔墨取胜吗?这样一想,我立时感觉到我自己的空虚。这是老老实实的话,并不是客气话。一个人是值不得自己的严刻的批判的;一批判之后,虽然未必就等于零,总也是离零不远。正如近数年来,我稍稍买了一点书,自己以为中间总有好几部好书,朋友们也总以为我有几部好书。不料,最近北平图书馆开一次戏曲音乐展览会,要我拿些东西去凑凑热闹,我仔细一检查,简直拿不出什么好书,于是乎我才恍然于我之"家无长物"。做人,做学问,做文章,情形也是一样。若然蒙着头向着夸大之路走,那就把自己看得比地球更大,也未尝不可以。若然丝毫不肯放松地把自己剔抉一下:把白做的事剔了去,把做坏的事剔了去,把做得不大好的事剔了去,似乎是好而其实不好的剔了去,恐怕结果所剩下的真正是好的,至多也不过一粒米大。我这样说,并不是要叫人丧气,从而连这一粒米大的东西也不肯去做。我的意思却是相反:我以为要是一个人能于做成一粒米大的东西,也就值得努力,值得有勇气。

话虽如此说,我却于印集子这件事,终还是懒;一懒又是两三年。直到廿一年秋季,星云堂主人刘敏齐君又来同我商量,而我那时正苦无法开销中秋书账,就向他说:"要是你能先垫付些版税,叫我能于对付琉璃厂的老兄们,我就遵命办理。"刘君很慷慨地马上答应了,我的集子就不得不编了。但是,说编容易,动手编起来却非常之难:这一二十年来大半已经散失的东西,自己又记不得,如何能找得完全呢?于是东翻西检,东借西查,抄的抄,剪的剪,整整忙了半年多,才稍稍有了些眉目。可是好,飞机大炮紧压到北平来了!政府诸公正忙着"长期抵抗",我们做老百姓的也要忙着"坐以待毙",哪有闲心情弄这劳什子?唯有取根草绳,把所有的破纸烂片束之高阁。到去年秋季重新开始做删校工作,接着是商量怎样印刷,接着是发稿子,校样子,到现在第一册书出版,离当初决意编印的时候已有一年半了。

我把这部集子叫作"杂文"而不叫作"全集"或"选集",或"文存",是有意义的;并不是随便抓用两个字,也并不是故意要和时下诸贤显示不同。我这部集子实在并不全,有许多东西已经找不着,有许多为版权所限不能用,有许多实在要不得;另有一部分讨论语音乐律的文章,总共有二十多万字,性质似乎太专门一点,一般的读者决然不要看,不如提出另印为是。这样说,"全"字是当然不能用的了。至于"选"字,似乎没有什么毛病,我在付印之前,当然已经挑选过一次;非但有整篇的挑选,而且在各篇之内,都有字句的修改或整段的删削。但文人通习,对于自己所做的文章,总不免要取比较宽容一点的态度，或者是自己的毛病总不容易被自己看出；所以，即使尽力选择，也未必能选到理想的程度。这是一点。另一点是别人的眼光和我自己的眼光，决然不会一样的。有几篇东西，我自己觉得做得很坏，然而各处都在选用着；有几篇我比较惬意些，却从没有人选用。甚而至于我向主选的人说："你要选还不如选这几篇，那几篇实在做得不好。"他还不肯听我的话，或者是说出相当的理由来同我抗辩。因此我想：在这一个"选"字，还是应以作者自己的眼光做标准呢，还是应以别人的眼光做标准呢？这问题没有解决之前，不如暂时不用这个字。说到"存"字，区区大有战战兢兢连呼"小的不敢"之意！因为存也者，谓其可存于世也。古往今来文人不知几万千，所作文字岂止汗牛而充栋，求其能存一篇二篇，谈何容易，谈何容易！借曰存者，在我以为可存，然无张天师之妙法，岂敢作"我欲存，斯存之矣"之妄想乎？

今称之为"杂文"者，谓其杂而不专，无所不有也：有论记，有小说，有戏曲；有做的，有翻译的；有庄语，有谐语；有骂人语，有还骂语；甚至于有牌示，有供状；称之为"杂"，可谓名实相符。

语有之："文章千古事，得失寸心知。""千古"二字我决然不敢希望，要是我的文章能于有得数十年以至一二百年的流传，那已是千侥万幸，心满意足的了。至于寸心得失，却不妨在此地说一说。我以为文章是代表语言的，语言是代表个人的思想情感的，所以要做文章，就该赤裸裸地把个人的思想情感传达出来：我是怎样一个人，在文章里就还他是怎样一个人，所谓"以手写口"，所谓"心手相应"，实在是做文章的第一个条件。因此，我做文章，只是努力把我口里所要说的话译成了文字；什么"结构""章法""抑，扬，顿，挫""起，承，转，合"等话头，我都置之不问，然而亦许反能得其自然。所以，看我的文章，也就同我对面谈天一样：我谈天时喜欢信口直说，全无隐饰，我文章中也是如此；我谈天时喜欢开玩笑，我文章中也是如此；我谈天时往往要动感情，甚而至于动过度的感情，我文章中也如此。你说这些都是我的好处吧，那就是好处；你说是坏处吧，那就是坏处：反正我只是这样的一个我。

我从来不会说叫人不懂的话，所以我的文章也没有一句不可懂。但我并不反对不可懂的文章，只要是做得好。譬如前几天我和适之在孙洪芬先生家里，洪芬夫人拿出许多陶行知先生的诗稿给我们看。我们翻了一翻，觉得就全体看来，似乎很有些像冯玉祥一派的诗；但是中间有一句"风高谁放李逵火？"我指着向适之说："这是句好句子。"适之说："怎么讲法？"我说："不可讲；但好处就在于不可讲。"适之不以我说为然；我也没有和他抬杠下去，但直到现在还认这一句是好句子。而且，我敢大胆地说：天地间不可懂的好文章是有的。但是，假使并不是好文章，而硬做得叫人不可懂，那就是糟糕。譬如你有一颗明珠，紧紧握在手中，不给人看，你这个关子是卖得有意思的；若所握只是颗砂粒，甚而至于是个干矢橛，也"像煞有介事"地紧握着，闹得满头大汗，岂非笑话！我不能做不可懂的好文章，又不愿做不可懂的不好的文章，也就只能做做可懂的文章，无论是好也罢，不好也罢，要是有人因此说我是低能儿，我也只得自认为活该！

还有一点应当说明，就是一个人的思想情感，是随着时代变迁的，所以梁任公以为今日之我，可与昔日之我挑战。但所谓变迁，是说一个人受到了时代的影响所发生的自然的变化，并不是说抹杀了自己专门去追逐时代。当然，时代所走的路径亦许完全是不错的。但时代中既容留得一个我在，则我性虽与时代性稍有出入，亦不妨保留，借以集成时代之伟大。否则，要是有人指鹿为马，我也从而称之为马；或者是，像从前八股时代一样，张先生写一句"圣天子高高在上"，李先生就接着写一句"小百姓低低在下"，这就是把所有的个人完全杀死了，时代之有无也就成了疑问了。好像从前有这样一个笑话，说有一个监差的监押一个和尚，随身携带公文一角，衣包一个，雨伞一把，和尚颈上还戴着一面枷。他恐防这些东西或有遗失，就整天地喃喃念着："和尚，公文，衣包，雨伞，枷。"一天晚上，和尚趁他睡着，把他的头发剃了，又把自己颈上的枷移戴在他颈上，随即就逃走了。到明天早晨，他一觉醒来，一看公文、衣包、雨伞都在，枷也在，摸摸自己的头，和尚也在，可不知道我到哪里去了！所谓"抓住时代精神"，所谓"站在时代面前"，这种的美谈我也何尝不羡慕，何尝不想望呢？无如我不愿意抓住了和尚丢掉了我自己，所以，要是有人根据了我文章中的某某数点而斥我为"落伍"，为"没落"，我是乐于承受的。

把这么许多年来所写的文字从头再看一次，恍如回到了烟云似的已往的生命中从头再走一次，这在我个人是很有趣味的；因此，有几篇文章之收入，并不是因为我自己觉得文章做得好，而是因为可以纪念着某一时的某一件事或某一种经验；或者是，因为可以纪念我对于文字上的某一种试验或努力——这种试验或努力或者是失败了，或者是我自己没有什么成功而别人却成功了；严格说来，这种的试验品已大可扔弃，然对于我个人终还有可以纪念的价值，所以也就收入了。

全书按年岁之先后编辑，原拟直编至现时为止，合出一厚本，将来每次再版，随时加入新文；后因此种方法，于出版人及读者两方都有相当的不便，故改为分册出版，每三百余面为一册。

承商鸿逵兄助我校勘印样，周殿福、郝墀、吴永淇三兄助我抄录旧稿，书此致谢。

二十三年四月十二日刘复识于平寓
(《半农杂文》)

郁达夫（1896—1945），原名郁文，字达夫。现代著名作家。1913年赴日留学，1922年从东京帝国大学毕业。1921年7月与郭沫若、成仿吾等在东京成立新文学团体创造社；同年第一部短篇小说集《沉沦》问世，影响巨大。其小说、诗歌、散文、文论、政论，多而优质，在现代文学史上独树一帜，代表作有《沉沦》《故都的秋》《春风沉醉的晚上》《过去》《迟桂花》等。其作品感情奔放，恣肆坦诚，同时又忧郁感伤，表现出强烈的个性特色。

五六年来创作生活的回顾

郁达夫

一个人活在世上，生了两只脚，天天不知不觉地，走来走去走的路真不知有多少。你若不细想则已，你若回头来细想一想，则你所已经走过了的路线，和将来不得不走的路线，实在是最自然，同时也是最复杂、最奇怪的一件事情。

面前的小小的一条路，你转弯抹角地走去，走一天也走不了，走一年也走不了，走一辈子也走不了。有时候你以为是没有路了，然而几个圈围一打，则前面的坦道又好好地在你的眼前。今天的路是昨天的续，明天的路一定又是今天的延长，总而言之，我们所走的路，是继续我们父祖的足迹，而将来我们的子孙所走之路，又是和我们的在一条延长线上的。

外国人说，"各条路都引向罗马去"，然而到了罗马之后，或是换一条路换一个方向走去，或是循原路而回，各人的前面仍旧是有路的，罗马绝不是人生行路的止境。

所以我们在不知不觉的中间一步一步在走的路，你若把它接合起来，连成了一条直线来回头一看，实在是可以使人惊骇的一件事情。

路是如此，我们的心境、行动也是如此。你若把过去的一切平铺起来，回头一看，自家也要骇一跳。因为自家以为这样平庸的一个过去，回顾起来，也有那么些个曲折，那么些个长度。

我在过去的创作生活，本来是不自觉的。平时为朋友所催促，或境遇所逼迫，于无聊之际，拿起笔来写写，不知不觉的五六年间，总计起来，也居然积写了五六十万字。两年前头，应了朋友之请，想把三十岁以前做的东西汇集在一处，出一本全集。后来为饥寒所驱使，乞食四方，车无停辙，这事情也就搁下。去年冬天，从广州回到了上海，什么事情也不干，偶尔一检，将散失的作品先检成了一本《寒灰》，其次把《沉沦》《蔦萝》两集修改了一下，订成了一本《鸡肋》。现在又把上两集所未录的稿子修辑成功，编成了这一本《过去》。

对于全集出书的意见，和各集写成当时的心境环境，都已在上举两集的头上说过了，现在我只想把自己的《如何的和小说发生关系》《如何的动起笔来》，又《对于创作，有如何的一种成见》等等，来乱谈一下。

我在小学、中学念书的时候，是一个品行方正的模范学生。学校的功课做得很勤，空下来的时候，只读读四史和唐诗古文，当时正在流行的《礼拜六》派前身的那些肉麻小说和林畏庐的翻译说部,一本也没有读过。只有那年正在小学校毕业的暑假里,家里的一只禁阅书箱开放了,我从那只箱里,拿出了两部书来,一部是《石头记》,一部是《六才子》。

暑假以后,进了中学校,礼拜天的午后,我老到当时旧书铺很多的梅花碑去散步。有一天在一家旧书铺里买了一部《西湖佳话》和一部《花月痕》。这两部书,是我有意看中国小说的时候,和我相接触的最初的两部小说。这一年是宣统二年,我在杭州的第一中学里读书。

第二年武昌革命军起了事,我于暑假中回到故乡,秋季开学的时候,省立各学校都因为时局关系,关门停学,我就改入了一个教会学校。那时候的教会学校程度很低,我于功课之外,有许多闲暇,于是就去买了些浪漫的曲本来看,记得《桃花扇》和《燕子笺》是我当时最爱读的两本戏曲。

这一年的九月里去国,到日本之后,拼命地用功补习,于半年之中,把中学校的课程全部修完。翌年三月,是我十八岁的春天,考入了东京第一高等学校的预科。这一年的功课虽则很紧,但我在课余之暇,也居然读了两本俄国杜儿葛纳夫[①]的英译小说,一本是《初恋》,一本是《春潮》。

和西洋文学的接触开始了,以后就急转直下,从杜儿葛纳

---

① 今译屠格涅夫。——编者注。

夫到托尔斯泰,从托尔斯泰到独思托以夫斯基①、高尔基、契诃夫。更从俄国作家转到德国各作家的作品上去,后来甚至于弄得把学校的功课丢开,专在旅馆里读当时流行的所谓软文学作品。

在高等学校里住了四年,共计所读的俄、德、英、日、法的小说,总有一千部内外,后来进了东京的帝大,这读小说之癖也终于改不过来,就是现在,于吃饭做事之外,坐下来读的,也以小说为最多。这是我和西洋小说发生关系以来的大概情形,在高等学校的神经病时代,说不定也因为读俄国小说过多,致受了一点坏的影响。

至于我的创作,在《沉沦》以前,的确没有做过什么可以记述的东西;若硬要我说出来,那么我在去国之先,曾经作过一篇模仿《西湖佳话》的叙事诗,在高等学校时代,曾经做过一篇记一个留学生和一位日本少女的恋爱的故事。这两篇东西,原稿当然早已不在,就是篇中的情节,现在也已经想不出来了。我的真正的创作生活,还是于《沉沦》发表以后起的。

写《沉沦》各篇的时候,我已在东京的帝大经济学部里了。那时候生活程度很低,学校的功课很宽,每天于读小说之暇,大半就在咖啡馆里找女孩子喝酒,谁也不愿意用功,谁也想不到将来会以小说吃饭。所以《沉沦》里的三篇小说,完全是游戏笔墨,既无真生命在内,也不曾加以推敲、经过磨琢的。记

---

① 今译陀思妥耶夫斯基。——编者注。

得《沉沦》那一篇东西写好之后，曾给几位当时在东京的朋友看过，他们读了，非但没有什么感想，并且背后头还在笑我说："这一种东西，将来是不是可以印行的？中国哪里有这一种体裁？"因为当时的中国，思想实在还混乱得很，适之他们的《新青年》，在北京也不过博得一小部分的学生的同情而已，大家决不想到变迁会这样地快的。

后来《沉沦》出了书，引起了许多议论。一九二二年回国以后，另外也找不到职业，于是做小说、卖文章的自觉意识方才有点抬起头来了。接着就是《创造周报季刊》等的发行，这中间生活愈苦，文章也做得愈多。一九二三年的一年，总算是我的 Most Productive 的一年，在这一年之内，做的长短小说和议论杂文，总有四十来篇①。这一年的九月，受了北大之聘，到北京之后，因为环境的变迁和预备讲义的忙碌，在一九二四年中间，心里虽感到了许多苦闷焦躁，然而作品终究不多。在这一期的作品里，自家觉得稍为满意的，都已收在《寒灰集》里了，所以在这集里所收特少。

一九二五年，是不言不语、不做东西的一年。这一年在武昌大学里教书，看了不少的阴谋诡计，读了不少的线装书籍，结果终因为武昌的恶浊空气压人太重，就匆匆地走了。自我从事于创作以来，像这一年那么的心境恶劣的经验，还没有过。在这一年中，感到了许多幻灭，引起了许多疑心，我以为以后

---

① 现在在这集里所收的，是以这一年的作品为最多。——原注。

我的创作力将永久地消失了。后来回到上海来小住，闲时也上从前住过的地方去走走，一种怀旧之情，落魄之感，重新将我的创作欲唤起，一直到现在止。虽则这中间也曾南去广州，北返北京，行色匆匆，不曾坐下来做过伟大的东西，但自家想想，今后仿佛还能够奋斗，还能够重新回复一九二三年当时的元气的样子。

至于我的对于创作的态度，说出来，或者人家要笑我。我觉得"文学作品，都是作家的自叙传"这句话，是千真万真的；客观的态度，客观的描写，无论你客观到怎么样一个地步，若真的纯客观的态度、纯客观的描写是可能的话，那艺术家的才气可以不要，艺术家存在的理由也就消灭了。左拉的文章，若是纯客观的描写的标本，那么他著的小说上，何必要署左拉的名呢？他的弟子做的文章，岂不是同他一样的吗？他的弟子的弟子做的文章，又岂不是也和他一样的吗？所以我说，作家的个性，是无论如何总须在他的作品里头保留着的。作家既有了这一种强的个性，他只要能够修养，就可以成功一个有力的作家。修养些什么呢？就是他一己的体验。美国有一位有钱的太太，因为她儿子想做一个小说家（她家儿子是曾在哈佛大学文科毕业的），有一次她写信去问 Maugham 要如何才可以使她的儿子成名，M 氏回答她说：给他两千块金洋钱一年，由他去鬼混！（Give him two thousand dollars a year, and let him go to devils!）我觉得这就是作者要尊重自己一己的体验的证明。

关于这一层，我也和一位新进作家讨论过好几次，我觉得没有这一宗经验的人,决不能凭空捏造,做关于这一宗事情的小说。所以我主张,无产阶级的文学非要由无产阶级自身来创造不可。他反驳我说:"那么许多大文豪的小说里,有杀人做贼的事情描写在那里,难道他们真的去杀了人做了贼了吗?"我觉得他这一句话,仍旧是驳我不倒。因为那些大文豪的小说里所描写的杀人做贼,只是由我们这些和作家一样的也无杀人做贼的经验的人看起来有趣而已,若果真教杀人者做贼者看起来,恐怕他们不但不能感动,或者也许要笑作家的浅薄哩!

所以我对于创作,抱的是这一种态度,起初就是这样,现在还是这样,将来大约也是不会变的。我觉得作者的生活,应该和作者的艺术紧抱在一块,作品里的 Individuality 是绝不能丧失的。若有人以为这一种见解是错的,那么请他指出证据来,或者请他自己做出几篇可以证明他的主张的作品来,那更是我所喜欢的了。

于《过去》一集编了之后,回顾了一下从前的经过,感慨正是不少,现在可惜我时间没有,不能详细地写它出来,勉强做了这一段短文,聊把它拿来当序。

1927 年 8 月 31 日午前 4 时于上海之寓居
(《过去集》)

巴　金（1904—2005），原名李尧棠，字芾甘。新文化运动以来最有影响力的作家之一，被称为中国的卢梭。1927年至1929年赴法国留学。1927年完成第一部中篇小说《灭亡》，1929年在《小说月报》发表后引起强烈反响。主要作品有《死去的太阳》《新生》《砂丁》《索桥的故事》《萌芽》；还有著名的"激流三部曲"《家》《春》《秋》和"爱情的三部曲"《雾》《雨》《电》，其中，《家》是其代表作，也是我国现代文学史上最卓越的作品之一。

写作的生活

巴　金

民国十六年一月十五日我和朋友卫在上海上船到法国去。在印度洋舟次我给一个敬爱的朋友写信说：

我现在的信条是：忠实地生活，正当地奋斗，爱那需要爱的，恨那摧残爱的。上帝只有一个，就是人类。为了他，我预备贡献出我的一切……

二月十九日我便到了巴黎。

朋友吴在拉丁区的一家古旧旅馆的五层楼上给我和卫租了房间。屋子是窄小的，窗户整日家开着，下面是一条寂静的街道，那里只有寥寥的几个行人。街角有一家小小的咖啡店，我从窗户里也可以望见人们在那大开着的玻璃门里进出，但我却没有听见过酗酒或赌博的闹声。正对面是一所大厦,这古老的建筑,它不仅阻止了我的视线,并且往往给我遮住了阳光,使我的那间充满着煤气和洋葱味的小屋变得更忧郁、更阴暗了。

除了卫和吴外,在这城里我还有三四个朋友。有时大家聚会在一起,我们也有欢乐的谈话,或者热烈的辩论。我们都是彼此了解的,但是各人有各自的事务,不能够天天聚在一处。卫又喜欢整天到图书馆或公园里去,于是我就常常被留在那坟墓般的房间里,孤零零地拿破旧的书本来消磨我的光阴。

我的生活是很单调的,很呆板的。每天上午到那残留着寥落的枯树的卢森堡公园里散步,晚上到 Alliance Francaise 补习法文。白天就留在家里让破旧的书本来蚕食这青年的生命。常常在一阵难堪的静寂以后,空气忽然震动起来,街道也震动了,甚至我的房门也震动了。耳边只是一片隆隆的声音,我自己简直忘了这身子是在什么地方,周围好像发生了一个绝大的变动。渐渐地闹声消灭了。经验告诉我是一辆载重的汽车在下面石子铺砌的街道上驰过了。不久一切又复归于静寂。我慢慢儿站起来走到窗前,伸了头出去看那似乎受了伤的街,看那街角的咖啡店,那里也是冷静的,有两三个人在那里喝酒哼小曲。于是我的心又被一阵难堪的孤寂压倒了。

晚上十一点钟过后,我和卫从 Alliance Francaise 出来,脚踏着雨湿的寂静的街道,眼望着杏红色的天空,望着两块墓碑似的圣母院的钟楼,那一股不能熄灭的火焰又在我的心里燃烧起来。我的眼睛开始在微雨的点滴中看见了一个幻境。有一次我一个人走过国葬院旁边的一条路，我走到了卢骚①的铜像的脚下，不觉伸了手去摩抚那冰冷的石座，就像摩抚一个亲人，然后我抬起头仰望着那个拿着书和草帽的屹立着的巨人。我站立了好一会儿，我忘了一切痛苦，直到警察的沉重的脚步响使我突然明白自己是处在什么一个世界的时候。

每夜回到旅馆里，我稍微休息了一下这疲倦的身子，就点燃了煤气炉，煮茶来喝。于是圣母院的悲哀的钟声响了，沉重地打在我的心上。

在这样的环境里，过去的回忆又继续来折磨我了。我想到在上海的一年间的活动的生活，我想到那些正在奋斗的朋友，我想到那过去的爱和恨。悲哀和欢乐，受苦和同情，希望和挣扎，我想到那过去的一切，我的心就像被刀割着痛。那不能熄灭的烈焰又猛烈地燃烧起来了。为了安慰这一颗寂寞的青年的心，我便开始把我从生活里得到的东西写下来。每晚上一面听着圣母院的钟声，我一面在一本练习簿上写一点类似小说的东西，这样在三月里我就写成了《灭亡》的前四章。

渐渐地我的生活变得有生气了，朋友们也多起来，我从他们那里借到了许多可爱的书籍，我只担心每天没有够多的时间来读完它们，同时从 E. G. M. Nettlau 他们和我往来的信函中得到了一些安慰和鼓舞。我便把我的未完的小说搁起来。我没有工夫再写小说了。一直到八月二十三日读到巴黎各报的号外，知

---

① 今译卢梭。——编者注。

道我所敬爱的那个鱼贩子（就是《灭亡》序上说到的"先生"）和他的同伴被烧死在波斯顿查理斯顿监狱里的时候，我重读着他写给我的两封布满了颤抖的字迹的信，听着外面的隐约的无数人的哭声，我又从书堆里翻出了那本练习簿，继续写了《灭亡》的十七、十八两章，以后又连续写了第五、六、十、十一、十二共五章。

过后我的时间就被一些经济学书占去了，接着我就用全副精神来读克鲁泡特金的著作，尤其是那本《伦理学的起源及发展》。我已经不去注意那部未完的小说稿了。

第二年（一九二八年）的夏季，是在马伦河岸上的一个小城里度过的。我在那时候过着比较安舒的生活。这城里除了我外，还有两个中国青年，他们都是我的好友。每天早晨和午餐后我一个人要走过一道小桥，到河边的树林里去散步，傍晚我们三个聚在一起，沿着树林走得更远一点，大家都畅谈着各种各类的话，因为在那里谈话是很自由的。

一个晴明的上午，我挟了一本 Whiteman 的诗集从树林中散步归来，接到了一封经过西伯利亚来的信，这是大哥写给我的。信里充满着感伤的话，大哥是时常这样地写信的。我一字一字地把信读了。我不觉回想到从前做孩子的时候我和他在一起度过的光阴。我爱他，但我不得不永久离开他。我的苦痛是很大的，而他的被传统观念束缚着的心却不能够了解。我这时候苦痛地思索了许久，终于下了一个决心。我从箱子里翻出了那一部未完的小说稿，陆续写了第七、九、十三三章。

后来根据一个住在南方的朋友的来信，我又写了《灭亡》的第八章一段爱情的故事。这朋友是我敬爱的，他的爱情里的悲欢也曾引起我的共鸣。我很抱歉我把他的美丽的故事送给了像《灭亡》里的袁润身那样的人。所以后来回国后我又把那故事改写成了一篇题作《初恋》的短篇小说。

以后这工作就没有间断了。每天早晨我一个人在树林里散步时，我完全沉溺在思索里。土地是柔软的，林外是一片麦田，空气弥漫着甜蜜的麦子香，我踏着爬虫，听着鸟声，我的脑里却现了小说中的境界，一些人在我的眼前活动，我常常思索到一些细微的情节，傍晚在和朋友们散步谈话中，我又常常修正了这些情节。（下午的时间就用来译书和读书。）夜静了，我回到房里就一口气把它们写了下来。不到半个月的工夫我就写完了《灭亡》的十九、二十、十五、十四、二十一这五章。

这样我的小说就差不多完成了。在整理抄写的时候，我加进了"八日"一章（即第十六章），最后又添了一个结尾。我用五大本硬纸面的练习簿把它们容纳了。我的两个朋友中的那个研究哲学的很高兴地做了我的第一个读者。他给了我一些鼓励。但我还没有勇气把这小说稿寄给国内的任何书店去出版。我只想自己筹点钱把它印出来给我的两个哥哥翻阅，还送给一些朋友。恰恰这时候国内一个朋友来信说愿意替我办理这件事情，我便在稿本前面添上一篇序，慎重地把它们封好，挂号寄给那朋友去了。

稿本寄出后我也就忘了那事情。过了许久，我又接到那个朋友的信说，稿本收到，如今正在翻阅。我也不曾去信催促他。直到一九二九年初我回到上海，才在那个朋友处看见《小说月报》上面的预告，知道我的小说被采用了。那朋友违反了我的意思，把它送给《小说月报》的编者，使它有机会和一般读者见面，我觉得我应该感谢他。然而使我后来改变了生活方式，使我至今还陷在文学生活里而不能自拔，使我把青年的生命浪费在白纸上，这责任却也应该由他来担负。

一九二九年我住在上海，译了几本书，但并没有写小说。

第二年我才写了一本《死去的太阳》。我那时候正忙着读书，打算以后不再写小说了。但是一件偶然的事情改变了我的心意：在一个七月的夜里，我忽然从梦中惊醒了，在黑暗中我看见了一些痛苦的景象，耳边也响着一片哭声。我不能够再睡下去了，就爬起来扭燃电灯，在寂静的夜里写完了那题作《洛伯尔先生》的短篇小说。我记得很清楚：我搁笔的时候天已经大亮了。我走往天井里去呼吸新鲜空气，用我的模糊的眼睛看天空。浅蓝色的天空里正挂着云霞，一些麻雀在屋檐上叫。我才回到睡床上去。

我这样开始了短篇小说的写作以后，在这一年里我又写了《复仇》《不幸的人》《丁香花下》《亡命》《爱的摧残》《父与女》《狮子》《亚丽安娜》《哑了的三弦琴》等九篇。这些文章都是一种痛苦的回忆驱使着我写出来的。差不多每一篇里都有一个我的朋友，都留着我的过去生活里的一个纪念，现在我读着它们，还会感到一种温情，一种激动，或者一种忘我的境界。

其中《亡命》和《亚丽安娜》两篇是我所最爱的，它们表现着当时聚集在巴黎的亡命者的苦痛。亚丽安娜，这个可敬爱的波兰女革命家终于回到华沙去了。不过在被法国政府下令驱逐后，她还在巴黎住下两三个月。那一天我和吴替她提着箱子，把她送到一个朋友家里，我们带着含泪的微笑和她握手，说几句祝福的话语，就这样分别了她。当她的背影在一个旅馆的大门里消去的时候，我的灵魂被一种崇高的感情沐浴着，我的心里充满着一种献身的渴望，我愿我能够有一千个性命用来为那受苦的人类牺牲，为那美丽的理想尽力。我的眼里贮满着这青年女革命家的丰姿。我和吴进了圣母院的古建筑，登上了那高耸的钟楼。站在那上面，我俯瞰着巴黎的街市，我看那赛纳河①，它们变得很渺小了。我想起了刚才别过的异国女郎，我想起了华沙的白色恐怖，我想起了我们的运动，我想起了这个大城市在近两百年间所经历过的一切，我不觉感动到流下眼泪来。我颤抖地握着吴的手诚恳地说："吴，不要失望，我们的理想一定会胜利的！"这时候他正用着留恋的眼光看那躺卧在我们下面的巴黎，他便掉过头来回答我一个同志的紧握。他忘记了他自己和亚丽安娜一样，也是因了国际大会的事情被法国政府下令驱逐的人。

以后我就没有得着亚丽安娜的消息了，我不知道她是否已经为我们的理想牺牲了生命。但我每想起和她分别的那一天，

---

① 今译塞纳河。——编者注。

我就感到了心情的高扬。我感激她,我祝福她,我愿把那小说献给她。

翻过来就是一九三一年。连我自己也料想不到,我竟然把这一年的光阴差不多完全贡献在写作上面去了。每天每夜热情在我的身体内燃烧起来,好像一条鞭子抽着那心痛,寂寞咬着我的头脑,眼前是许多惨痛的图画,大多数人的受苦和我自己的受苦,它们使我的手颤动着,拿了笔在白纸上写墨字。我不住地写,忘了健康,忘了疲倦地写,日也写,夜也写,好像我的生命就在这些白纸上面。环境永远是如此单调的:在一个空厂的屋子里,面前是那张堆满了书报和稿纸的方桌,旁边是那送阳光进来的窗户,开始在破烂的沙发,小小的圆凳。这时候我的手不能制止地迅速地在纸上动,似乎许多人都借着我的笔来申诉他们的苦痛了。我忘掉了自己,忘掉了周围的一切。我简直变成了一副写作的机器。我时而蹲踞在椅子上,时而把头俯在方桌上,或者又站起来走到沙发前,蜷伏在那里激动地写字。

在这种情形下面,我写完了二十几万字的长篇小说《家》(《激流》的第一部),八九万字的《新生》(《灭亡》的续篇)和中篇小说《雾》,以及收在《光明》里面的十多个短篇。

因了这些文章,我又认识不少的新朋友,他们鼓励我,逼迫我写出更多的小说。

一九三二年一月,上海的炮声响了。我二月五日带了短篇小说《海的梦》的七页原稿从南京赶回到上海,只来得及看见闸北的火光。于是继续了将近一个月的苦痛的生活。后来在三月二日的夜晚知道我的住所和书籍入了日本军人的手里;看见大半个天空的火光,听见几个中年人的彷徨的、绝望的呼吁以后,我一个人走着冷静的马路到一个朋友家里去睡觉;在路上一面思索一面诅咒,这时候我眯起眼睛做了一个梦,我决定把一个未完的短篇改写成题作《海的梦》的中篇小说。

这其间我曾几次怀着屈辱的、悲哀的、愤怒的心情去看那在日军统治下的故居,去搬运我的被劫后的书籍。这不是一件容易的事情,有一次日兵的枪刺几乎到了我的身上,但我终于把这一切忍受下去了。每天傍晚我带了疲倦的身子回到朋友那里,在似乎是平静的空气中继续写我的《海的梦》。

写完《海的梦》,我便到南方去旅行,在那里起了写《春天里的秋天》的心思,回来后就以一个星期的工夫写完了它。过后又写下《沙丁》,那小说里也浸透了我的血和泪,贯穿着我的追求光明的呼号,那绝望的云并不曾掩没了我的对于"黎明的将来"的信仰。

夏天来了。我的房间里热得和蒸笼里差不多。我的心像炭一般燃烧起来,我的身子快要被蒸熟得不能够动弹了,在这时候我却枯坐在窗前,动也不动一动,而且差不多屏绝了饮食,只是拼命喝着凉水来熄灭我心里的火焰。同时我忘掉一切地把头俯在那张破旧的书桌上,专心重写我的长篇小说《新生》。去年我已经写好了它,但原稿跟着小说月报社在闸北的大火中化成了灰烬。这次花了两个星期的工夫,我把它重写了出来,证明我的精力并不是日军的爆裂弹所能毁灭的东西。我以为我会得到一些休息了,然而朋友又来催促我写长篇小说《雨》的续稿。直到我写完了它,我才可以开始我那渴望了许久的北方的旅行。

这就是我的写作生活的大概了。

这种生活完全不是愉快的。我时常说我的作品里面混合了我的血和泪,这并不是一句诳话。我不是一个艺术家,我只是把写作当作我的生活的一部分。我在写作中所走的路径和我在生活中所走的路径是相同的。我的生活里充满了种种的矛盾,我的作品里也是的。爱与憎的冲突,思想和行为的冲突,理智和感情的冲突……这些织成了一个网,掩尽了我的全部生活,全部作品。我的生活是一个苦痛的挣扎,我的作品也是的。我的每篇小说都是我的追求光明的呼号。光明,这就是我许多年来在暗夜里所呼叫的目标。它带来一幅美丽的图画在前面引诱我。同时惨痛的受苦的图画,像一根鞭子那样在后面鞭打我。在任何时候我都只有向前走的一条路。

最近在一封给朋友的信函里,我曾经写了如下的诉苦的话:

在一年半的短促的时间里我写了十部长短篇小说,我这样不吝惜我的精力和健康,我甚至慷慨地舍弃我日后几年的生活来换这八十多万字。我每写完一部书,总要抚摩自己的手膀,我明知道这部书又吞食了我的一些血和肉,我明知道它会使我更进一步逼近坟墓,但我也没有挽救的办法。固然我像一个大量的人的样子忍受了这一切，但我也不能没有一点悲戚。我默默地望着面前的写就的稿纸，不觉想起过去和现在有一些像我这样的年青人怎样过着充实的生活的事情，我的眼睛就有些润湿了。但我并没有哭，我却把眼睛掉开去看别的东西，直到我的眼睛干了，我才以另一种心情来重读我的稿子。……

　　我的生活是很可悲的。我和一般人一样是需要着休息、需要着活动的。在这样青的年纪就把自己关闭在书斋里，把头永远埋在书桌上，让纸笔做了自己的长久的伴侣，这完全不是一件愉快的事情。不知道有若干次在不眠的夜里我睁起疲倦的眼睛，用了最后的努力在纸上工作着，在我的周围是一个睡眠的世界，那时候我真羡慕那些能够宽心地闭着眼睛躺在床上的人呵！我常常自问难道我的生命就应该这样地被零碎摧残吗？……

然而我并不曾有过一个时候失掉了我的信仰，所以我永远像一个强硬汉子似的忍受了这一切，我没有发出过一声痛苦的呼号。虽然我的小说里有时候竟因此含了深的忧郁性，但这忧郁性也并不曾掩蔽了那一线光明。我的对于人类的爱鼓舞着我，使我有力量和一切挣扎。……我个人的痛苦，那是不要紧的。在整个人类的黎明的未来在我前面闪耀的时候，我的个人的痛苦算得什么？

　　我是不会屈服的。我是不会绝望的。我的作品无论笔调怎样不同，而那贯串全篇的基本思想却是一致的。自从我知道执笔以来，我就没有停止过对我的敌人的攻击。我的敌人是什么？一切旧的传统观念，一切阻碍社会的进化和人性的发展的人为制度，一切摧残爱的努力，它们都是我的最大敌人。我永远忠实地守着我的营垒，并没有做过片刻的妥协。

也许将来有一个时期我的这管笔会停止了活动，但我想这绝不如某一些人所希望，是因为我已经没有力量继续写下来了。固然人说生命是短促的，艺术是长久的，但我却始终相信着还有一个比艺术更长久的东西。那个东西迷住了我。为了它，我甘愿舍弃艺术，舍弃文学生活，而没有一点留恋。这一点，我相信我的真实的读者是一定能够了解的。

（《巴金自传》）

施蛰存(1905—2003)，中国现代作家、翻译家、学者，其小说注重心理分析，着重描写人物的意识流动，是中国"新感觉派"主要作家之一。1922年考入杭州之江大学，次年入上海大学。1926年转入震旦大学法文特别班，与同学戴望舒、刘呐鸥等创办《璎珞》旬刊。1928年后任上海第一线书店和水沫书店编辑，参加《无轨列车》《新文艺》杂志的编辑工作。1929年创作小说《鸠摩罗什》《将军的头》。1932年起主编大型文学月刊《现代》，1935年与阿英合编《中国文学珍本丛书》。1949年后任教于华东师范大学中文系。

我的创作生活之历程

施蛰存

在文艺写作的企图上，我的最初期所致力的是诗。因为在读到《新青年》杂志的前一年，我方在中学校里读书，那时的国文教师是一位词章家，我受了他很多的影响。我从《散原精舍诗》《海藏楼诗》一直追上去读《豫章集》、《东坡集》和《剑南集》，这是我的宋诗时期。那时我原作过许多大胆的七律，有一首云：

挥泪来凭曲曲栏，夕阳无语寺钟残；
一江烟水茫茫去，两岸芦花瑟瑟寒；
浩荡秋情几洄洑，苍皇人事有波澜；
迩来无奈尘劳感，九月衣裳欲办难。

一位比我年长十岁的研究旧诗的朋友看了，批了一句"神似江西"，于是我欢喜到了不得，做诗人的野心，实萌于此。以后又从宋诗而转读唐诗了。这一转变的机缘是很有趣味的。那时我在中学四年级，要读《纳氏文法》第四册。我家里本来藏着黄布面的《纳氏文法》第四册，有二十余本之多，那是我父亲在"光复"的时候从"学堂"里"揩油"来的，一向没有用处，这时市面上所有的《纳氏文法》多已经变了蓝色纸面的了。同学们看见我有黄布面的，就追问起我那本书的来历。于是我就做了一笔生意，把其余的几本黄布面《纳氏文法》都卖给了同学。但是我觉得似乎不好意思以"揩油"来的东西卖钱，于是我想出一个法子来，请他们各人到扫叶山房去买一部诗集来交换。这次交换得来的诗集却都是唐诗，《李义山集》《温飞卿集》《杜甫集》《李长吉集》，一时聚集在我书斋里，这不得不使以前费了功夫圈点的宋诗让位了。在这些唐人诗中，尤其是那部两色套印、桃色虎皮纸封面、黄绫包角的《李长吉集》使我爱不忍释。它不仅使我改变了诗格，甚至还引起了我对于书籍装帧的兴趣，我酷爱精装书本的癖性实在是从那时开始的。我摹仿了许多李长吉的险句怪句。《安乐宫舞场诗》就可以作为我那时的代表作。

　　　　高甍接栋破天起，日暮张灯白江水。
　　　　叩弦裂管一时繁，绮箔憧憧闪娇美。
　　　　吹兰嚼蕊浮空脂，粉縠遮光荡眸子。

> 叉腰垂手迥轻鸾，翾甡乱落金钗铒。
> 搓烟点雾月华紫，不辞踏碎拖珠履。
> 百丈游丝胃春树，抱月飘云为郎死。
> 掌中偷掏相思字，星眼斜飞做淫媚。
> 纵雨腾花意不支，颊上红霞扑人醉。
> 筝铜浅涩筌篌喑，明烛千枝落残穗。
> 楚罗之帏喷冷香，阿郎枕断吴娥臂。
> 锦衾不羡汉仙人，贴脸缝唇合情泪。
> 不知门外玉骢嘶，长教朱轮点苔翠。

可是这时期并不长久，胡适的《尝试集》在我学期大考的时候出版了。我以一个暑假期反复地研究它。结果是对于胡适之的新诗表示反对了。因为我觉得他的新诗好像是顶坏的旧诗，我以为那不如索性作黄公度式的旧诗好了。但是我从他的"诗的解放"这主张里，觉得诗好像应该有一种新的形式崛兴起来，可是我不知道该是哪一种形式。

这个疑问是郭沫若的《女神》来给我解答的。《女神》出版的时候，我方在病榻上。在广告登出的第一天，我就写信到泰东书局去函购。焦灼地等了一个多礼拜才寄到。我倚着枕读《女神》第一遍讫。那时的印象是以为这些作品精神上是诗，而形式上绝不是诗。但是，渐渐地，在第三遍读《女神》的时候，我才承认新诗的发展是应当从《女神》出发的。那时候，我曾用了各个不同的笔名寄诗到邵力子先生编的《民国日报》副刊

《觉悟》上去发表。虽然是浅薄到了不得的东西,但在我个人是很值得纪念的。

这时候,革新了的《小说月报》中所载的许多俄国小说的翻译,引起了我的对于小说的兴趣,并且还很深地影响了我。我于是也写小说了。许多短篇被寄出去了,过了十天、十五天、二十天,除了《觉悟》上给刊载了一二篇之外,大半都退回来了。还有一小半呢,它们的运命是不可知了。我不自觉自己的幼稚,我只要发表。此路不通,则另谋彼路,于是我投稿《礼拜六》《星期》这些杂志了。所以,到现在有许多人骂我曾经是鸳鸯蝴蝶派中人,以为这是我的不名誉处,其实,除了一小部分杂文之外,我那时的短篇小说倒纯然是一些写实主义的作品。

因我自己明白了新文学与鸳鸯蝴蝶派这中间是有着一重鸿沟的,于是我停止了这方面的投稿生活。同时,因为新文学杂志中没有安插我的文章的地位,于是我什么也不写了。中学毕业后,从之江大学而上海大学,而大同大学,而震旦大学,这五六年间,我的思想与生活是最混乱的时候,我只胡乱地读书。对于文艺书,我觉得一切都是好的,到手就读。非但读,而且还抄。在之江大学图书馆里,我选抄了一部《英国诗选》,在大同大学的文艺书很贫乏的图书馆里,我选抄过一部《世界短篇小说选》。这是我当时最得意的工作。

那时候,我也几次想发展一点文学生活。看了别人的文学结社东一个西一个地萌动起来,不免有点跃跃欲试。可是终于因为朋友少,没有钱自己印自己的作品,更没有《民国日报》

副刊或大杂志收容我们，不成大事。

但这时候，有两个投稿记录是值得我追忆的。当我住在哈同路民厚里的时候，我打听到了创造社郭沫若、成仿吾、郁达夫诸先生也都住在同一里内。我就将我所写的两篇小说封了亲自去投入他们的信箱中。这两篇之中，有一篇的题目是《残花》，我还记得。过了几天，《创造周报》上刊出郭沫若先生给我的一个启事，问我的通信处。于是我写了一封信去告诉他我就住在与他们同一里内，并且还问他我的小说是否可用，因为我很担心他问了我的通信处是预备退稿的。三日后，接到他的信，要我去一谈。可是我忐忑着没有敢就去，延迟了一个多星期。等到在一个晚上去时，他已到日本去了。只见到了成仿吾先生，他说郭先生把我的小说稿也带着走了。这样，再过了七八个星期，《创造周报》停刊了，我的小说稿又遭到了不幸的运命。还有一个投稿记录是成功的。那是《现代评论》居然给我刊出了两首诗：《照灯照地》《古翁仲之对话》。其时我刚从牛津大学出版部买到了英译本的《海涅诗选》，它对于我的诗格也起了作用，这两首诗便是当时的代表作了。

在短短的努力于诗的时期中，我也曾起了一点转移。海涅式的诗引起了我的兴趣并不长久，所以我只摹仿了十余首就转移到别的西洋诗方面去了。我吟诵西洋诗的第二阶段是司宾塞[①]的《催妆诗》及《小艳诗》，莎士比亚的十四行诗。我曾读了

[①] 今译斯宾塞。——编者注。

《催妆诗》的全部，又曾用 Spencerian Stanza 的脚韵法作过一首较长的诗，题名《古水》，可是这一阵热也不过一年多些。

差不多在同时，我和戴望舒、杜衡合办了一个题名《璎珞》的旬刊。我就在这仅仅出了四期的小刊物上发表了《上元灯》（原名《春灯》）及《周夫人》两个短篇，望舒发表了魏尔仑①（Verlaine）诗的译文及自作诗，杜衡发表了从德文译出的海涅诗。但那时候，似乎并没有人注意到我们这小刊物。

自从在自办的刊物上发表了上述的两个短篇以后，写小说的心在我胸中蠢动起来了。但是我实在找不出可供我写的材料。这其间，在《东方杂志》上读了夏丏尊先生所译的日本田山花袋的中篇《棉被》，于是我摹仿了一下，写了一篇《绢子》，寄给《小说月报》发表了。这是纯粹的摹仿，几乎可以说一点也没有创作功夫，实在是可耻的事情，虽则它曾经和其他二篇同样不成话的东西编在一个集子里出版，那是为了要钱用的缘故，我不愿意再提起它们。

第一本新俄短篇的英译本"*Flying Osip*"在这当儿运来中国了。我从别发西书店里买了来，看了大半本②，于是我又想摹仿一下了。《追》就是在这种不纯的动机之下产生的。继续了《追》而写成的尚有《新教育》一篇。那似乎较好得多，因为这篇并没有摹仿任何作品，实在是因为那时已在故乡当教师，

---

① 今译魏尔伦。——编者注。
② 其实是，只除了赛米诺夫的那篇《仆人》没有看。——原注。

对于现行教育制度确实有这样的不满而写出来的。

当了两年中学教师,望舒与刘呐鸥在上海创办第一线书店了。而我这时正在耽读爱仑颇[1]的小说和诗。他们办了一个半月刊,题名《无轨列车》,要我也做些文章,于是我在第一期上写了几段《委巷寓言》,在第四期上写了一篇完全摹仿爱仑颇的小说《妮侬》。

在这时期以前,我所曾写的作品大部分都是习作,都是摹仿品。

直到第一线书店改名水沫书店,我才继承着写《上元灯》及《周夫人》时的一种感怀往昔的情绪,写成了八个短篇,这就是在水沫书店出版的包含了《上元灯》及《周夫人》这两篇的小说集《上元灯》。这是我正式的第一个短篇集。

因了许多《上元灯》的读者,相识的或不相识的,给予我许多过分的奖饰,使我对于短篇小说的创作上,一点不敢存苟且和取巧的心。我想写一点更好的作品出来,我想在创作上独自去走一条新的路径。《鸠摩罗什》之作,实在曾费了我半年以上的预备,易稿七次才得完成。这时我们办《新文艺》月刊,我就很自负地把我的新作排在第一篇印行了。

但是《鸠摩罗什》以后却难于为继了。在编辑第二期《新文艺》月刊的时候,我想写一篇《达摩》,又想写一篇《释迦牟尼》,思想尽往这一方面去找,结果是一句也不敢落笔。

---

[1] 今译爱伦·坡。——编者注。

而这时候，普罗文学运动的巨潮震撼了中国文坛，大多数的作家大概都是为了不甘落伍的缘故，都"转变"了。《新文艺》月刊也转变了。于是我也——我不好说是不是，转变了。我写了《阿秀》《花》这两个短篇。但是，在这两个短篇之后，我没有写过一篇所谓普罗小说。这并不是我不同情于普罗文学运动，而实在是我自觉到自己没有向这方面发展的可能。甚至，有一个时候我曾想，我的生活，我的笔，恐怕连写实的小说都不容易做出来，倘若全中国的文艺读者只要求着一种文艺，那我唯有搁笔不写，否则，我只能写我的。

　　于是，继承了《鸠摩罗什》而写成的《石秀》与继承了《梅雨之夕》而写的《在巴黎大戏院》《魔道》在同一卷的《小说月报》上发表了。后两篇的发表，因了适夷先生在《文艺新闻》上发表的夸张的批评，直到今天，使我还顶着一个新感觉主义者的头衔。我想，这是不十分确实的。我虽然不明白西洋或日本的新感觉主义是什么样的东西，但我知道我的小说不过是应用了一些 Freudism 的心理小说而已。

　　《石秀》以后，应用旧材料而为新作品的，还有《将军的头》及《孔雀胆》（后改名《阿褴公主》）。这两篇以后，我的创作兴趣是一面承袭了《魔道》而写各种几乎是变态的、怪异的心理小说，一面却又追溯到初版《上元灯》里的那篇《妻之生辰》而完成了许多以简短的篇幅，写接触于私人生活的琐事，及女子心理的分析的短篇。前者的结集是本年在新中国书局出版的我的第三个短篇集《梅雨之夕》，后者的结集是即将在良友公司出版的《善女人行品》。

　　我写小说,到现在不过四个短篇集,数量上诚然是微弱得很。但在写作这四集小说的过程中,对于写短篇小说的甘苦,自问却很知道了些。我不晓得我将怎样告诉读者,但我可以简括地说,小说并不是愈写愈容易的。人说"熟能生巧",对于文学上,这却不尽然。我只觉得愈写愈难。现在是,每当要写一篇小说,必得有至少一星期的酝酿。回想以前的贸然握笔,一挥而就的情形,真要诧异这勇气是从哪里来的。

　　在去年春间,因"一·二八"战事而蛰居在乡下时,我看了些英美近代诗的选集和评论集。这一时期的研读使我荒落了好久的诗的兴趣重新升华起来。同时,又因为看了友人戴望舒作诗正得起劲,于是也高兴写起诗来。可是数量甚少,《现代》杂志中发表的几首,就是我一年来大部分的成绩了。对于诗,我觉得胡适之先生的功绩是在打破了旧诗的形式,郭沫若先生的功绩是在建设了新诗的精神,徐志摩的功绩是创造了新诗的形式与韵律,李金发先生与徐志摩同时,但他以精练的诗人气质,屏除了郭沫若先生的豪放,着眼于文字的自然的节奏,而创造了中国的象征主义的自由诗。戴望舒在新月诗风疲敝之际,李金发诗才枯涩之余,从法国初期象征诗人那里得来了很大的影响,写出了他的新鲜的自由诗,在他个人是相当地成功,在中国诗坛是造成了一种新的风格。直到如今,有意无意地摹仿他的青年诗人,差不多在每一个载着诗的刊物上都可以看到。我呢,自然承认我们现代的新诗在形式上应该跟着这条路去求发展，而在精神上，却想竭力避免他那种感伤的色彩。但这也是不容易的，因为我已写成的几十首诗，终于都还免不了这种感伤。我企图着，我想对于新诗有较好的进步，正如对于小说一样。

二十二年五月
（《灯下集》）

刘思慕（1904—1985），原名刘燧元，笔名刘穆、尹穆、刘君木、居山、小默等。广东新会人。1923年肄业于广州岭南大学文科。早年参与创立广州文学研究会和《文学周刊》杂志。先后在莫斯科中山大学、法兰克福科学院、维也纳大学学习。1936年去日本从事著译工作。1937年在香港国际新闻社、世界知识出版社、印尼天声日报社、昆明美国新闻社从事宣传工作。1946年任香港《华商报》《文汇报》总编辑，并在达德学院、新闻学院任教。1924年开始发表作品，著有游记《欧游漫记》，诗集《生命之歌》，散文集《樱花和梅雨》，长诗《流转》《太行女儿》；译著有短篇小说集《蔚蓝的城》《歌德自传》等。

我对于文学的理解与经验

刘思慕

一

我与文学久已在藕断丝连的状态中，不意最近竟是坠欢重拾。

我不敢把文学当作梦或酒看待，它自有它的伟大的社会使命。然而，说来惭愧，于我，它曾经以梦和酒的姿态出现。我是昨夜与明朝间的男人和女人们中的一个，以自己的阶级之没落证明历史的必然，这一个冷酷的真理决定了他们中大多数人的命运，它的铁掌我是感觉到意识到了，至于我还是挣扎着，想从那里解放出来。我的这种命运和我与它的挣扎，转而决定了我对文学的理解和我的创作——假如可称作创作的话——的作风。

对于现状之不满,使人们感觉到现实生活之像沙漠般的枯燥,污泥般的龌龊,而想由梦得到调剂。酒也是导入暂时离开尘俗而入于飘渺之境的引幡。同时,为社会的枷锁——礼教、法律、道德等——所束缚的所谓丑恶的真我,在平时经过意识的检查——恕我用一句佛罗乙德①的辞句吧——而低首帖耳,也在梦的境界而得到暂时的解放,酒泉里之沐浴也使这个真我或多或少地裸露出来,释去一些灵魂上的重负。

我曾做了许多许多的梦,瑰奇、温馨、丑恶、卑鄙,一切形相的梦。酒杯也曾一度是我常相过从的旧侣,我不是嗜酒成癖的人,但总常想借仗酒的法力,使我在非睡眠时也踏入梦的园地。

文学——无论是文学之创作或欣赏——对于像我那样命运的人们,从某方面说来,带有梦或酒的意味。即以文学的欣赏而论,阅读歌德的《浮士德》的时候,我们有时如蒙薄醉,有时遨游在幽奇的梦乡里,有时附着理想的皑白的双翼飞翔,有时见着自己的灵魂的黑暗面之写照。《浮士德》以下的名作或多或少总带有这种魔力,然后才使读者起情绪的共鸣,甚或感到自己与书中人物合而为一。戏剧愈把这种境界具体化,它的诉动之力也愈大。

喝上了几杯之后,带着酒光的眼睛似乎笼了一层薄纱,眼前的人和物,以至整个宇宙,过去和未来都似乎变色了,或者

---

① 今译弗洛伊德。——编者注。

无邪地纵笑,或者频发微叹以至啜泣,或者滔滔地、娓娓地长谈,在恍惚这样的境界里,文学便产生出来。从某方面说来,文学是作者的白日梦,作者自己半酣中的谈吐。当然,这梦的情节怎样,把现实表现或歪曲的程度怎样,这视乎现实本身怎样而定。酒后的哀乐也视乎饮者的身世遭遇而定。故纵把文学当作梦和酒看待,从那里也可以看出它的社会的实质来。

二

以上是说我对于文学的一部分的理解,现在想说我自己在文学中的经验。

像大多数生在辛亥革命以前的旧家子弟那样,我多少受点旧文学的陶冶。但是,童年时导引我走上文学的道路的,却不是韩、柳、欧、苏的古文,汉、魏、盛唐的诗歌,而是李义山的无题诗,龚定庵的七绝杂诗,南唐二主、纳兰容若的词,《桃花扇传奇》《红楼梦》《花月痕》那样的小说,当时大抵还染了一点才子气;不过我对于它们之爱好,也由于它们适合于长在贫病多故的家庭的青年的脾胃。二十岁左右的时候,我甚至爱念《饮水词》爱到有点发狂,那时也就是我喝酒、谈女人的颓废时期了。在这种影响之下,因为我亲炙的父执辈有许些是斗方名士,我自然而然地也哦起古今体的旧诗来。后来虽也学人作新词,有个时候且绝对不用韵,但始终对于这些旧骸骨有点迷恋,作起诗或散文来,也带了不少的旧的词藻。到最近还有一个时期,旧调重弹,作了好几首的七言诗闹着玩。

与西洋文学的接触，正如到一个饶有异乡情调的地方，或尝了一杯 Curacao（法国名酒）或 Tokaja（匈牙利名酒）那样，我的文学的梦，对于文学的沉醉有点异样，同时文学兴趣也浓厚起来。最初给我印象最深，和引起我对西洋文学崇拜的英文作品，是华盛顿欧文①的 Sketch Book，我爱它的瑰奇的想象力和幽奥的词藻；我把这本书念完之后，赶把我在中国能买得到的欧文的别的作品都读了一遍。

　　但是，不久，新文学运动的巨潮翻腾涌至了，我因为学作新诗的缘故，开始对西洋诗发生兴趣，济慈、雪莱、拜伦、窝茨威士②、泰戈尔等等成为当时读诗的人的偶像。我读他们的作品虽不多，然也受了相当的感动。不过，我所喜欢的却是洛塞谛（Rossetti）、斯文本（Swinburne）、莫理斯（Morris）等英国名家，及美国的阿伦·坡③。这些英国诗人的作品，我久已抛在一边了，它们只留给我模糊的印象——具有古埃及的图画那样斑斓而幽暗的颜色，和老去的紫藤花那样的暗香的梦境。使我眷恋的不独是阿伦·坡的诗，而且是他的诗的散文。带有温柔的恐怖性的魔魇是我从他的作品中感到的满足。梅特林克的戏剧，有一个时期也是我的亲昵的伴侣，实在我把它当作诗那样的温存。它的满着宿命论意味的伤感，沉默而敏锐，像秋夜的梦那样轻压着我的心头，同时又使我感到凉夜酒醒后的孤独和空虚。

---

① 今译华盛顿·欧文。——编者注。
② 今译华兹华斯。——编者注。
③ 今译爱伦·坡。——编者注。

在小说方面，我特别与俄国的小说有缘，就中朵斯退益夫斯基①的病态的长篇小说尤其是我的恩物。俄国特殊社会的黑影在个人的灵魂的黑影上反映出来，造成了疯痫残酷的男性，歇斯的里亚式的女性的型，以噩梦的姿态呈现。它的表现的形式是比法国的写实派的小说较为神秘，而同时较为裸赤。这种 Paradox 也就是俄国人的特性。

当我最热烈地作新诗的时候，我一时间受了法国恶魔派——特别是布特莱尔——的麻醉，decadent 一字成了我当时的口头禅。我不独发现了新的幽艳的词藻，而且随着他的象征的魔杖的指引，坠入使人发生官能的满足和灵魂颤栗的氛围中。

厌倦现实的人本不一定是要找寻美的圆满的梦，有时他们偏要想从理想的痛苦或悲哀得到麻醉和净化。悲剧比较上能搔到他们的心的痒处。甚或他们起了一种反动，要找寻一种理想的丑恶，拿这现实的自我来作践，这一种复杂的心理状态之交织，就造成了恶魔派的文学和对于这种文学的嗜痂之癖（不消说，社会的背景是它们的最后的原因）。我们知道，一桩现实的事物入了梦的门阈，常化作较简单而具体的别物。这种变化似乎不合理而又相关连。因为它们所引起的印象和它们的诉动力是相仿佛。象征文学似可作如是观。到了社会的条件已使文学重形式而不重内容的时候，象征主义便成为时代的骄子。我当时沉湎于这派文学的空杯里，自不是偶然的事，综合一句话，

---

① 今译陀思妥耶夫斯基。——编者注。

我的嗜好之由浪漫的、写实的 Morbid 的文学，而转到象征的 decadent 的文学去，息息都与我个人的处境的变化及时代的流转有关。而且具有同感的，恐怕还有许多许多人吧？

三

我虽曾在诗坛上涂过鸦，从俳句式的短歌以至千条言的长诗都胡凑过一下，但不曾出过专集，更谈不到"登龙"了。说起自己创作的经验来，真是浅薄得可笑，不过关于新诗的创作，也有几句想说的话。

我最初作新诗的时候，泰戈尔以至冰心女士对我的影响无可讳言，轻婉清丽像《园丁集》和《春水》那样的格调成为我所欲模拟的典型。但不久我便抛弃这淡而单调像葡萄酒那样的诗体，《鲁拜集》《乌鸦》《恶的花》那样的不康健的格调先后支配了我的诗的创作。我的生活经验既单纯和限于局部，我的作品谈不到内容，所写的当然也是抒情诗居多，而且当时还不曾在恋爱的软网里翻过筋斗，热烈或悲哀到淋漓尽致的抒情诗也不是我能哦出来的。不过，我对于音乐和绘画虽是门外汉，然想象力倒还有点，感官也颇敏锐，对于色和香似乎特别有点辨别和表现的能力。但是，我所喜欢的也是带有病态的色和香。我也曾企图以刹那间或经过回溯的感官所得到的丝缕表现情感或一种事物的形态。我又曾想把这种花絮透过情感和想象的梦化的机杼纺织和渲染成一种特殊的氛围，打击读者的感官，而起相仿佛的梦的颤动。因为我的忧郁性的倾向之故，这种氛围便常是幽暗而带着病气。这样的诗或者不会使人发生深刻明确的印象，但是它不是没有灵魂，而只是诉动于灵魂的黑暗的方面。我最近曾有这样的两句诗，"埃及艳尸般的新词，病瘵妇人的黯红的唇脂"，正是描摹我当时的诗的情调。

新俄文学输入中国的时候，中国文坛像受了一颗炸弹那样，从唯美、颓废的梦中醒过来，我当然也不是例外。我曾有以工业文明、农村生活为诗的题材的企图。但同时，我的兴趣转向于社会科学方面，残余的文学的兴趣只留在文学批评——文学的社会的解释——方面。诗的创作暂时放弃。

至于以诗的外形论，我是主张不必齐整，不必用脚韵，而节奏一准诸自然。所以新诗人中如徐志摩、闻一多等名家的诗，在形式上也不合我的脾胃，当时比较上喜欢的还是朱自清的《毁灭》和徐玉诺的描叙农村的诗。我自己的诗也是不整齐而无韵的居多。

四

我对于文学是没有下过苦功夫，近来更少触及文学的书籍，故文学批评虽是我始终兴趣所在，但谈起来也是一知半解。文学的社会的性质，具有社会的使命，可作而且应作为宣传之具——当然是文学的宣传，而不是标语口号的宣传——我是绝对承认的……

年来我的生活已稍为向多方面发展了，我所见的人物——虽然大多数仍是属于同一范畴——也繁异起来。文学于我固已不是梦或酒，而且我还想用较具体较接近社会的文学的形式——小说，来表现我新累积起来的生活经验。这种尝试的成败虽不可知，但总不至连尝试的勇气都没有吧。

白薇（1893—1987），原名黄彰、黄鹂，别号黄素如。著名女作家。曾就读于衡阳湖南省立第三女子师范学校和长沙湖南省立第一女子师范学校。后东渡日本求学，1926年回国。1927年到武昌，在国民政府总政治部国际编译局任日语翻译，不久又兼任武昌国立中山大学讲师。后到上海加入创造社。其一生著有大量诗歌、小说、剧本、散文，代表作有剧曲《琳丽》、剧本《打出幽灵塔》、长篇小说《炸弹与征鸟》、长篇自传体小说《悲剧生涯》等。

我投到文学圈里的初衷

白 薇

从小一直到吃了二十多年饭，我与文学无缘。

祖父是个武官，丢下奶香的父亲他就去世了。父亲长年在外读书，全年不回来十天，家里一箱箱的书籍，是紧紧地锁在高楼的。

我幼时唯一的嗜好是绘画：我还记得，在一个初夏的黄昏，蝙蝠成群飞舞，我的一个寂寞的心儿仿佛动了灵感，就拿起我母亲的画笔，绘了几只飞蝙蝠。

那时我只有六岁，拿了第一次的创作给母亲看，谈话忙而严厉的母亲把我推在一边，并不睬我。我负气地拿了去给祖母看，温柔和蔼的祖母奖励了我，从此教我绘花卉虫鸟。且慢声慢语地对我说："你祖父顶会写字，你父亲写字不行。你三岁的时候就认识一些字，可惜现在没有人教你读书。"

举目看青山，风气怪闭塞的乡村里，我娇嫩的小生命，已经在母亲严格的管束下，多年牺牲于女红中，自日出到日暮，不息不玩地生产着，全家及亲戚的绣花、挑花及各种应用的美术品，全是我幼时的心血供给的。

我是外柔中坚的孩子，每找着了避开母亲的眼线的机会，就心血跃跃地丢开了女红，偷些纸帛去绘我最心爱的图画，结局是遭一顿打骂，打骂了又来画，忘我忘餐地，这点心灵，是威严的母亲杀不死的。

由是十岁左右，就有能画之名。亲戚朋友，找我绘画的多着。自硝镪水绘流行乡间，亲友来请我画手巾、帐檐及门帘的，使我应接不暇。我有一个长时期，终天拿着烟雾腾腾的镪水笔，在一块一块的蓝竹布上飞动。那镪水的气味难闻，刺眼欲泣，渐渐我的气管、眼睛、指头都中了镪水毒。我本来多病的身体，越黄瘦病弱，人都说这孩子会养不活。

十三岁左右，我断然抛弃了妨害我身心发育的一切苦工，和两亲大吵特吵，毕竟争得了进我父亲创办的两等小学。父亲是日本留学生，传播新思想，注重科学；学生是起码读过四年家塾的进初小，高小等于现在的初中。我同时在初小听国文、史地，在高小听博物、理化。

二年不满我就休学了，在家里看护父亲的病，且偷偷地跟着父亲看亡命在日本的中国国民党同盟会的各种书籍，更爱看《新民丛报》。每看到革命者的悲壮事，就鼓舞欢笑，看到他们的厄运、惨死，又不禁暗泪长流。

秋瑾、吴樾、陈天华、宋教仁之死,不知赢去了我多少眼泪。又读《饮冰室》,看到罗兰夫人之死,使我悲痛暗叹了好一晌,曾用我的意想画了张白衣就刑的罗兰夫人的像,贴在壁上虔敬流泪地凭吊她。

父亲病愈后,他在家里教我数学,迅速地我学完了诸等、比例、繁分,还自动地请他教了些别的科学。父亲因为当时没有很好的国文教科书,他就把《近世中国外交失败史》一书当国文教我,关于"鸦片战争""甲午战争""朝鲜独立""台湾琉球割让"等史迹,我都以一个小学生澎湃的热血,接受了那些刺激。

由是,我对于科学和革命的思想,是畸形地发展着。所以,我自小学到师范毕业,图画、理科,总是百分满点,其余的功课,除裁缝、手工、唱歌外,各科也在九十分以上。对于国文教材,绝少满意的。

作文虽然常常被揭示,被称为可以考举人、进士,也曾因此受过同学的妒、恨与陷害,但总有一个偏见,就是——中国之弱,弱于重文轻武,不讲究科学——所以我很瞧不起什么文学,尤其讨厌古文学。

在第三女师范,我曾以领袖资格,纠合年轻气锐的同学,要求先生讲世界大势的新文章,读白话文,至掀起学校新旧冲突的风波。在第一女师范,我拒绝了读无生命的古文、考证,拒绝了填词、作诗,宁愿诗词试验交白卷,宁愿给那古朽的老先生看我是不伦不类的怪物。

我又绝对不看小说，却喜欢看杂志，尤其关心民权解放、妇女解放的文章。我想：看小说是小姐们无聊的消遣。

洪宪称帝，继以宣统复辟，湘省教育弄到黑漆一团，女校取消英文，校中几乎不订杂志，我多余的精力无所用，同学劝我作诗、填词、对对，我都一笑答之。埋头绘画之外，不得已尽看子书，读《左传》，每天背诵一两篇古文或《昭明文选》中的精美文章，这是我的一个转变。

去了日本，想学国画的苦心，真非笔所能描画。

但图画是花钱的东西，若是勤学，一人须花二人的费用。我是从惨淡的压迫中，自己只有六块钱，因同学的帮忙，才得逃到日本的，到日本就做工的景况，我对于学国画，只能让它在渴想苦念中，比失了十个恋人还伤心地告了结局。

为着父亲的"家庭革命……父子革命……大逆不道的叛徒……"这套暴风雨似的通牒，迫我回国，我才匆匆忙忙考进东京女高师的理科，借以抵抗父亲的迫令。

化验药品，显微镜，一层高一层的教室，像电影院一样黑的实验室，爬虫、走兽、飞鸟、鱼蚧，棱角怪美的结晶体，红黄蓝白紫各种美丽的花，形形色色的自然界，自形态乃至细胞，及山上海滨的采集，给了我不少的知识、快乐……我想做个博物学家。

若不是因为偶然的机会，我与易漱瑜女士同住，我得因她认识田汉先生，我此生会和文学有因缘吗？

不敢说。

清理我的文学上的因缘,唯一的导师,的确就是田汉先生!可是田汉先生肯承认我这么一个学生吗?

　　当我和他爱人易女士在某女子寄宿舍同房不久,他来教我们的英文,课本是易卜生的《娜拉》,这是我平生第一次与文学见面。但英文程度浅的我,是没有法子能够继续下去的,只得几天后就中止了。他又介绍我看《文学概论》,是日文书,我根本不懂文学,半知不解地看了就还给他;他问我还喜欢看什么书,他可以供给我看,我不晓得答。当时他正在写一篇剧本,满地满房堆着参考书,没处坐他也不留坐,从此我和他的师生关系断了,也许他早就把我忘了。谁会想到,我毕竟要认他是我文学上唯一的导师呢?

　　的确,当时我并没有得到什么益处,我对于文学,还没有发生感情,我依然同样去进实验室,拿我的显微镜。我爱显微镜下的真实啊!显微镜下的真实多美丽!

　　异国风光,一年又一年地摧折了我孤苦的肝胆:经济力的铁蹄,蹂躏了一个苦学生的心脏;金钱与势力的天盖下,压坏了人性的天真,压倒了真理、正义与同情,也压碎了骨肉亲子的爱。我在这些直接间接的压力下,几乎被压死了。于是我开始对"人情""社会"怀疑、怀恨。

　　我憎恶,越炽烈地憎恶人们普遍的虚伪;我痛恨,越深刻地痛恨人们集中刻毒的箭火,对最忠实、美好、天真、可爱却无依靠的人儿去毁坏;我悲叹,更悲叹那堕落的人们只会跟着黑暗的势力跑;我越怀疑,茫然地怀疑生物中最高等灵慧的人类，何以甘心把人类社会建筑在那样残酷、刻薄、昏暗、虚伪的基础上？

把我的解剖刀，剖开这人类社会看个清楚吧！用些试验药，点只火酒灯，把这些家伙分析来看看吧！割下些人类层社会层的小片，摆在显微镜下，查明那组织构成的究竟吧！

啊，不能！我这些蠢笨的道具，只能验物，不能验社会、人层！

我烦闷了，刻骨的烦闷袭迫着。许多日月，我在烦恼的旋涡里打圈圈。

我须要一样武器，像解剖刀和显微镜一样，而是解剖验明人类社会的武器！我要那武器刻出我一切的痛苦，刻出人类的痛苦，尤其是要刻出被压迫者的痛苦！同时要那武器显露压迫者的罪恶，给权势高贵的人层一点讨伐！

对了，如今我手上的解剖刀、显微镜，全无用了！

冥冥中我那么想着，渺渺然我沉入了无边的回忆——

1. 一个妙嫩的小姑娘，跪在父亲面前哭泣，含羞地说："爸爸，我无论如何不嫁，我要读书。"

"唉，孩子！你要知道，别人的独生子病得那么惨，非娶亲是没有救的，我们礼教名家，你要听父母的话……"

2. 拳击，口咬，父亲的娇女给一个有名的凶恶寡妇打破眼睛，咬断了脚筋，血流满面，血流染趾涂地，凶妇和儿子再撕碎她全身的衣服，打青她的胸背，又拿了斧头来砍她，父亲的女儿，只得赤裸光身，带血带泪地逃到河里，躲在水中避难。

父亲医着女儿的伤处,母亲急得吐血迫着父亲说:"依了女儿的话,让女儿脱离那地狱吧!横直女儿不是好货,为了女儿读书好,母子联合把她虐待,这话会把我急死啊!"

"急什么?!你给她打死了一个女儿,难道还会再送一个女儿给她们打死吗?让女儿和她们脱离!我们礼教名家,亏你说得出口!"

3. 寡妇把刀与绳,摆在父亲的女儿面前,逼她选一条路。

黑夜,雪花与狂风中,女儿低眉含恨地走出了地狱之门,抱着与一切都惜别之感。"再会吧,故乡!再会吧,世界!"她流泪心语着,逃向渺然森黑的坟山、江头。

4. 女儿并没有死,逃到几百里的师范学校了。同学见她穿男装,剪了发,憔悴怪状无语,都奚落她,冷笑她,认为是被家庭遗弃不足挂齿的败类。

几天后,及见到她的作文被打了120分,图画被揭示,于是同学中自豪者号哭而妒恨之,趋势者亲近而围抱之,父亲的女儿,再不见同学的奚落与冷笑了。她开始接触了所谓人情社会。

5. 父亲生怕女儿毕业了要逃走的,特地由千里的家乡赶到省城来守候女儿,花了几百块钱,请了校中教职员吃酒,叫他们严守女儿,不得让她逃逸。

果然,毕业的第二天,有人把学校重重包围了,校长学监守大门,女儿知道逃校留学的计划被泄漏了,急急跳墙,跳窗,可怜四面八方都有人守着。校长叫了她去劝道:"我本想用省里的费,选送你出洋的。但你父亲是礼教的忠实信徒,你还是要遵从父亲,谨守三从四德吧!"

6. 父亲竟不知道他女儿,从一个出粪的旧孔道逃出学校了。两手空空六块钱,她上了由长沙开到汉口的轮船。

在船上,遇着一个学校的老女仆,她拖着她的手说:"小姐,你这样跑出来了!这样光光地跑出来怎么办呢?!"老泪横流,她掏出两块钱塞在她手里说:"小姐,请你收着,我现在身上钱不多,到了上海我还可以帮忙你。"她感激那老妈妈,二人相抱哭着。

女仆把这漂泊的姑娘,领去大餐间见她的主妇,想使她谈笑忘愁。谁想那主妇破口大骂女仆道:"这种被家里赶出来的下贱家伙,你别带她来污秽我的地方!"在窗外听到这话的漂泊人,只得火烧衷心无办法。

7. 到横滨只剩两角钱,写了封挂号信到东京请友人的姊姊来接,钱就完了。

这位姊姊是很负才名的大阔小姐,她看这一无所有又并不出奇的漂泊人,招待之下,总不免有点轻视,总算她好,替她找到了下婢的职业。

下婢一职,决定了这可怜者的身份。高贵的姊姊越发看她不起,甚至疑心她出身不清白,疑心她盗窃或有不良的行为。

被一位有力者所轻视,风声所及,冷箭如飞。真使清白的灵魂哭笑皆非。

又有一种风声——"有个湖南女子流落在东京,真是丢中国的丑!"

8. 这下婢,直到考进了日本女子最高的学府,而且是最难考进的理科,才被人们认为是一个人。然而天来的浩劫也从此开始了。

因为来了个被父亲迫出的弟弟,又加了个孤女身世的朋友留学东京,靠她一笔官费暂时公用。不久弟弟又病了要开刀,谁也不管他生死及金钱的一分毫。她就卖光所有的书籍、衣服,又忍饥受饿,数月不尝菜米油盐,只吃红薯、豆汤延命,省出钱来救好弟弟。苦饿的结局,她竟一病逾年,再病不已,官费掉了,要进贫民医院。这时,谁管她?谁看她?谁肯写封信问她父亲寄钱来救她?老房东看她病到不能说话了,七八回去请她弟妹来,但谁来关照她进医院?真是惨淡如丧家的病狗。

9. 父亲还来信说:"你无情无义几个月也不去看你的妹妹弟弟。"在同一封信里,给妹妹的信说:"你聪明贤慧将来福气不浅。"给弟弟的话说:"暂寄给你六百圆……"

啊,闭了回忆的幕吧!往下更不忍回想了!总之,人一背时,丑恶狰狞的面孔一副一副地接触着,阴险无情的味儿应有尽有。虽至亲的骨肉,姐姐病死病活总不看,恩爱的父亲,也会因为一个是嫁给军长家里的女儿,就满口称誉;一个是自拔自救的女儿,就死活无关痛痒。还说什么呢?!……

怎么会是这样?推原究竟,不外两点:一是旧制度的罪恶;二是金钱势力的作祟。回忆中昔日的可怜人,即今日要对旧制度和对金钱势力宣战的我了!

"我要宣战的武器!我要学习文学,学习文学!"

我心里这样喊着。但心里又暗想:"我这么大的年纪还有什么用!一个二十多岁的人,还想从头开始学习什么啊?!"我又陷于烦恼中,在烦恼中徘徊着。

终于像爆发的火山,反抗的烈火冲冲地冒了出来,不是年龄关系所能阻止这澎湃的热潮。再加上一件为着代替好友潘白山借三十块救她绝大的困难,卒不成功而引起的愤激,使我看透了有钱人的心!我便发誓要用文学来咬伤而且粉碎他们的心!

于是我买了本易卜生的《娜拉》来看,看完了,除书中给我的印象,我还不知不觉地喊出:"田汉,我的老师!"继续再看易卜生的《海上夫人》《国民之敌》,我更兴高采烈地高呼:"我的老师田汉!你指示了我一条路!"

不多时,我把学校图书馆所藏的莎士比亚、史特林堡、霍普特曼、梅特林诸人的剧本,统统借来读了。我刚读文学书才三个多月,便不自量地写了篇三幕剧《苏斐》,给留日学生为赈灾公演所用,还是我自己主演的。

自是日本朋友和教师,许多人知道我喜欢文学,我就跟着日本朋友看俄国托尔斯泰、契霍甫[①]、屠格涅夫、陀斯退益夫斯基[②]等大家的小说,王尔德的小说、戏剧,歌德的诗和剧,海

---

① 今译契诃夫。——编者注。
② 今译陀思妥耶夫斯基。——编者注。

涅、拜伦、雪莱、济慈们的诗，左拉、莫巴桑①、福罗贝尔②等的法国小说，及日本当代作家的作品，我都无秩序、无系统地乱看一场。我自己不能买书，总是读"回读屋"送来的书，就是每月出三块钱，订一份"回读"书箱，它就会每三天送一本书来，随便什么大作品，书名由自己选择，它每月总会送十册书来，但三天内总要看完一本另换一本。

这样拼命看书，我眼睛弄近了，脑筋弄乱了，又没有师友指教批评，我不知道谁的好，也不知道要喜欢谁。只是书一到手，我就要从头一字看到最末一字才放手。

自后，凡是名家杰作，只要能得到手，我无所不读，但小说全是看的长篇，短篇绝少涉及。最后，很喜欢看德国表现派的东西；未来派的东西也看，却不了然。

这么一来，我对于学校，简直是挂招牌了，有岌岌站不住脚之势，各科主任对我都讨厌起来，反之，许多爱好文艺的教授，常叫我到他们或她们家里去玩。

有一天，音乐先生对我笑着，用甜蜜美妙的声音说：

"黄君，你喜欢文学吗？"

"是。"

"你到我家里去玩玩好吗？我的丈夫就是中村吉藏。"

"啊！"我呆呆地睁大了眼睛，心里太喜欢了。

---

① 今译莫泊桑。——编者注。
② 今译福楼拜。——编者注。

"他是研究法国文学的,小说、戏曲都写了不少。"

中村吉藏先生看来是一位庄严上了年纪的人,他问我:

"你喜欢什么派别的文学?"

当时我是还没有上轨道的野马,我不晓得答,只是羞红着脸聊以塞责地说:

"我喜欢梅特林的《青鸟》。"

他大不高兴,哼出古老的声音:

"唔,唔……你喜欢象征派、神秘派的家伙!那么,你喜欢霍普特曼的《沉钟》啰?"

"是。"

我越害羞,不敢抬头。

"象征派,神秘派,是老早就过去的潮流了。现在还喜欢那些,简直是思想落伍!"

在他冷严与不客气的尊容前,我羞愧得直欲落泪。幸而他夫人用甜美的声调代我谈话,壮我的胆。他又问:

"你喜欢易卜生的作品吗?"

"是,我喜欢他的《偶像家庭》①,但是,《国民之敌》好像更喜欢些。"

"好的,以后你多看些社会问题的东西!今日的文学,是社会问题的文学。你看过高尔斯华绥的作品吗?"

"没有。"

---

① 即《娜拉》。——编者注。

英国前辈的社会戏曲家高尔斯华绥的戏曲，我是从中村吉藏先生的指导才知道的，他的《银匣》《争斗》，社会意识之浓厚，的确是我以前看的戏曲中所找不到的。我对于中村吉藏先生颇有相见太晚之恨。但这是说以前的高尔斯华绥。

民国十五年归国以来，我学了些什么，做了些什么呢？赶着革命的浪潮，往革命的母胎广州跑……

文学是要饭培养的，我没有培养它的力量，我离开文学太远了。

《奔流》时代，苏雪林女士和我很要好，她每次和我见面，总有几句"我们女作家，我们女作家"，我听来非家背皮紧[1]。"作家"，中国现在严格地说来真有几个？"女作家"，现代中国更有几根凤毛麟角？起码我是不配称"女作家"的，犹之我不配称"太太""夫人"一样。我没有尽作家的职，没有好好写过一两篇文章；犹之我不曾尽过太太的职，没有好好地和爱人同居过一个月以上一样。

我既不是作家，就不知道谈文学。承文学社两次来信，要我写《我与文学》这篇文章，我只得胡说一顿。

不过我决不会忘记我投到文学圈里的初衷的！只叹我多年来给惨淡的病磨着了，我是一个顶刮刮的"病家"。

---

[1] "非家背皮紧"，原文如此。——编者注。

何其芳（1912—1977），原名何永芳。著名诗人、散文家、小说家、文学评论家和"红学"理论家。1929年到上海入中国公学预科学习。1931年至1935年在北京大学哲学系学习。大学毕业后，先后在天津南开中学和山东莱阳乡村师范学校任教。1937年出版散文集《画梦录》，获得《大公报》文艺金奖。1938年到延安鲁迅艺术学院任教。曾任中国科学院文学研究所（现中国社会科学院文学所）所长。其作品主要有散文集《画梦录》（成名作），诗集《预言》《夜歌和白天的歌》，文艺论文集《生活是多么广阔》等。

我和散文
何其芳

一、我是怎样写起散文来的呢

假如十年以前有预言家劝我献身文学，并断言除了伏案写文章而外，再没有旁的工作于我更合适、更理想，我一定要大声地非笑他。就在五年以前，我自己也料想不到将浪费许多时间来写出一些不长不短的文章，名之曰散文。

我的生活里充满了偶然。

最初引诱我走上写作之路的是诗歌。我写了许多年的诗，我写了许多坏诗，直到大学三年级方突然发现自己的失败，像一道小河流错了方向，不能找到大海。

我在大学里读着哲学，又是一个偶然的错误，因为我当初只想到作为了解欧洲文化的基础，必须明了西方哲学的思想的来源和演变，不曾顾及我自己的兴趣。诗歌和故事和美妙的文章使我的肠胃变得娇贵，我再也不愿吞咽粗粝的食物，那些干燥的紊乱的理论书籍。伊曼纽尔·康德是一个没有趣味的人，他的书更没有趣味。我们的教授说他一生足迹不出六十里，而且一生过着规律的生活；像一座钟，邻人们可以从他的散步、吃饭、工作，知道每天的时间。在印度哲学的班上，一位勤恳的白发教授讲着胜论、数论，我却望着教室的窗子外的阳光，不自禁地想象着热带的树林花草、奇异的蝴蝶和巨大的象。

就在这时候，我开始和两位同学常常往还。这在我是很应该提到的事。因为我的名字虽排在这有千余人的学校的名册里，我的生活一直像一个远离陆地的孤岛，与人隔绝。而且这就是使我偶然写起散文来的因子。在那两位同学中，一个正句斟字酌地翻译着阿左林、纪德等人的文章，他们虽不止是散文家，称之为文体家大概是可以的。另一个同学也很勤勉，我去找他时他的案上往往翻着一本未读完的书，或者铺着尚未落笔的白稿纸。于是我感到在我的孤独、懒惰和暗暗的荒唐之后，虽说既不能继续写诗，又不能做旁的较巨大的工作，也应该像一个有自知之明的手工匠人，坐下来安静地、用心地、慢慢地雕琢出一些小器皿了。于是我开始了不分行的抒写。而且我们常谈论着这种渺小的工作，觉得在中国新文学的部门中，散文的生长不能说很荒芜，很孱弱，但除去那些说理的、讽刺的，或者说偏重智慧的之外，抒情的多半流入身边杂事的叙述和感伤的个人遭遇的告白。我愿意以微薄的努力来证明每篇散文应该是一个纯粹的独立的创作,不是一段未完篇的小说,也不是一首短诗的放大。

督促着我的是一个在北方出版的小型刊物。我前面提到的那第一位同学,也就是它的编辑人之一,常到我的寄宿舍里来拿走我刚脱稿的文章,而且为着在刊物的封面上多印一个题目显得热闹些,我几乎每期都凑上一篇。

然而不久刊物停了。我也从大学寄宿舍里出去学习着新的功课了。

二、"一个制造中学生的工厂"

一个新的环境像一个狞笑的陷阱出现在我面前。我毫不迟疑地走进去。我第一次以自己的劳力换取面包,我的骄傲告诉我在这人间我要找寻的不是幸福,正是苦难。

那是炎热的八月天。我被安置在一间当西晒的小屋子里,隔着一层薄墙壁,那边是电话、电铃和工友的住室。而且在铁纱窗的角上,可怕地满满地爬着黑色的苍蝇。我首先便和那些折磨着威胁着我的敌人、阳光、嘈杂声与苍蝇开始了争斗。

一个比我先来的热情的朋友第一天下午便引我出去游览那周围的风景:

一片接受着从都市流散出的污秽与腐臭的洼地。

洼地的尽头,一道使人想象着海水、沙滩和白帆的长堤出现在夕阳中。在它的身边流着一条臭河。

当我们在堤上散步着,呼吸着不洁的空气,那位朋友告诉我这片洼地里从前停放着许多无力埋葬的苦人的棺材；常有野狗去扒开它，偷食着里面的尸首；到了夏天，更常有附近的穷苦人坐在那里，放一把茶壶在棺材上，一边谈天一边喝茶。他又告诉我，黄昏时候这条路上有许多结伴回家的从工厂里出来的小女孩，他常常观察着她们，想象着许多悲惨的故事。

我们感到我们也就是被榨取劳力的工人，因为我们所寄身的地方，"与其说那是一个学校，不如说是一家出名的私人营业的现代化工厂，因为那里大批地制造着中学毕业生"。

在这种生活里，我再也不能继续做着一些美丽的温柔的梦，而且安静地用心地描画它们。我沉默了。不过这沉默并不是完全由于为过重的苦难所屈服，所抑制，乃是一种新的工作未开始以前的踌躇。

自然，时间被剥削到没有写作的余裕也是事实。

在月夜，或者在只有星光的天空下，我常和那位朋友在一个阔大的空场上缓步着，谈论着许多计划，许多事情。然而我那时对人间的不合理，仍是带着一种个人主义者的愤怒去非议。我企图着，准备着开始一个较大的工作，写一个长篇小说来作为个人主义的辩护。我再也不想写所谓散文。我感到只有写长篇小说，才能容纳我对于各种问题的见解，才能舒解我精神上的郁结。

但因为没有闲暇，这计划中的工作才做到十分之一便搁下了。在这一年中，我实在惭愧得很，只把过去那些短文章编成了一个薄薄的集子，就是《画梦录》。

三、关于《画梦录》和那篇代序

从《画梦录》中的首篇到末篇,有着两年多的时间上的距离,所以无论在写法上或情调上,那些短文章并不一律,而且严格地说来,有许多篇不能算作散文。比如《墓》,那写得最早的一篇,是在读了讳耶·德·里拉丹的几篇小故事之后写的,我写的时候就不曾想到散文这个名字。又比如《独语》和《梦后》,虽说没有分行排列,显然是我的诗歌写作的继续,因为它们过于紧凑而又缺乏散文中应有的联络。

"严"才是我有意写散文的起点。一件新的工作的开始总是不顺手的,所以我写得很生硬,很晦涩。渐渐地我驾驭文字的能力增强了,我能够平静地亲切地叙述我的故事,不像开头那样装腔作势,呼吸短促。然而刚才开始走入纯熟之境,我那本小书就完了。我实在写得太少。

如前面所说,我的工作是在为抒情的散文找出一个新的方向。我企图以很少的文字制造出一种新的情调:有时叙述着一个可以引起许多想象的小故事,有时是一阵伴着深思的情感的波动。正如以前我写诗时一样入迷,我追求着纯粹的柔和,纯粹的美丽。一篇两三千字的文章的完成往往耗费两三天的苦心经营,几乎其中每个字都经过我的精神的手指的抚摩。所以当我在一篇评《画梦录》的文章里读到:"然而尽有人如蒙天助,得来全不费力。何其芳先生或许没有经过艰巨的挣扎……"我不胜为异。幸而还有一个"或许"。从此我才想到,除了几位最亲近的朋友而外，少有人知道我是如何迟钝，如何枯窘。

　　我并不打算在这里解释过去的自己，尤其对于那些微妙的也就是纤弱的情感、思想和感觉。因为现在我已有了这样一种心境，不知应该说是荒凉还是壮健：虽有旧梦，不愿重温。在一年以前我已诚实地说"有时我厌弃我自己的精致"。"因为这种精致"如上面提到的那篇评论文章里所说，"当我们从坏处想，只是颓废主义的一种变相"。那句议论很对，而且我觉得竟可以去掉那个条件子句。我虽不会像一个暴露病患者那样夸示自己的颓废，却也不缺乏一点自知之明，很早很早便感到自己是一个拘谨的颓废者。

　　或者说一个书斋里的悲观者。因为这种悲观的来源不在于经历了长长的波澜起伏的人生（当你在那里面浮沉并挣扎时是没有闲暇来唱厌倦之歌的），而在于孤独。孤独，是的，是我那时唯一的伴侣。记得那时我偶尔在什么书上读到一位匈牙利思想家的一则语录，大意说世界上有两种人，一种使人无聊，一种自己无聊，前者是不可忍耐的庸俗之辈，后者却大半是思想家、艺术家，使我非常感动。仿佛我从此有了一个决心：

> 甘愿生活在最荒凉的地方，冰天雪地，牧羊十九年，表示我一点忠贞之心。

　　对于谁呢，这忠贞之心？对于人生。对于人生，我实在是充满了热情，充满了渴望，因为孤独的墙壁使我隔绝人世，我才"哭泣着它的寒冷"。

对于人生，现在我更要大声地说，我实在是有所爱恋，有所憎恶。并不像在《画梦录》的代序中所说的：

> 对于人生我动心的不过是它的表现。

使我轻易地大胆地写出那句话来的是骄傲。那时我在前面描写过的那个制造中学生的工厂里，很久不曾写过文章了。一个夜半我突然重又提起笔来，感到非常悒郁，简直想给全世界的人一个白眼。我像写诗一样激动地草成了那篇惊心动魄同时也是语无伦次的对话。就在不远的后面：

> 我在车厢内各种不同的乘客的脸上得着一个回答了，那些刻满了厌倦与不幸的皱纹的脸，谁要静静地多望一会儿都将哭了起来或者发狂的。

就是另外一个完全相反的对于人生的态度。因为对于人间的幸福和欢乐，我很能够以背相向；对于人间的不幸与苦痛，我的骄傲却只有低下头来变成了愤怒和同情的眼泪。最近一年我从流散着汗秽与腐臭的都市走到乡下，旷野和清洁的空气和鞭子一样打在我身上的事实使我长得强壮起来，我再也不忧郁地偏起颈子望着天空或者墙壁做梦。现在我最开心的是人间的事情。

四、 关于《还乡杂记》

我到了山东半岛上的一个小县里。

离开了我的第二乡土——北平,独自到这个偏僻的辽远的陌生地方来,我几乎是带着一种凄凉的被流放的心境,然而正如故事里所说的奇遇,每个环境都有助于我的长成,在这里我竟发现了我的精神上的新大陆。

从前我像一个衰落时期的王国,它的版图日趋缩小。现在我又渐渐地阔大起来。

因为现在我不只是关心着自己。

因为看着无数的人都辗转于饥寒死亡之中,我忘记了个人的哀乐。

乡下的人们的生活是很苦的。我每天对着一些来自田间的诚实的青年热情的谈论,我不能不悲哀地想到横在他们脸面前的未来:贫贱和无休息的工作。同时我又想到居住在都市里的人们,和很有力量可以做事情然而不做的人们:

　　一方面是庄严的工作,一方面是荒淫与无耻。

这两句话像两条鞭子,也就打在我自己的背上。在已经过逝了的那样悠长的岁月里,除了彷徨着,找寻着道路之外,我又做了一些什么事情呢?就是现在,我也仅仅能惭愧地记起我那计划中的长篇故事。但又已有点儿动摇:我不想扮演一个个人主义的辩护者,一个二十世纪的堂·吉诃德①。

这时一位在南方编杂志的朋友来信问我是否可以写一点游记之类的文章。因为暑假中我曾回家一次。这使我突然有了一个很小的暂时的工作计划,想在上课改卷子之余,用几篇散漫的文章描画出我的家乡的一角土地。

这就是《还乡杂记》。一个更偶然的结成的果实。

当我陆续写着,陆续读着它们的时候,我很惊讶。出乎自己的意料之外,我的情感粗起来了。它们和《画梦录》中的那些雕饰幻想的东西是多么不同呵。粗起来了也好,我接着对自己说,正不必把感情束得细细的像古代美女的腰肢。于是我继续写下去。但这时我又发现对于家乡我的知识竟也可怜得很,最近这次十三天的停留也没有获得多少新的,真要描写出那一角土地的各方面,不是我的能力所能达到。我只有抄写过去的记忆。

抄写我那些平平无奇的记忆是索然寡味的,不久我就丧失了开头的热心,我所以仍然要完成它,不是为着快乐,是为着履行对自己约定的允诺。

因此这件小工作竟累赘了我一年。一年是很长的,我那个长篇故事也在我心里长得成熟了,我要让那里面的一位最强的反对自杀的人物终于投海自尽,因为一个诚实的个人主义者只有用他自己的手割断他的生命,假若不放弃他的个人主义。

---

① 今译堂吉诃德。——编者注。

五、"活着终归是可赞美的"

现在让我重复一遍我开头的话吧。假如十年以前有预言家劝我献身文学,并断言除了伏案写文章而外,再没有旁的工作于我更合适、更理想,我一定要大声地非笑他。

十年以后呢?我同样不能想象。

不过我一定要坚决地勇敢地活下去。活着终归是可赞美的,因为可以工作。

1936年6月6日深夜,莱阳

(《还乡日记》)

叶紫（1910—1939），原名余昭明，又名余鹤林、汤宠。中国现代作家。1926年就读于武汉军事学校第三分校。"四一二"政变后，只身逃离家乡，先后流落到南京、上海等地，后又任小学教员和报馆编辑。1932年与陈企霞共同创办《无名文艺》杂志，走上文学道路。1934年参与主办《中华日报》副刊《动向》。1939年病逝，年仅29岁。其作品主要有《丰收》《现代女子书信指导》《星》《山村一夜》等。

我怎样与文学发生关系

叶 紫

我是一个不懂文学的人，然而，我又怎样与文学发生了关系的呢？当我收到《我与文学》这样一个征文的题目的时候，我真的不知道从什么地方说起啊！

童年时代，我是一个小官吏家中的独生娇子。在爸妈的溺爱之下，我差不多完全与现实社会脱离了关系。我不知米是从什么地方来的，我不知道这世界有多大；我更不知道除了我的爸妈之外，世界上还有着许多许多我所不认识的人，还有着许多许多我所不曾看到的鬼怪。

六岁就进了小学。在落雨不去，发风不去，出大太阳又怕晒了皮肤的条件之下，一年又一年的我终于混得了一张小学毕业的文凭。

进中学已经十二岁了，这是我最值得纪念的开始和我的爸妈离开的一日。中学校离我的故乡约二百里路程,使我不得不在校中住宿。为了孤独,为了舍不下慈爱的爸妈,我在学校宿舍里躺着哭了四五个整天。后来,是训育先生抚慰了我一阵,同学们像带小弟弟似的带着我到处去玩耍,告诉我许多看书和游戏的方法,我才渐渐地活泼起来,我才开始领略到了学校生活中的乐趣。

中学校,是有着作文课的。我还记得,第一次先生在黑板上写下的作文题目是叫作——《我的志愿》。

接着,先生便在讲台上,对着我们手舞足蹈地解释了一番:

"……你还是欢喜做文学家呢?科学家呢?哲学家呢?教育家呢?……你只管毫无顾忌地写出来……"

当时我所写的是什么呢?现在已经完全记不起来了。不过,从那一次作文课以后,却使我对于将来的"志愿问题"一点上,引起了非常浓厚的兴趣。

"我到底应该做一个什么人物呢?将来……"

每当夜晚下了自修课,独自偎在被窝里面的时候,小小的心灵中,总忍不住常常欲这样地想。

"爸爸是做官儿的人,我也应该做官儿吧!不过,我的官儿应当比爸的做得更大,我起码得像袁世凯一样,把像在洋钱上铸起来……

"王汉泉跑得那样快,全学校的人都称赞他,做体育家真出风头……

"牛顿发明了那许多东西,牛顿真了不得,我还是做牛顿吧……

"哥伦布多伟大啊！他发现了一个美洲……

"李太白的诗真好，我非学李太白……"

于是乎，我便在梦里常常和这许多人做起往来来。有时候，我梦见坐在一个戏台上，洋钱上的袁世凯跪在我的下面向我叩着头。有时候，我梦见和一个怪头怪脑的家伙坐在一个小洋船上，向大海里找寻新世界。有时候，我梦见做了诗人，喝了七八十斤老酒，醉倒在省长公署的大门前。有时候……

这样整天整夜像做梦般的，我过了两年最幸福的中学生生活。

不料一九二六年的春天，时代的洪流把我的封建的、古旧的故乡，激荡得洗涤得成了一个畸形的簇新的世界。我的一位顶小的叔叔，便在这一个簇新世界的洪流激荡里，做了一个主动的人。爸爸也便没有再做小官儿了，就在叔叔的不住的恫吓和"引导"之下，跟着卷入了这一个新的时代的潮流，痛苦地、茫然地跟着一些年轻人干着和他自己本来志愿完全相违反的勾当。

"孩子是不应该读死书的，你要看清！这是什么时代?!"

这样叔叔便积极地向我进攻起来。爸爸没有办法，非常不情愿地把我从"读死书"的中学校里叫了出来，送进到一个离故乡千余里的、另外的、数着"一、二、三，开步走！"的学校里面去。

"唉！真变了啊！牺牲了我自己的老迈的前程还不上算，还要我牺牲我的年幼的孩子!……"

爸爸在送我上船,去进那个数"一、二、三"的学校的时候,老泪纵横地望着我哭了起来。

我的那颗小小的心房,第一次感受着了沉重的压迫!

第二年(一九二七年)的五月,我正在数"一、二、三"数得蛮高兴的时候,突然从那故乡的辽远的天空中,飞来了一个惊人的噩耗:

整个的簇新的世界塌台了,叔叔们逃走了,爸爸和一个年轻的姊姊,为了叔叔们的关系,失掉了自由了!……

我急急忙忙地奔了回去。沿途只有三四天工夫,慢了,我终于扑了一个空……

爸爸!姊姊!……

天啊!我像一个刚刚学飞的雏雁,被人家从半天空中击落了下来!我的那小小的心儿,已经被击成粉碎了!我说不出来一句话。我望着妈,哭!妈望着我,哭!妈,五十五岁,我呢,一个才交十五岁的孩子。

"怎么办呢?妈!"

"去!孩子!你是一个有志气的人,不要忘记了你的爸,不要忘记了你的苦命的妈!去!到那些不吃人的地方去!"

"是的,妈!我去!你老人家放心,我有志气,你看,妈!我是定可以替爸、姊出气的!报,我得报,报仇的……妈!你放心!……"

没有钱,什么都没有了,我还记得。当我悄悄地离开我的血肉未寒的爸爸的时候，妈只给我六十四个铜子。我毫无畏惧地，只提了一个小篮子几本旧小说、诗、文和两套蓝布裤褂，独自跑出了家门。

"到底到什么地方去呢？"我躲在一个小轮船的煤屑堆里是这样地想。

天，天是空的；水，水辽远得使人望不到它的涯际；故乡，故乡满地的血肉；自己，自己粉碎似的心灵！……

于是：天涯、海角，只要有一线光明存在的地方，我到处都闯！……

我想学剑仙、侠客：白光一道，我就杀掉了我的仇人，我便毁平了这吃人的世界！但是，我始终没有找到师父。虽然我的小篮子里也有过许多剑侠的小说书；我也曾下过决心，当过乞丐，独自跑过深山古庙，拜访过许多尼姑、和尚、卖膏药和走江湖的人……但是，一年、两年，苦头吃下来千千万万。剑仙、侠客、天外的浮云……一个卖乌龟卦的老头子告诉我："孩子，去吧！你哪里有仙骨啊！……"

我愤恨地将几部武侠小说撕得粉碎！

"还是到军队里去吧。"我想。只要做了官，带上了几千几万的兵，要杀几个小小的仇人，那是如何容易的事情啊！还是，还是死心塌地地到军队中去吧！

挨着皮鞭子，吃着耳光；太阳火样地晒在我的身上，风雪像利刃似的刺痛着我的皮肤；沙子渗着发臭的壳谷塞在我的肚皮里；痛心地忍住着血一般的眼泪，躲在步哨线的月光下面拼死命地读着《三国志》《水浒》一类的书,学习着为官为将的方法。……但是,结果:我冲锋陷阵地拼死拼活干了两年,好容易地晋升了一级,由一等兵一变而为上等兵了。我愤恨得几乎发起疯来。在一个遍地冰霜的夜晚,我拖着我那带了三四次花的腿子,悄悄地又逃出了这一个陷人的火坑。

"我又到什么地方去呢?"

彷徨,浑身的创痛,无路可走!……

为了报仇,我又继续地做过许多许多的梦。然而,那只是梦,那只暂时地欺骗着自家灵魂的梦。

饥饿,寒冷!白天,白天的六月的太阳;夜晚,夜晚檐下的、树林中的风雪!……

一切人类的白眼,一切人类的憎恶!……痛苦像毒蛇似的,永远地噬啮着我的心。……

于是,我完全明白了:世界上没有不吃人的地方,没有可以容许痛苦的人们生存的一个角落!除非是,除非是……

我完全明白了:剑仙,侠客,发财,升官,侠义的仇报……永远走不通的死路!……

我从大都市流到小都市,由小都市流到农村。我又由破碎的农村中,流到了这繁华的上海。

年龄渐渐地大了,痛苦一天甚似一天地深刻在我的心中。我不能再乱冲乱闯了。……我欲埋着头,郑重地干着我所应当干的事业……

就在这埋头的时候,我仍旧是找不到丝毫的安慰的。于是,我便由传统的旧诗、旧文、旧小说、鸳鸯蝴蝶派的东西，一直读到文学研究会、创造社、太阳社，以及新近由世界各国翻译过来的文学作品……

那仅仅只是短短的三四年工夫，便使我对于文学发生了非常浓厚的兴趣。

一方面呢，我是欲找寻着安慰。我不惜用心用意地去读，用心用意地去想，去理会；我像欲从这里面找出一些什么东西出来，这东西，是欲能够弥补我的过去的破碎的灵魂的。一方面呢，那是郁积在我的心中的千万层、千万层隐痛的因子，像爆裂了的火山似的，紧紧地把我的破碎的心灵压迫着，包围着，燃炽着，使我半些儿都透不过气来……

于是，我没有办法。我一边读，一边勉强地提起笔来也学着想写一点东西。这东西，我深深地知道，是不能算为艺术品的。因为，我既毫无文学的修养，又不知道运用艺术的手法。我只是老老实实地想把我的浑身的创痛，和所见到的人类的不平，逐一地描画出来；想把我内心中的郁积统统发泄得干干净净……

我所发表的几篇短小说，便都是这样。没有技巧，没有修辞，没有合拍的艺术的手法。只不过是一些客观的、现实社会中不平的事实的堆积而已。然而，我毕竟是忍不住的了。因为我的对于客观现实的愤怒的火焰，已经快要把我的整个的灵魂燃烧殆尽了！

现在呢，我一方面还是要尽量地学习，尽量地读，尽量地听信我的朋友和前辈作家们的指导与批评。一方面呢，我还要更细心的，更进一步的，去刻划着这不平的人世，刻划着我自家的遍体的创痕！……一直到，一直到人类永远没有了不平！我自家内心的郁积，也统统愤发得干干净净了之后……

这样，我便与文学发生了异常密切的关系。

孙俍工（1894—1962），教育家、语言学家、文学家和翻译家。原名孙光策，又号孙僚光。1916年考入北京高等师范学校。1920年毕业后，到长沙湖南省立第一师范学校任国文教员。1922年赴上海任教于中国公学。1924年赴日本入上智大学研究德国文学。1928年回国，任复旦大学教授，1930年任复旦大学中文系主任。1931年再次东渡日本，"九一八"事变后旋即回国，到南京国立编译馆任人文组编译。抗战爆发后，到成都任中央军校政治主任教官和华西大学教授。代表作有《中国语法要义》《海底渴慕者》等。

我的转变

孙俍工

一、我与古文学

我的文学生活，可以在"五四"运动这时期划一显明的界线。即是"五四"运动以前，我所从事的是古文学；"五四"运动以后，我所从事的是新文学。

在"五四"运动以前，又可划分为在家乡时代、在中学时代，及在高师时代三时期。

我到十六岁止，都是在家乡过的读经生活。我的性质素钝，悟性、读性都甚平凡，故这期间对于经，只读过《论语》《孟子》《大学》《中庸》《诗经》《尚书》及《左传》的一部分而已。要我背诵，我觉着比什么还要苦，所以有时被先生打得往桌子下面逃。

从十三岁起，加读《史鉴节要》及《舆地三字经》等书。并由先生指导看《资治通鉴》或《纲鉴》一类的书。时值前清末年，有志于陆军小学，故又旁于《历代名将事略》及《草庐经略》等书的抄写，对于"减灶添灶""背水阵""单骑见虏"等故事，颇觉津津有味，故到十六岁打止，已学做《汉高祖论》《子房论》《秦皇汉武论》《李朔雪夜入蔡州》等这一类的空虚的议论文，至今想来，真是白花费了许多的时光，白绞了许多的脑汁。

十七岁才到长沙，入驻省邵阳中学，始学科学。其次年转入旅鄂湖南中学。至民国五年，中学毕业，这期间我于课暇阅读的书，有《国语国策》《文心雕龙》《四史三十六子》《宋元学案》《明儒学案》等。我不大喜欢课外游戏及运动，我的英文、算学功课均仅及格而已，这是读古书所及的影响。

民国五年八月，考入北京高师，有名教师朱遴先、马佑渔、马彝初、钱玄同及已故杭县章厥生诸先生的指导，我的文学境界到此忽然开朗，别启许多门径，大有美不胜收之感。然至民七止，对于新文学，犹觉格格不入。此时期所做的文，还不出模仿桐城派。记叙议论，及模仿选学的辞赋等。而所作日记，模仿宋儒究理格物之谈，尤觉可笑。好在那些的稿子，在民七之冬，高师斋舍为祝融氏所光顾，概被焚去，这种焚去，就造成我的民八"五四"运动以后的大转变。

我对于古文学总计起来，如上所说。但自己估计，在古文学中有什么心得没有呢？我觉得这却很难说，我以为古文学，如果不在新的文学知识有了充分的基础时去读，对于我们是一点也没有用处的。第一，古文学中的思想生活与我们的思想生活，截然是两件事，是漠不相关的。以故对于我们的思想生活，不但得不到好影响，有所发展，而且反得到了恶影响——依赖古人思想，生活日趋腐旧。第二，读古文学时，只知道以模仿古人为能事，自己把创造的精神统统丧失了。第三，我觉着所读的书都是死的一样，于我一点都没有什么用处。——这是我对于古文学的感想。

二、 我与新文学

这样所以我在"五四"运动以前，完全是一个守旧人；思想陈腐，文章老套，大有非古人之法服不服，非古人之法言不言的气概。其结果，我对于当时《新青年》上的主张，曾有一个反动时期，笔之于文，只惜此文也在民七那次火灾焚去了。还有当时与同学熊仁安及已故匡互生及北大几个同学，如周邦式、陈介石等，组织了一个小团体，每星期相约聚集于中央公园、陶然亭或其他名胜地，各出所作，互相观摩；而我所作，概是陈腐得了不得的东西，有时甚至把词曲的名词集拢来作成绝句多首，自鸣得意，其无意义至于如此。

可是后来，何以又转到新文学上来呢？这中极重要的原因，当然是"五四"运动。但是其中还有两三个小小的原因。其一就是前所说七年冬，把以前所恃以为藏之名山以传不朽的文言作品与日记等，都付之一炬，对于文言有点灰心了。其二，当时已加入了同学所组织的同言社,此社每星期开讲演会一次,为了预备演讲稿,不得不利用白话,这殆为我的转变的一大动机。其三,与同学张石樵、范予遂等组织工学会,我的思想上有了大转变,同时在同言社和工学会里,每星期开会时,常有关于思想上及文言白话等辩论,这样一来,转变的动机就愈加成熟了。所以"五四"运动霹雳一声,把我的古文的头脑震得粉碎,而为了发传单及编辑《五七日刊》等,供给稿件,居然能应用极其艰涩的白话文,从此以后,办《平民教育》,办《工学》杂志,而应用白话文的机会,就愈加地多起来了。

现在把这"五四"运动以后,对于各种文学的经过,大略说一说。

(一)诗。我的最初的白话诗要算是在《平民教育》上所发表的《湖南路上》。这诗共只六行,分成二节,原稿虽早已遗失,却被收在亚东出版的《新诗年选》里。

其一
路边的房子烧的烧倒的倒了,
房子里的人,
不知道哪里去了?

其二
唉,老总请你不要动手,
任凭你挑到哪里,

一个兵扭住一个老百姓在那里恶打!

　　这诗在现在看来,可算是幼稚到了家了。作这诗的时期,大约是民国八年的九月,离"五四"运动后约三个月光景。"五四"运动后约两三星期,我曾回湖南一趟,那时湖南正是交战区域,潭宝间为了军队的出进,途中街市十室九空,几乎找不到一歇宿地,这情形实在是亲身所经历的。

　　这诗而后,直到九年上期毕业为止,不曾作诗。但当时得到一个作诗的机会,就是我在未毕业时,便与石樵一起得到戴季陶的介绍,赴福建漳州第二师范去当教员去了。路过上海时,兼到会见仲九、玄庐及力子诸位,托为《民国日报》副刊《觉悟》及《星期评论》撰稿。及至九月归长沙,至第一师范并得与丏尊相接,同时又与望道及已故大白先生通声气,于是我的诗作的兴趣就渐渐浓厚起来了。但究因赋性笨拙,极乏创造天才,作品犹不多见。迨民十一之顷,在吴淞中国公学时,才稍有零篇投在《觉悟》上发表。民十三年冬,东渡日本,十四年起,学作小诗,每日一首或二首,写在日记上面。民十八十九之交,在江湾与梅痕共作一诗剧——《理想之光》。这些稿子,至今没有一首存在,概于"一·二八"之役在江湾寓所散失了。即《理想之光》,也只在《现代文学评论》上登过两幕,其余稿子也没有着落。

　　我想在雪里寻出爱人的足迹,

但是谁是我的爱人呢?!
谁也是我的爱人吧!

(《东京护国寺踏雪》)

这可算我的小诗的鲁殿灵光了。

关于诗,我的作品只此而已。说起来实在可怜得很,伤心得很,不过以外,当我与梅痕浴在爱河里时,还有点作品,未曾发表过的,现在抄录两首短诗于下,以见我的诗作的生命的一斑。

(1) 夜深
夜深了,犹自悠悠地追思着你,
直到梦魂依依地萦绕着你!

梦醒了,茫然失了你的所在!
只睡眼蒙眬中想见你的光彩!

鸡鸣了,隐隐地送来我的枕畔!
好似人生寂寞的悲歌叹惋!

(2) 寒风
寒风吹送来了片片的严霜,
起视残月正斜挂着在西方,

"残月呵,你可照见我爱的家乡?"

片片的严霜正零着野草枯黄,
起视残月已落只剩数只星光,
"星光呵,你可照见我爱的家乡?"

转瞬间星光已失了方向,
只有沉瀯而缥缈的苍苍,
"苍苍呵,你可笼罩我爱的家乡?"

(二)小说。我的小说的处女作,是《疯人》。这文是民十之春在《觉悟》上所发表的,当时我自己对于新的小说可说是一点修养都没有,既不知道做法,又不曾多读新的作品。——实际当时新的作品也只有《小说月报》一个杂志在努力地介绍。可读的作品也并不见多,我的创作只是盲人瞎马地在乱走乱碰。偶然于旧历元宵节在街上看见一个疯人,背后跟着许多孩子,闹得街上行人个个为之停步注目。回到学校里,便写了这一篇似日记非日记,似杂感非杂感,似小说非小说的东西。马上寄给力子,不几天得到力子回信,说是已在《觉悟》发表了。这样一来,实在引起我的创作的兴味不少,以为这样随便写来的东西居然能得发表的机会,倘若再多用力一点不就可以了吗?于是接着接到了家信,说我的五岁的女儿死了!作《一个死掉了女儿的父亲的回忆》。看见学校门口每天大清早有一个瞎子跪在露天底下念经，而作《看出殡》；回想儿时在家跟着祖父到佃户家里去看禾的情形，而作《看禾》；曾送复生到湘雅医院医治她那在旧社会的罪恶底下所得的病，并每日每日去看她，而作《医院里的故事》。在中国公学时，因参加学生的各种团体集会，而作《几篇不重要的演说词》。在南京时，目击隔邻过旧历年时的阔绰，而作《隔绝的世界》。总计在《海底渴慕者》与《生命的伤痕》二集子里所录的那些文章，无非是把自己所经验的事实，或从他人听来的传说，稍加以扩大而已。从《看禾》起才与《小说月报》发生关系，才与沈雁冰通讯。我的第一篇得到稿费的文章，怕要算《看禾》，这篇大概得了十一圆现洋，是雁冰由邮局寄给我的，其时我在长沙一师任课。

以上两集子，都是短篇。从民廿年秋起，试作长篇，其时与梅痕同住西京法然院前，其地风景极佳，每日早起散步后，常创作小说二小时。"九一八"事变起，即归长沙，闲住在禽园，仍是继续创作。成《时代到了》上卷，约八万余字，寄给上海一个学生汤增扬君，嘱其发表，不意汤君既不为我发表，又不退回给我，只在他所办的文艺新闻上，登了一个消息，就于"一·二八"之役，此稿遂与淞沪健儿之血，同委之于灰烬，尽有的长篇，遽受此打击，酷哉！

（三）戏剧。我作戏剧，始于民十三年，第一篇是一篇哑剧，《人类的爱》。这剧是为东南大学附中生表演而作的，此稿早已失掉，唯在商务出版的一种《现代文选》里还可以看到。其次是《光明的追求》，此是描写当时学生思想的转变及学校当局的顽固的，已收在《生命的伤痕》集子里。第三篇就是《死刑》，这是在日本作的，发表于《东方杂志》，时期恐怕也是十三年冬，或十四年春。自是以后，遂不曾作过戏剧；直到二十年冬，感于"九一八"事变，日本人的横蛮太令人愤慨，于是仿武者小路实笃的《一个青年的梦》，作《续一个青年的梦》，凡六幕，约六万余字。我在序文里说：

在我这小小的作品中，我不忍把我们邻国种种过于不理会人类的命运的忧虑的事尽情描写，亦不愿意竭力鼓吹自己国民的反抗，这中虽没有尽量体贴着武者小路先生的思想而完全表现出来，但我相信与武者小路先生的思想矛盾冲突的事是不会有的；随声附和说了一些我所不愿意说的话的事也不会有的。我虽然从早以来，就深深佩服武者小路先生所说"血腥的事，我想能够避去多少，总是避去多少的好"的话，但是在比支那却已几分觉醒过来的贤明的日本国民，还没有一种合理的举动表现在人类之前的时候，就是"将人不当人的事……不合理地压服别人的，夺了别人的独立和自由，当作奴隶的事，用暴力压服的事"，还没有从世间消灭以去的时候，谬然说着"将互杀改为互助，将相憎改了相爱，将记仇改了记恩，将骂詈改了赞扬，将仇敌改了朋友"（参原著第三幕第二场）的话，也是不会有的。总之，我不敢隐瞒了我的悲愤的心情，不说明我所要说的话，为了全人类将来的幸福，老实地说出了我所要说的，纵是触犯了某一部分人的忌讳，也就只好从心底里表示着不安罢了。

这可以说是我作这书的本旨，此书已付中华出版。继此稿之后，有《世界的污点》《索夫团》《血弹》《火花》《复仇》《审判》等诸短篇作品，先后发表于《文艺月刊》《前途》《慧星》等杂志上。这些的作品，固然不似别的成功的作家那样有声有色，能有什么影响，但自信是把我自己的力与生命放在里面的了。

有人说我的剧戏不好表演，这话我是十分承认的。因为我做剧戏时，只顾自己思想的表现，而并不顾到怎样表演，这实在是真的哩。

（四）散文小说。我做小品，开始于民十之夏，与张石樵、陈斐然在岳州做临时讲演的时候。每于晚餐出外散步，或是游览大乔湖、小乔湖的风景，月下归寓把笔写成短篇寄给望道、力子，作为补《觉悟》之白用。这时有《故乡》《心和影》《月和雨》等篇。民十三在南京，有《劳工之神》《桂树的祈祷》等篇。在《文学周刊》里发表，总计不过二十余篇。本想与我的诗歌及在日本作的小说合在一起，名为《刹那集》来发表的，但不幸在"一·二八"之役，散失在江湾寓所了。

(1) 心和影

傍晚的天气,月儿已从东方上升了,一只很小的筏子,荡在一个很平静的湖心当中。月光照在水面成银白色,天影映在水底成蔚蓝色,四围的山影也倒映在水里,带着夜气的压力成苍灰色。游客静悄悄地坐在舱面,也把影子映到水中,不知不觉,游客的心,有谁知道哪里去了?

舟子把桨摇荡起来,桨打在水面激起了微波,把水底的天裂开成许多的缝,把水底的月也打碎成许多的小块。须臾就成了许多银白色的条纹,在水底闪烁着。水面上月的光芒也颤动了。四围的山影也跟着波纹,一上一下地摆荡。游客的身儿影儿,也都摇动了。游客的心谁知道哪里去了?

这样一个景致,实在抓不住游客的心。游客的心,实在也抓不住这样一个景致。舟上水中,波间山际,天边月里……游客在哪里?游客的心在哪里?

游客静悄悄地坐在船上,游客的影子倒映在船底。有谁知道,船底的影子,就是船上的游船上的游客,就是船底的影子。

摇曳的桨声停住了荡漾,微波也平静了。船上的游客伸出头去看了一看船底的影子,船底的影子也伸出头来看了一看船上的游客;船上的游客不觉得笑了,船底的影子也笑了。

啊,游客在哪里?游客的心在哪里?游客刚坐在船上,但游客的影儿却已被船底摄了去。游客的心呢？刚飞到月里，却又散布在天边，刚弥漫在山际，却又荡漾在波间；刚沉潜了水中，却又盘桓在船上。收起来又倾出，关住了又逸去，重叠了又展开，疏松了又交错。啊！游客在哪里？游客的心在哪里？

现在游客离了船，月在天空，游客的影子从船底移到路上。游客回来了，游客的心好似把这样的一个景致，舟上水中，波间山际，天边月里……的影像儿也摄了回来了。不是舟上水中，波间山际，天边月里……的影像儿把游客的心摄了去了。

游客的心，哪得不收起了又倾出，关住了又逸去，重叠了又展开，疏松了又交错？

(2) 月和雨

在周围镶着银白的花边一样的黑云中间，好似有一块晶亮亮的透明体含在里面，欲吐出来。不，此刻黑云是裂成许多如破冰一样的缝，一线一线的白光从那缝里透出，一刹那，那黑云又变成许多白云相间的、大而圆的圆子，弥漫天空；一刹那，那偏西的黑云，一块被一派从东方射将来的光映照成许多的云母石片；又一刹那，那云母石片又几乎散去了，东方剩下来的好似蓝的地上铺着一层崭新的絮样的稀薄的云，包着一个半吐的银块；又一刹那，那稀薄的云渐渐地更稀薄了，向极东的天边散去，那半露的银块也渐渐地吐露出来。

"呵！好一个团团的月儿。"我仔细仰望了一番，偏西的天空，实在是澄清得如秋水一样，一尘不染。唯偏东有一线的白点，懒懒地向东拖去，与那极东稍密的白云相接。这时候正是晚上的九点钟，我坐在一个朝着东方开的窗下，这样地把天空仰望了许久。初夏的天气，已觉得特别新鲜，月光从窗子射进来，虽然被很强的电光遮掩了，但也能于桌面上，辨得出哪里是窗影的所在。窗外微微的一阵晚风，带着悠扬的琴声，吹送将来，真的令我十分地感到自然的美与爱。

呵！此刻觉得异样，傍月的西边，忽然起了一朵带杂色的水波纹似的霞彩，再远便是鱼鳞一样的浓厚白云片子，边上围绕一丝的黄金色，仿佛月光用着很大气力斜射将去。呵！此刻更觉得异样了，黄金色的鳞片，忽转成一大块淡白的雾气一般的东西，飞也似的向东奔去，看去仿佛月儿挣着全体的气力向西奔放，不觉也如飞去一般。一刹那，那月的西边，所有的碎云汇积在月的东傍，愈积愈密，愈密愈厚，淡白的忽变成水墨色，墨色的忽又转成一种深暗的黑。此刻弥布空中的黑云都飞将拢来，一刹那把团团可爱的月儿便包围住了，把彼的光辉完全遮蔽得如用漆封固住了；地上所有的山屋，什么也辨不出来了！"啊呀，下雨了啊！"

现在世界很沉寂，除了栖息在细草中间的虫蛙的乱鸣，和几点过云雨打屋顶上滴沥的声响。雨声过去了，晚风又忽忽吹着。我走到前面栏杆上，又望了一望，是一样的一个沉寂的世界。但西方天色却很清明，几线余残的白云里，透出数颗星儿，在那里闪烁。麓山隐在月色里，如清晨时节薄雾中的青山，湘水映着月光，如荡漾的镜面。近的围墙内，高楼的影子印了在地上。稍远也有微微的白光反射过来，知道是几点过云雨，已把石砌的径打湿了。

　　我回转身来，坐在原处，再望那从前所有的暗黑的云，大半冲散了，月儿已移在我的屋顶上，须探出半身至窗外方能看见，这时候我的心被不可测料的自然紧紧地包围着。许多渺茫的不可思议的影像聚集在我的心里，简直如乱丝一般。心想"这是怎么一回事？"便懒懒地躺在椅上，随手拿了一本《约伯记》，恰好翻到第十四章："人为妇人所生的，日子短少，多有患难出来，如花又被割下飞去，如影不能存留……"这可奇了，这不能不使我觉着，天空所有的，忽然显出又消散了的每一刹那的每个变幻了。

　　这二篇也要算是我的散文小品的鲁殿灵光。

三、 翻译文学

　　我做翻译，开始于民国十六年，其时我已在日本住了三个年头了。我的第一次翻译，是日文的克鲁泡特金的《俄国文学》，和有岛武郎的《文学与生活》，但俱没有成功。后乃译铃木虎雄的《中国诗论史》，现改为《中国古代文艺论史》，分上下两册在北新出版。后续译《中国文学概论讲话》《文艺鉴赏论》《诗歌原理》等书。前一部在开明出版，后两部是归国后在复旦任教时译成的，在中华出版。我的翻译，已出版的大略尽于此。此外正在从事翻译的，有外山卯三郎著的《诗歌研究序说》及《纯粹诗歌论》等，尚未完稿。

总之我的翻译文体，只关于文学、美术的论著为限，其动机为研究与得少许稿费，作为生活上的帮助，文笔以直译而达意为主，不强事雕饰，这也可以说是我对于翻译上的主张。

四、 其他编著

此外关于文学上的编著，我还有几种书可以在这里说一说的：

第一种是关于文学上各种作法的书，有：

1. 《记叙文作法》（十二年春在南京作）；
2. 《小说作法》（同年暑假作）；
3. 《论说文作法》（同年年假作）；
4. 《戏剧作法》（十三年暑假作）；
5. 《诗歌作法》（十四年春在日本作）。

本来这五种书，都是在学校教课时，为了应用而逼迫出来的对学生讲解的讲义，算不了什么有价值的著作，只是我自己实际上却得到了一点的好处，就是我因了作这等的书，而读了不少的参考书，对于文学的常识上、修养上，得到了许多的助力,这实是值得记出来的。

第二种是《文艺辞典》。这书凡两编,前编是十六年夏在日本作成的,续编是十七年冬在西湖作成的。编著这书,也完全是为的在文学上增加一种有系统的、广博的研究的工具。但事实上,因了个人的才力究属有限,不能达到尽善尽美之域,而计划中的第三编,关于日本、印度、朝鲜各国的文艺美术,却为了已经搜集的参考书在江湾寓所散失了,也至今不能着笔。

第三种就是《东洋美术史》,这书是参考大村西涯著的《东洋美术史》而作的,已于民十八年交神州国光社,今尚未出版。

此外还有关于国文教学上用书多种,以无关重轻,均略而不述了。

五、 我的感想

记账式地写了许多,其实一点都不重要。无论创作,无论编著,说不到什么收获与成功,只有点点滴滴的失败之血而已!其所以然,要不出下面数种原因:

1. 自十七岁起,始至长沙,以前僻处万山重叠、风气闭塞的乡村当中,所见所闻所习,固与井底之蛙没有两样,故以前那一段时间,可以说是白费了!

2. 以后虽然外出,且由长沙而武昌,由武昌而北京,但在"五四"以前,犹是在故纸堆中讨生活;在这一段的时间里,所得也是很有限。

3. 自己环境太苦,家境既贫困,又有重重叠叠的负担。当高师毕业后，一面忙着要还在读书时代所负的债，一面要填补旧社会制度底下所遗留下来的许多缺陷。故经济方面，仅靠教书所入，犹嫌不足，生活时感压迫，借债度日，寅吃卯粮，直到现在，还是这样。有许多朋友，以为我写书很多，必定很有钱，这是错看了的。因为经济的不安定，引起生活的不安定；因为生活的不安定，同时心烦意乱，学问也受到恐慌，没有好好地修养过。

4. 自己能力不够，学问上的修养既感缺乏，而同时又用力不专，学诗不成，学作小说，学小说不成，学作戏剧，又常从事编著，又常从事翻译，东挖一锄，西斫一斧，没有成功，这是不能怪别人的了。——这可以说我对于文学，所以没有收获与成功的一个总因。

总之，我觉着自己太不成器了，我觉着什么也不如人，以前所有的种种编著，原算不得什么编著，我觉着只是一种学——只是补充我在未从事新文学以前，所未曾学过的关于文学上、美术上各种的常识，所以我这篇文章，原也算不了一篇有价值的文章，也不过聊把"我与文学"的"学"的过程，约略写出，以做个人的观省而已。

已过去的，让它如飞影般地过去了吧！

可追求的还是勇敢地翻开后面的新页。

刘大杰（1904—1977），著名文学史家、作家和翻译家。1926年毕业于武昌师范大学中文系。1930年毕业于日本早稻田大学研究院。曾任上海大东书局编辑、安徽大学教授、四川大学中文系主任、暨南大学文学院院长。著有《中国文学发展史》《德国文学概论》《托尔斯泰研究》《易卜生研究》《东西文学评论》等；译有托尔斯泰《高加索囚人》《迷途》，杰克·伦敦《野性的呼唤》等。

追求艺术的苦闷

刘大杰

我投考高师的时候，第一志愿是英语系，第二志愿是数学系，结果是进了中国文学系的。这原因也很怪，记得是考试完了以后的一两天，那位中国文学系的主任黄先生叫了我去，说我的国文成绩比英文、数学都好，何必不学中国文学呢？我当时只担心不能进那个不收学膳费的学堂，只要有机会进去，学什么也是可以的。于是便听了主任先生的话，进了中国文学系了。

入了高师，我仍是抱着学英语的志愿的。我当时除了几门中国文学的必修科以外，其余的钟点，几乎全是选的英语。教英文的先生一共有三位，两位是男，一位是女。男先生教《双城记》同文法，那位女先生姓王，教我们的短篇小说。王女士是一个新从美国回来的基督徒，对于学生们极其严格。在自修室里叫我们预备生字,上了课堂叫我们背。背不出来,她就当堂教训你一顿,弄得你面红耳赤,不好收场,有些女学生因此都不敢选她的课。

我得诚恳地感谢这位女先生,因为她,使我在英文上得了一点小小的根底,使我最幼稚地认识了外国的近代文学,使我对文学发生了兴趣。她当时用的课本,记得是从日本丸善书店买来的,四块钱一本,好像是《英美小说集》。那里面有司提芬生①、哈提、霍桑、亚伦坡②、澳亨利等人的作品。当时最合我的脾胃的,是哈提的多情多感的短篇小说。读的时候,在生字同文法上虽说都很费力,但我并不怕苦,仍是一页一页地读下去。因为国文系的功课比较轻松,听听讲,或是看看同学的笔记,考试起来也可以及格的,所以我当时很可以在英文上用点功夫。

当时和我同级的同学们,受了几位老先生的熏陶,正在埋头地研究文学、汉赋、《文心雕龙》、唐诗宋词等类的东西。我除了必修的功课以外,余下来的时间,欢喜读胡适之、鲁迅、周作人、郭沫若、郁达夫这几位先生的论文、创作和翻译。在那种环境里,显然我是一个新派。因为这一件事,主任先生很不满意我,曾叫我去教训过一顿的。

记得是进高师的第三年第二学期,郁达夫先生到学校里来

---

① 今译史蒂芬森。——编者注。
② 今译爱伦·坡。——编者注。

教文学了。我那时正从家里逃婚出来,手中一文钱也没有,痛苦地寄居在学校里一间小房里,心里充满着说不出的压迫的情绪,好像非写出来不可似的。于是便把逃婚的事体作为骨干,写了一篇万把字长的似是而非的小说,那篇名是《桃林寺》。我送给达夫先生看,他说"还好的",他立即拿起来写了一封介绍信,寄到《晨报》副刊了。十天以后,小说果然连续地登了出来,编辑先生寄来十二块钱,外附一页信,很客气地叫我以后常替《晨报》副刊写文章。

这对于我的精神,是一个多么重大的震撼呀!一个家无父母的赤贫的十九岁的青年,手中从没有过十块钱,这一次自己写的文章发表了,还寄来这多的钱,在精神上在物质上,感到了极大的兴奋与补助。我当时握着那封信,那张十二块钱的汇票,跑出跑进,真是流着欢喜之泪了。这种事体,对于一个未曾发表过文章的青年的鼓励是极大的。我于是又接连地写了几篇,这些东西,现在看来,真是浅薄得幼稚得可怜,就是自己,看了也要面红耳赤的,在当时,竟然承一个书局的好意,印成单行本了。到现在,销到了三万多本。可是,一有人提到这本书,我就流出羞愧之汗来,恨不得立刻把那本书的版子毁了它。然而,不可能,因为那本书在八年前,就以一百块钱卖给书店的主人了。

民国十四年的秋天,我带着渺茫的前途,带着青年的热情与冒险性,到了陌生的上海。同达夫先生同住在法租界吉祥路的一家小旅馆里。那旅馆真小得可怜,又没有光线,白天也是要开电灯的。一间小房里,开了两铺床,再也容不下身子。因此就常到郭沫若先生的家里去玩。郭先生极力鼓励我到日本去。他当时教了我几句简单的日语,告诉了我的路线,我从朋友那里弄了一百二十几块钱,便毫无目的毫无把握地跑到日本去了。

初到日本的时候,生活的穷苦是不待言的。三铺席的房子,一个月两块钱的房金,不知道留日的同学住过没有?白天里把桌椅搬进来,把被褥塞进壁橱里去,到了晚上,把桌椅送到门外去,拖出被来铺开睡觉。这样的生活,就整整地过了一年半。在那种环境里,除了读书以外,是没有什么事可以做的。就在这一年半里,我学了一点日文、英文,看书也方便得多了。

我在日本住了六年,好处是使我得了一点系统的世界的文学知识,使我深一层地认识了托尔斯泰、杜斯退益夫斯基、易卜生、佛洛贝尔、左拉、萧伯纳、惠德曼这些大文豪的思想、人格和作品。愈是读他们的作品,愈是爱他们,也愈是爱文学,想把自己的生命献给文学的决心,也就一天天地坚定了。

在那几年里,我写了《支那女儿》《盲诗人》《昨日之花》这三本书,当然是谈不到什么艺术。不过在形式和内容上,一本比起一本来,自己也觉得有微微的进步的。郁达夫先生在《青年界》月刊上,有一篇批评《昨日之花》的文章。内面有一段说:

从《昨日之花》里面几篇小说总括地观察起来,我觉得作者是一位新时代的作家,是适合于写问题小说、宣传小说的。我们中国在最近闹革命文学也总算闹得起劲了，但真正能完成这宣传的使命，使什么人看了也要五体投地的宣传小说，似乎还没有造成的样子。所以我看了刘先生的作品之后，觉得风气在转换了，转向新时代去的作品以后会渐渐产生出来了。而刘先生的尤其适合于写这一种小说的原因，就是在他的能在小说里把他所想提出的问题不放松而陈述出来的素质上面。我希望刘先生以后能善用其所长，把目前中国的社会问题、斗争问题、男女问题，都一一地在小说里具体地表现出来。……

郁先生对于我，真是过于夸奖了。他这种批评，我听了固然是欢喜，同时又是惶恐。我担心我以后写的小说，不能如他所希望的，不是他所希望的那种转向新时代去的作品。因此，最近两三年来，所谓创作之笔，我几乎搁住了。在这期间，我译了屠格涅夫的《两朋友》，杜斯退益夫斯基的《白痴》（第一卷），显尼·支勒的《苦恋》，杰克·伦敦的《野性的呼唤》。在这些作品里，我体会了一个作家的精神的伟大，一个作家的创业的艰难。相信了一个人没有过人的才性，没有深沉的文学修养，没有丰富的人生经验，想在文学上有什么大的成就，这是一件极难的事。好比我自己，所谓才性、修养和经验都是不够的，因此，我在这一条辽远的文学路上，真是一天天地彷徨起来了，然而，又不能决然地退回来。我现在所感到的，大概就是歌德所说的"追求艺术的苦闷"。

我相信艺术是应该为人生的，但不一定是为政治的，或是为某种阶级的。政治在某种条件之下，要受某种学派、某种阶级的支配，文学则不然。文学的范围比较广泛，比较自由。当然，我们需要的文学，是应该反映着社会的、人生的、政治的意义的，但不能先存了要表现某一种政治的意义再去写文学。就是我们所需要的"为人生的"的文学，也必得有艺术的价值。否则，文学便成了政治的宣传品。

…………

当然，我自己也不过是这么空想而已。想写这种我所希望的文学，像我这样的一个人，恐怕也是无望的。然而，我也并不因此就完全灰心。从前写的东西，就让它们那么过去，从今天起，再来扬着驱策着我的生活的鞭子吧。

赵家璧（1908—1997），中国编辑出版家、作家和翻译家。1932年在光华大学英国文学系毕业后，进良友图书印刷公司任编辑、主任。1936年组织鲁迅、茅盾、胡适、郑振铎等著名作家分别编选出版《中国新文学大系》。1937年在上海《大美晚报》社担任《大美画报》主编，并复刊《良友画报》。1947年与老舍合作在上海创办晨光出版公司，任经理兼总编辑，出版包括《四世同堂》《围城》等名著在内的"晨光文学丛书"和"晨光世界文学丛书"。其代表作品有《新传统》《编辑忆旧》等。

使我对文学发生兴趣的第一部书

赵家璧

使我对于文学逐渐发生兴趣的第一部书，是刘韦士·卡洛尔（Lewis Carrol）① 的《阿丽思漫游奇境记》（Alice in Wonderland）②。

大约是十三岁那年，正在乡间的高等小学里念书。偶然地在学校图书室里《少年杂志》的广告上，看到一部叫作《阿丽思漫游奇境记》童话的出版，说是欧美的小孩子没有一个不读过，更没有一个不喜欢它。于是写了一张邮政片给正在上海学医的六叔，要他到商务去买一本回来。在我的童年时代，六叔是最爱我的一个。星期六的晚上，一本黄书面黑框子的童话便

---

① 今译刘易斯·卡罗尔。——编者注
② 今译《爱丽丝梦游仙境》。——编者注

如我所愿般地从上海带回来了。

　　第二天，我便依次地读下去。第一篇当然看赵元任先生的"译者序"。接连地念了两遍，却不知道译者说了些什么。既以人家不要看序，序却依然写下去；既以排版的人不必把这篇序文列入，事实上序文却依然印在那里。简单的头脑，像给他绕了几个圆圈一样，有些莫知所从的感觉。于是我对于这部书先前所抱的奢望，顷刻间被这一篇文章打得粉碎了①。

　　译者序虽然使我失望，但是他所说"说来说去还是原著最好"那句话，我是懂得的。书末所说"我已经说最好是丢开了附属品来看原书，翻译的书也不过是原书附属品之一，所以也不必看"，更使我想到译者既说译书不必看，而他又说过欧美的小孩子都看过，我十三岁的大孩子，为什么不去买一本原书来翻着字典念呢？于是从序文里把英文书名抄下了。等又一个星期六叔从上海回来，我就要他买一本原文。当时他虽然表示过我不应当如此不自量力的态度，但是四天以后，一本麦美伦袖珍版的 *Alice in Wonderland* 从邮局里寄来了。我在书内第一页上用钢笔谨慎地写上自己名字时那种不可名状的高兴，至今还能够体味到。这一部书，便在《英语模范读本》以外，成为我自己所有唯一的英文书。也从这一部书，引起了我对西洋文学的趣味。

---

　　① 这一篇译者序，在译者是有意模仿刘韦士·卡洛尔那种"滑稽"而"不通"的笔法，可是我至今觉得译者是有些东施效颦的。——原注。

我童年生活的苦闷,比阿丽思所遭受的更厉害。既没有兄弟姐妹,母亲又把我管束得不许出家门一步。但是在辛苦地读着《阿丽思漫游奇境记》的时光,训练成了一种超脱实际生活的想象力。像跟了红眼睛的白兔子,钻入了另一个世界一样,游过了眼泪池,参加了疯茶会,倾听着素甲鱼的诉苦,而自己也逐渐地做起白日梦来,虽然像阿丽思的姊妹般同样明白只要把眼睛一张,就样样会变成平凡的世界,那些茶碗的声响,会变成羊铃的声音,那皇后的尖喉咙,更会变作牧童的叫子。可是我就从这部书里,发现了另外一座天地;也从这一部书里,使我知道除了教科书以外,有许多书是能引起我更大的趣味的。

就是这一本麦美伦袖珍版的《阿丽思漫游奇境记》,成为我今日自己有限的藏书室里最先的一部。

沈从文（1902—1988），"乡土文学之父"，20世纪中国最优秀的作家之一。幼时顽劣，所受正规教育仅为小学。1916年参加预备兵技术班。1924年边断断续续在北大旁听课程，边学习写作并向报刊投稿，同年底发表处女作《一封未曾付邮的信》。后依次在中国公学、西南联大、北京大学任教。著有《石子船》《从文小说习作选》等30多种短篇小说集，《边城》《长河》等6部中长篇小说，以及《中国古代服饰研究》《中国丝绸图案》等学术著作。

我的写作与水的关系

沈从文

我可以说是与文学毫无关系的一个人，在这种题目上来说话，真是无话可说的。第一，我看不懂正在研究文学的人所做的文章。第二，我弄不明白许多作家教人做文章的方法。第三，我猜不透一些从事于文学事业的人自己登龙为人画虎的作用。近十年来我虽写了一大堆小说，但那并不算个什么，这不过从生活上，我经过的是与人稍稍不同的生活，从书本上，我又恰恰读了一些很杂乱的书，加之在军营里做书记时，我学得一种老守在桌边的"静"，过去日子又似乎过得十分"闲"，所以就写成了那么些小说故事罢了。

但在我的工作上，照一般称呼说来既算得是"文学事业"，这事业要来追究一下，解释一下，或对于比我年青一点的朋友，多少有点用处。我可以说的，是我这个工作的基础并不建筑在

"一本合用的书"或"一堆合用的书"上,因为它实在却只是建筑在"水"上。

在我一个自传里,我曾经提到过水给我种种的印象。檐溜,小小的河流,汪洋万顷的大海,莫不对于我有过极大的帮助。我学会用小小脑子去思索一切,全亏得是水。我对于宇宙认识得深一点,也亏得是水。

"孤独一点,在你缺少一切的时节,你就会发现,原来还有个你自己。"这是一句真话。我有我自己的生活与思想,可以说是皆从孤独得来的。我的教育,也是从孤独中得来的。然而这点孤独,与水不能分开。

年纪六岁七岁时节,私塾在我看来实在是个最无意思的地方。我不能忍受那个逼窄的天地,无论如何总得想出方法到学校以外的日光下去生活。大六月里与一些同街比邻的坏小子,把书篮用草标各作下了一个记号,搁在本街土地堂的木偶身背后,就洒着手与他们到城外去,攒①入高可及身的禾林里,捕捉禾穗上的蚱蜢。虽肩背为烈日所烤炙,也毫不在意。耳朵中只听到各处蚱蜢振翅的声音,全个心思只顾去追逐那种绿色黄色跳跃伶便的小生物。到后看看所得来的东西已尽够一顿午餐了,方到河滩边去洗濯,拾些干草枯枝,用野火来烧烤蚱蜢,把这些东西当饭吃。直到这些小生物完全吃尽后,大家于是脱光了身子,用大石压着衣裤,各自从

---

① "攒"古通"钻"。——编者注。

悬崖高处向河水中跃去。就这样泡在河水里，一直到晚方回家去挨一顿不可避免的痛打。有时正在绿油油禾田中活动，有时正泡在水里，六月里照例的行雨来了，大的雨点夹着吓人的霹雳同时来到，各人匆匆忙忙逃到路坎旁废碾坊下或大树下去躲避。雨落得久一点，一时不能停止，我必一面望着河面的水泡，或树枝上反光的叶片，想起许多事情。……所捉的鱼逃了，所有的衣湿了，河面溜走的水蛇，钉固在大腿上的蚂蟥，碾坊里的母黄狗，挂在转动不已大水车上的起花人肠子，因为雨制止了我身体的活动，心中便把一切看见的经过的皆记忆温习起来了。

也是同样的逃学，有时阴雨天气，不能向河边走去，我便上山或到庙里去，在庙前庙后树林或竹林里，爬上了这一株，到上面玩玩后，又溜下来爬另外一株。若所爬的是竹子，则在上面摇荡一会；爬的是树木，则看看上面有无鸟巢或啄木鸟孵卵的孔穴。雨落大了，再不能做这种游戏时，就坐在楠木树下或庙门前石阶上看雨。既还不是回家的时候，一面看雨一面自然就需要温习那些过去的经验，这个日子方能发遣开去。雨落得越长，人也就越寂寞。在这时节想到一切好处也必想到一切坏处。那么大的雨，回家去说不定还得全身弄湿，不由得有点害怕起来，不敢再想了。我于是走到庙廊下去为做丝线的人牵丝，为制棕绳的人摇绳车。这些地方每天照例有这种工人做工，而且这种工人照例又还是我很熟习的人。也就因为这种雨，无从掩饰我的劣行，回到家中时，我便更容易被罚跪在仓屋中。

在那间空洞寂寞的仓屋里，听着外面檐溜滴沥声，我的想象力却更有了一种很好训练的机会。我得用回想与幻想补充我所缺少的饮食，安慰我所得到的痛苦。我因恐怖得去想一些不使我再恐怖的生活，我因孤寂又得去想一些热闹事情方不至于过分孤寂。

到十五岁以后，我的生活同一条辰河无从离开。我在那条河流边住下的日子约五年。这一大堆日子中我差不多无日不与河水发生关系。走长路皆得住宿到桥边与渡头，值得回忆的哀乐人事常是湿的。至少我还有十分之一的时间，是在那条河水正流与支流各样船只上消磨的。从汤汤流水上，我明白了多少人事，学会了多少知识，见过了多少世界！我的想象是在这条河水上扩大的。我把过去生活加以温习，或对未来生活有何安排时，必依赖这一条河水。这条河水有多少次差一点儿把我攫去，又幸亏它的流动，帮助我做着那种横海扬帆的远梦，方使我能够依然好好地在这人世中过着日子！

再过五年，我手中的一支笔，居然已经能够尽我自由运用了，我虽离开了那条河流，我所写的故事，却多数是水边的故事。故事中我所最满意的文章，常用船上水上作为背景。我故事中人物的性格，全为我在水边船上所见到的人物性格。我文字中一点忧郁气氛，便因为被过去十五年前南方的阴雨天气影响而来。我文字风格，假若还有些值得注意处，那只因为我记得水上人的言语太多了。

再过五年后，我的住处已由干燥的北京移到一个明朗华丽的海边。海既那么宽泛无涯无际，我对人生远景凝眸的机会便较多了些。海边既那么寂寞，它培养了我的孤独心情。海放大了我的感情与希望，且放大了我的人格……

梁启超（1873—1929），字卓如，号任公、饮冰室主人。广东新会人。20世纪初中国新旧交替时代著名政治活动家、启蒙思想家、教育家、史学家和文学家，戊戌变法领袖之一，民国初年清华大学国学院四大导师之一。梁启超学术研究涉猎广泛，在哲学、文学、史学、经学、法学、伦理学、宗教学等领域均有建树，以史学研究成就最大，被公认为中国近代史上百科全书式的人物；其著作后被合编为《饮冰室合集》。

奔进的表情法

梁启超

向来写感情的，多半是以含蓄蕴藉为原则，像那弹琴的弦外之音，像那吃橄榄的那点回甘味儿，是我们中国文学家所最乐道。但是有一类的情感，是要忽然奔进，一泻无余的：我们可以给这类文学起一个名，叫作"奔进的表情法"。例如碰着意外的过度的刺激，大叫一声或大哭一场或大跳一阵，在这种时候，含蓄蕴藉是一点用不着。例如《诗经》：

蓼蓼者莪，匪莪伊蒿。哀哀父母，生我劬劳！

（《蓼莪》）

彼苍者天，歼我良人！如可赎兮，人百其身。

（《黄鸟》）

前一章是父母死了，悲哀到极处，"哀哀父母……"八个字，连泪带血迸出来。后一章是秦穆公用人来殉葬，看的人哀痛怜悯的感情，迸在这四句里头，成了群众心里的表现。

风萧萧兮易水寒，壮士一去兮不复还！

这是荆轲行刺秦王临动身时，他的朋友高渐离歌来送他；只用两句话，一点扭控也没有，却是对于国家对于朋友的万斛情感，都全盘表出了。

古乐府里头有一首《箜篌引》，不知何人所作：据说是一个狂夫，当冬天早上，在河边"披发乱流而渡"，他的妻子从后面赶上要拦他，拦不住，溺死了；他妻子作了一首《引》，是：

公无渡河！公竟渡河！堕河而死，将奈公何。

又有一首《陇头歌》，也不知谁人所作，大约是一位身世很可怜的独客。那歌有两叠，是：

陇头流水，流落四下，念我一身，飘然旷野。
陇头流水，鸣声呜咽，遥望秦川，肝肠断绝。

这些都是用极简单的语句，把极真的情感尽量表出；真所谓"一声《河满子》，双泪落君前"。你若要多着些话，或是说得委婉些,那么,真面目完全丧掉了。

> 力拔山兮气盖世!时不利兮骓不逝!骓不逝兮可奈何!虞兮虞兮奈若何! (《虞兮歌》)
>
> 大风起兮云飞扬!威加海内兮归故乡!安得猛士兮守四方! (《大风歌》)

前一首是项羽在垓下临死时对着他爱妾虞姬唱的,把英雄末路的无限情感都涌现了。后一首是汉高祖做了皇帝过后,回到故乡,对那些父老唱的,一种得意气概尽情流露。

> 陟彼北芒兮,噫!顾瞻帝京兮,噫!宫阙崔巍兮,噫!民之劬劳兮,噫!辽辽未央兮,噫! (《五噫歌》)

这一首是后汉时梁鸿作的。满肚子伤世忧民的热情,叹了五口大气,尽情发泄,极文章之能事。

> 上邪!我欲与君相知,长命无绝衰。山无陵,江山为竭,冬雷震震,夏雨雪,天地合,乃敢与君绝。 (《上邪曲》)

这类一泻无余的表情法,所表的十有九是哀痛一路。这首歌却是写爱情,像这样斩钉截铁地赌咒,正表示他们的恋爱到了"白热度"。

正式的五七言诗，用这类表情法的很少，因为多少总受些格律的束缚，不能自由了。要我在各名家诗集里头举例，几乎一个也举不出（也许是我记不起）。独有表情老手的杜工部，有一首最为怪诞！

> 剑外忽传收蓟北，初闻涕泪满衣裳。却看妻子愁何在，漫卷诗书喜欲狂。白日放歌须纵酒，青春结伴好还乡。便从巴峡穿巫峡，直下襄阳到洛阳①。

凡诗写哀痛、愤恨、忧愁、悦乐、爱恋，都还容易，写欢喜真是难，即在长短句古体里头也不易得。这首诗是近体，个个字受声病的束缚，他却作得如此淋漓尽致！那一种手舞足蹈的情形，读了令人发怔，据我看过去的诗，没有第二首比得上了。

此外这种表情法，我能举得出的很少。近代人吴梅村，诗格本不算高，但他的集中，却有一首确能用这种表情法。那题目我记不真，像是《送吴季子出塞》②。他劈空来恁么几句：

> 人生千里与万里，黯然销魂别而已！君独何为至于此？

---

① 该诗多处与今通行本有异。——编者注。
② 该诗为吴伟业（号梅村）送别吴兆骞时所作，原题为《悲歌赠吴季子》。——编者注。

生非生兮死非死,山非山兮水非水……①

他送的人叫吴汉槎,是前清康熙年间一位名士,因不相干的事充军到黑龙江,许多人替他叫冤,都有诗送他,梅村这首算是最好;好处是把无穷的冤抑,用几句极粗重的话表尽了。

词里头这种表情法也很少,因为词家最讲究缠绵悱恻,也不是写这种情感的好工具。若勉强要我举个例,那么,只有辛稼轩的《菩萨蛮》上半阕:

郁孤台下清江水,中间多少行人泪。西北是②长安,可怜无数山……

这首词是在徽、钦二宗北行所经过的地方题壁的,稼轩是比岳飞稍为晚辈的爱国军人,带着兵驻在边界,常常想要恢复中原,但那时小朝廷的君臣都不许他;到了这个地方,忽然受很大的刺激,由不得把那满腔热泪都喷出来了。

吴梅村临死时候,有一首《贺新郎》,也是写这一类的情感,那下半阕是:

故人慷慨多奇节,恨当年沉吟不断,草间偷活。艾炙

---

① 原诗此两句为:山非山兮水非水,生非生兮死非死。——编者注。
② 此处"是"今通行本为"望"。——编者注。

> 眉头瓜坟鼻,今日须难决绝。早患苦重来千叠。脱屣妻孥非易事,竟一钱不值何消说……①

梅村因为被清廷强奸了当"贰臣",心里又恨又愧,到临死时才尽情发泄出来,所以很能动人。

曲本写这种情感,应该易些,但好的也不多。以我所记得的,独《桃花扇》里头,有几段很见力量。那哭主一出,写左良玉在黄鹤楼开宴,正饮得热闹时,忽然接到崇祯帝殉国的急报,唱道:

> 高皇帝,在九京,不管亡家破鼎。那知他圣子神孙,反不如飘蓬断梗!十七年忧国如病,呼不应天灵祖灵,调不来亲兵救兵。白练无情,送君一命……
> 宫车出,庙社倾,破碎中原费整。养文臣帷幄无谋,荐武夫疆场不猛。到今日山残水剩,对大江月明浪明,满楼头呼声哭声。这恨怎平,有皇天作证……

那《沉江》一出,写清兵破了扬州,史可法从围城里跑出,要到南京,听见福王已经投降,哀痛到极,迸出来几句话:

> 抛下俺断篷船,撇下俺无家犬!呼天叫地千百遍;归

---

① 该词多处与今通行本有异。——编者注。

无路进又难前！……累死英雄，到此日看江山换主，无可留恋。

唱完了这一段，就跳下水里死了。跟着有一位志士赶来，已经救他不及，便唱道：

……谁知歌罢剩空筵？长江一线，吴头楚尾路三千，尽归别姓，雨翻云变！寒涛东卷，万事付空烟……

这几段，我小时候读它，不知淌了几多眼泪。别人我不知道，我自己对于前清的革命思想，最少也有一部分受这类文学的影响。它感人最深处，是一个个字都带着鲜红的血呕出来。虽然比前头所举那几个例说话多些，但在这种文体不得不然，我们也不觉得它话多。

凡这一类，都是情感突变，一烧烧到"白热度"，便一毫不隐瞒，一毫不修饰，照那情感的原样子，迸裂到字句上。我们既承认情感越发真越发神圣，讲真，没有真得过这一类了。这类文学，真是和那作者的生命分劈不开——至少也是当他作出这几句话那一秒钟时候，语句和生命是并合为一；这种生命，是要亲历其境的人自己创造，别人断乎不能替代。如"壮士不还""公无渡河"等类，大家都容易看出是作者亲发的情感。即如《桃花扇》几段，也因为作者孔云亭是一位前明遗老（他里头还有一句说：哪晓得我老夫就是戏中之人？），这些沉痛，都是他心坎中原来有的,所以这一类我认为情感文中之圣。

这种表现法,十有九是表悲痛;表别的情感,就不大好用。我勉强找,找到《牡丹亭·惊梦》里头:

> 原来是姹紫嫣红开遍,似这般都付与断井颓垣!

这两句的确是属于奔迸表情法这一类。他写情感忽然受了刺激,变换一个方向,将那霎时间的新生命迸现出来,真是能手。

我想:悲痛以外的情感,并不是不能用这种方式去表现。他的诀窍,只是当情感突变时,捉住他"心奥"的那一点,用强调写到最高度。那么,别的情感,何尝不可以如此呢?苏东坡的《水调歌头》,便是一个好例:

> 明月几时有,把酒问青天。不知天上宫阙,今夕是何年?我欲乘风归去,又恐琼楼玉宇,高处不胜寒……

这全是表现情感一种亢进的状态,忽然得着一个"超现世的"新生命。令我们读起来,不知不觉也跟着到他那新生命的领域去了。这种情感的这种表现法,西洋文学里头恐怕很多,我们中国却太少了。我希望今后的文学家,努力从这方面开拓境界。

夏丏尊（1886—1946），名铸，字勉旃，号冈庵，别号丏尊。著名文学家、教育家、出版家，新文学运动的先驱。浙江上虞人。1901年中秀才。1905年东渡日本留学，1907年辍学回国，先后在浙江、湖南、上海几所学校任教。1930年与叶圣陶创办民国时期在莘莘学子中颇有口碑的《中学生》杂志。1933年与叶圣陶合著出版小说体裁语文学习读本《文心》，其后15年间再版达22次。1936年任《新少年》杂志社社长，同年被推为中国文艺家协会主席。

论新感觉

夏丏尊

我们初学作文的时候——小学或中学，总是想不出话来讲。因此，一开头就是"人生在世"啊，"人为万物之灵"啊的一套。

现在写小说的人也每每欢喜用这些句子："心弦的颤动""似羽毛一样的雪片"……像这些都不是好的，最好我们不要用它。其理由是：这些句子人人都会用，已经陈腐了，近于所谓滥调。

可是，不用这些又用什么呢？所以今天要把新感觉派的理论介绍给诸君。

新感觉派可以医治我们的一种病——陈腐、因袭的病，如要医治这种病，最好是先懂得新感觉派的理论，其次再欣赏他们的作品①。无论写文章或小说,新感觉派的理论都可以供参考。

新感觉派注重"感觉"的装置与"表现"的技巧。

什么叫作"感觉的装置"?譬如说,你的座位旁有一束玫瑰花,花叶出了一种香气,你的"感觉"如何?普通感觉到的香而已。但是,有一种人,感觉特别灵敏的,他不单感觉到花的香,他已能由花而感觉到其他非常识的事物,这更是"感觉"的意思。各人所感觉的不同,各人都可以拣选最切适的字句,把这些字句装置起来,表现自己的感觉。

新感觉派是要用最适当的文字,将你所感觉的装置在文章里面。

再具体地加以说明。比如描写仆人把老爷的古董打碎了,老爷大发脾气。我们要描写这位老爷的大怒,难道仍旧要用"怒发冲冠"吗?滥调滥调,要是由我批分数,包你们吃"大鸡蛋"。我们必须借具体的动作来描写这种发怒的"形",以引起读者的感觉。所以与其用"怒发冲冠"等字句,不如说——

……香烟在老爷的手里捏碎了。

这句话里面没有一个怒字,但是捏碎香烟的"形",已是描

---

① 如法国保尔·穆郎(Paul Morand)与日本的横光利一、川端康成等人的著作。——原注。

绘"发怒"而有余,这时阅者所受到的感觉岂不较"怒发冲冠"为新鲜吗?

其次,表现的方法是最可注意的。譬如,我们要描写"大风吹帽子",在从前的八股先生怎样表现这事,我可不知道,但是在文豪们写来,也许一开篇说就摇笔直书,"大风能吹帽子乎?余不得而知也;大风不能吹帽子乎?余亦不得而知也……"像这样可以称为"表现"吗?这样的"表现"会发生效果吗?我想,知道描写的人,一定不这样写的。他们是要表现帽子被风吹的情态如何,用各种适宜的文字把大风吹帽子的情态表现出来。

我再举一个例来说明。

我们要表现走路的动作,而且是写一个女子的走动。"她走了!"用这样一句表现女子走路的动作是够了,因为这里的"她"字,是写的"女"字偏旁,难道还不相信走路的是女人吗?但是,这种表现太普通,太平常了。倘使我们能够适宜地再加上几个字,便要不同,而且效果也很大。如果改作"她的脚走动了",便可由她的脚感觉到她的皮鞋、丝袜,以及青年们求之不得的曲线美等等。像这样在若干字句中寻出顶适当再有效果的字句来用,这便是"表现的技巧"。

你们看,芥川龙之介的《鼻子》写得多么好呀![①] 写一个和尚的鼻子长有五六寸,拖在脸的当中摆来摆去,这是很容易

---

① 这里要请注意,芥川氏不是新感觉派,不要弄错。——原注。

使读者受新鲜感觉的——

　　一说起禅智内供的鼻子，池尾地方是没有一个不知道的。长有五六寸，从上唇的上面直拖到下颏的下面去。形状是从顶到底，一样的粗细，简捷说，便是一条细长的香肠似的东西，在脸的中央拖着罢了。

这一只鼻子，如在我国的超等文豪们写来，一定是——

　　鼻位于脸的中部，有二孔焉，便于出气……

再看芥川氏的《罗生门》的开头，写着——

　　是一日的傍晚的事，有一个家将，在罗生门下待着雨住。
　　宽广的门底下，除了这男子以外，再没有别的谁。只在朱漆剥落的大的圆柱上，停着一匹蟋蟀。这罗生门既然在"朱雀大路"上，则这男子之外，总还该有两三个避雨的"市女笠"① 和"揉乌帽子"② 的。然而除了这男子，却再没有别的谁。

---

① 妇人。——原注。
② 男人。——原注。

你们注意加有旁圈①的字句，都是作者要使他的表现有效果，有意锻炼而成的。试看这些："傍晚""家将""雨住""朱漆剥落""圆柱""停着一匹蟋蟀"，无不使人受到最深的印象。那"圆柱上停着一匹蟋蟀"，难道作者芥川氏曾经到场检验过吗？中国的小说《水浒》里，作者施耐庵写到景阳冈武松打虎一段，是不是武松对施耐庵说——

"俺要打虎了，施先生！请你在旁一边看一边描写呀！"

芥川氏描写的"鼻子"和罗生门，施耐庵的武松打虎，都是一种"表现的技巧"，由这"表现的技巧"，容易使读者受到新鲜的感觉；详细的情形，诸位可以仔细去读。我所要说的是，他们用了许多适宜的字装置在作品里面，所以才能发生感觉的效果。

在新感觉派的作家，如果要描写一个走出理发店门外的和尚，就是这样写：

青色的和尚头在春风里荡漾。

这种感觉是不是新鲜呢？如果和普通的写法——"和尚走出门外了"——比较起来。

日本新感觉派的健将横光利一写百货商店里的情形，是这样的——

---

① 即本书改用的着重号。——编者注。

今天是昨天的连续。电梯继续着它的吐泻。飞入巧格力糖中的女人，潜进袜子中的女人，立襟女服和提袋。从阳伞的围墙中露出脸来的能子。化妆匣中的怀中镜，同肥皂的土墙相连的帽子柱。围绕手杖林的鹅绒枕头。竞子从早晨就在香水山中放荡了。人波一重重地流向钱袋和刀子的里面去。罐头的黪谷和靴子的断岩……

　　久慈捉着一群群进行过来的钞票，逃避竞子的视线……

此外的好例很多，举也举不完。

又如，"有人走下电车"，可以写作"电车吐出了许多乘客"。又如，等会我们散课之后，如果写课堂里的情状，可以说："大家都散了，课堂空了。"这是无有不可的，但却另有更好的方法："课堂里只有椅子抬起头来看着讲台。"这比前者更有感觉，更有技巧。但写信不妨用前者，写文章做小说却是后者为好。

我并不是提倡专在文字上做"咬嚼"的功夫，在思想方面，我们何尝不可做同样的锻炼。我们看西洋史时遇到了拿破仑，只看见他的伟大，许多小说家写拿破仑也只写他是个盖世的英雄[1]，但在新感觉派的作家，便不至于把他当作英雄看，也不会

---

[1] 托尔斯泰的《战争与和平》是例外。——原注。

写到他的伟大,横光利一有一篇小说名叫《拿破仑与癣虫》①,就是取材于拿破仑翁的,我是读过五遍了。拿破仑的手平常是插在腹部的衣扣里面的。作者描写拿破仑的肚皮上面生了一块癣,所以把手放在里面抓痒。又写到拿破仑新婚后数日便去打俄国,是因为王妃憎恶他的病。这种题材也足以使阅者发生新鲜的感觉。

这里不过介绍新感觉派的大略,最好还是多看作品,可惜已经译成中文的不多。

我再补说一句,我并不主张专在文字上做功夫,而置思想于不顾。如果我们愿意打破陈腐与因袭,则新感觉派的理论实在是一种良药。

---

① 这是我所爱读的日本新作家的短篇之一。——原注。

陈西滢（1896—1970），著名作家和学者。江苏无锡人。1912年负笈英伦，先读中学，后入爱丁堡大学和伦敦大学，1922年获博士学位。回国后任北京大学外文系教授。1927年与王世杰等创办《现代评论》周刊。1929年到武汉大学任教授兼文学院院长。1943年赴伦敦主持中英文化协会工作，1946年出任国民政府驻联合国教科文组织首任常驻代表。著有《西滢闲话》和《西滢后话》。

新文学运动以来的十部著作

陈西滢

全世界每年出版的书籍总共有多少？它们平均的寿命有多少年，多少月，还有多少天？它们里面有百分之几，千分之几，还是万分之几够得上永垂不朽的希望？这些问题都是很有趣味的，虽然不容易答覆。

国际联盟预备供给我们一部分的答案。他们想每年发表一个书单，列举一年来全世界出版的四百种巨著和杰作。这当然不过是一种浅陋的尝试罢了。全世界每年断不会有四百种杰作。一年四百，一世纪不是四万了吗？然而在当时，全世界出版的书，每年总得在十万部以上，四百又非常之少了。并且出版的时期太近了，作品没有受时间的淘汰，选择恐怕不大会得当。然而，就因为如此，我觉得这种试验是很有意思的。你想，一个人在五十年或百年后，那时黄澄澄的金粉已经从粗砂石中淘出来了，再看一看五十年或百年前的所谓杰作,不是顶有意思的吗?

好像中国,在这一个计划里,也被认为三等国了——那就是说,每年出版的新书在二千至二千五百部之间。以文化优异自命的中国人也许要勃然而怒了。我们因为物质文明不发达,所以财富兵力不及人,以至不能列入头等国,犹可说也是我们的文化,怎样能受这样的屈辱呢?我却觉得这三等国的头衔,我们已经受之有愧了。我们每年出版的新书,何尝有过二千呢?至于每年出版的书籍,可以列入世界作家之林的,可以数完一只手的手指吗?

我因此想起,我们自从有了所谓新文化运动以来,在思想文艺上有了多大的贡献?一个外国的文人学者来调查我们的成绩时,我们能够指出几架书,抱出几堆书,还是轻轻地举起几本书来,很自负地让他去研究?我不知道别人怎样地回答,我自己大约只能轻轻地举起几本书来,用不着面红。要是他像国际联盟那样,限定了数目,要我举起名字来,那么我的十部书大约是左列①的几种了。

第一部我要举的是《胡适文存》。胡先生是新文艺、新思想的先锋,他的书是万不可少的。他的哪一部书可得要斟酌一下了。我不举《尝试集》是因为我不信胡先生是天生的诗人,虽然他有些小诗极可爱。我们只要看他说的"文中有三个要件:第一要明白清楚,第二要有力能动人,第三要美"和"美就是

---

① 原书为竖排,故用"左列",实指本书"下列"。——编者注。

'懂得性'（明白）与'逼人性'（有力）二者加起来自然发生的结果"，就可以知道他的诗不能成家的缘故，同时也可以了解他的说理考据文字的特长了。我不举《中国哲学史大纲》是因为这种开径觅路的著作虽然力量惊人，早晚免不了做后起之秀的阶级。《胡适文存》却不但有许多提倡新文学的文字，将来在中国文学史里永远有一个地位，他的《〈水浒传〉考证》《〈红楼梦〉考证》也实在是绝无仅有的著述。胡先生在新近给我的一封信里，说起他善于活用古史的话，"什么史料，到我眼里，到我手里，都是活的"，这话实在非常确切。

在思想方面，吴稚晖老先生的《一个新信仰的宇宙观与人生观》是当然有一位置的。无论你赞成或反对，他的那"漆黑一团"的宇宙观和"人欲横流"的人生观断不肯轻轻地放你过去。他那大胆的精神，前无古人、后无来者的气概，滑稽而又庄严的态度，都是他个人独有的。他的思想进展的线索，我们可以在他的其余的论文和通讯里看察到。可惜现在流行的《吴稚晖学术论著》和《吴稚晖先生文存》都不能给我们多大的帮助。他曾经答应亚东书局，自己编选一部有系统的论学文存，可是恐怕它出版时，我们的望眼也穿了①。

---

① 吴先生是我二十年来最钦佩的一个人，可是他并不是我的娘舅，我也从不曾有过娘舅。有些人——如用他们的话，应当说，有些东西——以为无论什么荒唐的流言，只要他们重复说的次数多，就会成事实。你偶然指出一件来，他们还得问，你为什么早先不声明！好像他们一天到晚造的谣还不够，还得你代他们负责似的！——原注。

在学术方面，顾颉刚先生的《古史辨》的价值是不容易推崇过分的。他用了无畏的精神、怀疑的态度、科学的方法去整理一篇几千年来的糊涂账，不多几年已经开辟了一条新路，寻到了许多大漏洞。这本书现在还正在印刷中，因为一部分早就在《努力》上发表过，所以举列在此了。顾先生因为事务太忙，不能把所有的材料整理一番，重新写过一遍，是我们引为遗憾的事，可是就说他那一篇十万字的序文——也许自有序文以来，从不曾有过这样长的吧——叙述他求学的经过，治学的方法，和怀疑古史的由来，已经是极有价值的贡献了。

十年以来——从民国六年一月《新青年》发表《文学改良刍议》起，直到现在，不是已经十年了吗？——新文学的作品，要算短篇小说的出产顶多，也要算它的成绩顶好了。我要举的代表作品是郁达夫先生的《沉沦》和鲁迅先生的《呐喊》。郁先生的作品，严格地说起来，简直是生活的片断，并没有多少短篇小说的格式。里面的主人，大都是一个放浪的、牢骚的、富于感情的，常常是堕落的青年。一篇文字开始时，我们往往不知道为什么那时才开始，收束时，也不知道为什么到那时就结束，因为在开始以先，在结束以后，我们知道还是有许多同样的情调，只要作者继续地写下去，几乎可以永远不绝的。所以有一次他把一篇没有写完的文章发表了，读书[①]也不感缺少。有时他有意地想写一个有力的结束，好像《沉沦》

[①] "读书"，原文如此，疑误。——编者注。

那一篇，我们反感觉非常地不自然。他的小说虽然未免因此有些单调，可是他的力量也就在这里。他的小说里的主人翁可以说是现代的青年的一个代表，同时又是一个自有他生命的个性极强的青年，我们谁都认识他。鲁迅先生描写他回忆中的故乡的人民风物，都是很好的作品。可是《孔乙己》《风波》《故乡》里面的乡下人，虽然口吻举止惟妙惟肖，还是一种外表的观察，皮毛的描写。我们记忆中的乡下人，许多就是那样的，虽然我们没有那本领写下来；到了《阿Q正传》，就大不相同了。阿Q不仅是一个type，而且是一个活泼泼的人。他是与李逵、鲁智深、刘姥姥同样生动、同样有趣的人物，将来大约会同样地不朽的[1]。

青年人有不作诗的吗？要是有，我想也不会比凤毛麟角容易找。难怪我们常听见人说，新诗多得像雨后的春笋，虽然这个比喻有些不切当。与其说新诗像雨后的春笋，不如说新诗人像雨后的秋蛙吧。

要是你的耳朵像我一样，不懂得音乐，听了秋蛙歌唱是不容易辨别它们各自特殊的音调的。可是它们歌唱得多么高兴，又多么自然，它们在有一时期是不得不唱的——那就是说，有一个时期它们是诗人。青年人也谁都有一个诗人的时期。这大约古今中外都没多大的分别。不过古今中外，大约很少有我们

---

[1] 我不能因为我不尊敬鲁迅先生的人格，就不说他的小说好；我也不能因为佩服他的小说，就称赞他其余的文章。我觉得他的杂感，除了《热风》中二三篇外，实在没有一读的价值。——原注。

现在这样发表的方便。

这也许可以部分地解释新诗虽多，满意的贡献却不多的道理。还有一个原因，就是新诗的模型、声调、修辞、造句，都得重新草创，它的困难比别种作品大得多。

我想起的两种新诗代表作品是郭沫若先生的《女神》和徐志摩先生的《志摩的诗》。《女神》很早就出版，《志摩的诗》去年秋才印成单行本，放在一块几乎就可以包括了新诗的变迁。并且它们的作者都是诗人，而且都很有些才气。郭沫若先生有的是雄大的气魄。他能在新诗初创时，排开了旧式辞章的束缚！虽然他对于旧诗词，好像很有研究的——自己创造一种新的语句，而且声调很和谐。可是他那时的力量还不足，因此常常像一座空旷的花园，只有面积，没有亭台池沼的点缀。他许多诗的单调的结构，句的重复，行的重复，章的重复，在后面又没有石破天惊的收束，都可以表示郭先生的气魄与力量不相称。我们希望，并且相信，郭先生会有力量撑得起他气魄的一天。他在他的《文艺论集》的序文里说他的思想、生活、作风，"在最近一两年之内可以说是完全变了"。我们揩揩眼睛，看他将来的作品吧。

《女神》里的诗几乎全是自由诗，很少体制的尝试。《志摩的诗》几乎全是体制的输入和试验。经他试验过的有散文诗、自由诗、无韵体诗、骈句韵体诗、奇偶韵体诗、章韵体诗。虽然一时还不能说到它们的成功与失败，它们至少开辟了几条新路。可是徐先生的贡献不仅仅在此，他的最大的贡献在他的文字。他的文字是受了很深的欧化的,然而它不是我们平常所谓欧化的文字。他的文字是把中国文字、西洋文字融化在一个洪炉里,炼成的一种特殊的而又曲折如意的工具。它有时也许生硬,有时也许不自然,可是没有时候不流畅,没有时候不达意,没有时候不表示它是徐志摩独有的文字。再加上很丰富的意像,与他的华丽的字句极相称,免了这种文字最易发生的华而不实的大毛病。可是徐先生虽然用功体制的试验,他的艺术的毛病却在太没有约束。在文字方面,有时不免堆砌得太过,甚至叫读者感觉到烦腻;在音调方面,也没有下研究的功夫。因为他喜欢多用实字、双双的叠字、仄声的字,少用虚字、平声的字,他的诗的音调多近羯鼓铙钹,很少提琴、洞箫等抑扬缠缠的风趣。他的平民风格的诗,尤其是土白诗,音节就很悦耳,正因为在那些诗里不能不避去上面所说的毛病。

戏剧方面的成绩就不大高明了。一般的剧本,恐怕还比不上文明戏,因为文明戏里的人物虽然同样地荒唐,言语同样地无味,可是它们的情节至少比较地兴奋些。西林先生的《一只马蜂》等几种独幕剧,是一个极大的例外。这些独幕剧的结构非常地经济,里面几乎没有一句话是废话,一个字是废字,它们的对白也非常地流利和俏皮。这许多是谁都承认的。可是许多人就只承认这许多。他们不知道剧中人专说俏皮话,是因为他们不能说别样的话。他们不是些木偶,作者借他们的嘴来说些漂亮话。他们都有生命,都有思想,只是他们的思想与平常中国人不一样。他们是一种理想世界中的人,可是他们在理想世界，比我们在这现实的世界中还生动，还灵活些。也许他们是几百几千年后进化的中国人。他们的理智比我们强，他们的情感也多了几百几千理智的熏陶，成了一种——要是有这样的一个名字——理智的情感。西林先生的长处在这里，短处也就在这里。

要是没有杨振声先生的《玉君》，我们简直可以说没有长篇小说。可是《玉君》并不在这里备一格充数的。你尽可以说它的结构有毛病，情节有时像电影。你尽可以说他的文字虽然流丽，总脱不了旧词章旧小说的气味。甚至于你尽可以说它的名字的主人——玉君，始终没有清清楚楚地露出她的面目来。可是只要有了那可爱的小女孩菱君，《玉君》已经不愧为一本有价值的创作了，何况它的真正的主人，林一存，是中国小说中从来不曾有过的人物。他是一个哲学家，可是并不是言语如木屑似的哲学家；他是一个书呆子，可是多么可爱的一个书呆子！他对朋友的义气，对女子的温柔，对强暴的反抗，对弱小者的同情，以及种种——例如喜欢同无论什么人发议论——的癖性，都使他成一个叫人忘不了的人物。要是他生在法国，再多活三十年，也许成了像法郎士①的 Sylvestre Bonnard 一流人。可是林一存是少年的中国人，而且就是林一存。

现在要说到两位女作家了。一位是几乎谁都知道的冰心女士，一位是几乎谁都不知道的白薇女士。冰心女士是一个诗人，

---

① 今译法朗士。——编者注。

可是她已出版的两本小诗里，却没有多少晶莹的宝石。在她的小说里，倒常常有优美的散文诗。所以我还是选她的小说集《超人》，《超人》里大部分的小说，一望而知是一个没有出过学校门的聪明女子的作品，人物和情节都离实际太远了。可是里面有两篇描写儿童的作品却非常好。

白薇女士的名字在两月前我们也从没听见过。一天有一个朋友送来她的一本诗剧《丽琳》（商务），我们忽然发现新文坛的一个明星。她是与冰心女士很不相同的。除了母亲和海，冰心女士好像表示世界就没有爱了。《丽琳》二百几十页，却从头至尾就是说的男女的爱。它的结构也许太离奇，情节也许太复杂，文字也许有些毛病，可是这二百几十页藏着多大的力量！一个心的呼声，在恋爱的痛苦中的心的呼声，从第一页直喊到末一页，并不重复，并不疲乏，那是多大的力量！

本来说十本书的，现在一写就成了十一本。好在我并不是受什么试验，就让它去吧。

中国新出有价值的书虽少，当然不止十一本。可是我不愿意也不能做一个详细的测量。我不愿意，因为这样的工作太苦了。我不能，因为我本来不是批评家，何况几乎不看新出的书。这倒得声明的，我不看新书，并不是因为我不高兴看，也不是全因为没有时候去看；最大的原因，就是因为我没有钱去买来看。这一年来，我把以前订的几份外国杂志都停止了，所以已经八九个月没有看外国报,哪里还有钱买中国的新书①。

　　我对于中国新文艺的前途,还是怀着很大的希望。我相信,这希望不至于落空的。据 Jastrow 的统计,四十七岁至四十八岁是著作家出产最伟大的杰作的年龄。这话我们固然不用相信,可是我们的新作家,无论我已经说到的或没有说着到的,除了极少数的几个人外,大都是三十左右的人。他们每人总得有二三十年的创作成著述在前面。何况他们后面,已经来了一群更年轻的人。这是留心有几个刊物的人,少不得能够觉察的。

(《西滢闲话》)

---

　　① 好像有人说我有一篇什么文章,是抄袭外国杂志的某作家的。我听了觉得非常地惭愧,因为我非但没有看见那篇文章,并且没有听见过那位作家的名字。可是我觉得我应当看见这些文章的!钱实为之,谓之何哉!——原注。